IMPOSTORES

Obras do autor publicadas pela Galera Record

Tão ontem
Além-mundos

Série Vampiros em Nova York
Os primeiros dias
Os últimos dias

Série Feios
Feios
Perfeitos
Especiais
Extras

Série Leviatã
Leviatã: A missão secreta
Beemote: A revolução
Golias: A revelação

Série Impostores
Impostores

SCOTT WESTERFELD

IMPOSTORES

Tradução
Giu Alonso

1ª edição

— **Galera** —
RIO DE JANEIRO
2019

CIP-BRASIL. CATALOGAÇÃO NA PUBLICAÇÃO
SINDICATO NACIONAL DOS EDITORES DE LIVROS, RJ

W539i

Westerfeld, Scott
Impostores / Scott Westerfeld; tradução de Giu Alonso. – 1ª ed. –
Rio de Janeiro: Galera Record, 2019.
(Impostores; 1)

Tradução de: Impostors
ISBN 978-85-01-11703-8

Ficção americana. I. Alonso, Giu. II. Título. III. Série.

19-55690

CDD: 813
CDU: 82-3(73)

Vanessa Mafra Xavier Salgado – Bibliotecária – CRB-7/6644

Título original
Impostors

Copyright do texto © Scott Westerfeld, 2019

Todos os direitos reservados. Proibida a reprodução, no todo ou em parte, através de quaisquer meios. Os direitos morais dos autores foram assegurados.

Texto revisado segundo o novo Acordo Ortográfico da Língua Portuguesa.

Direitos exclusivos de publicação em língua portuguesa somente para o Brasil adquiridos pela
EDITORA RECORD LTDA.
Rua Argentina, 171 – Rio de Janeiro, RJ – 20921-380 – Tel.: (21) 2585-2000
que se reserva a propriedade literária desta tradução.

Impresso no Brasil

ISBN 978-85-01-11703-8

Seja um leitor preferencial Record.
Cadastre-se no site www.record.com.br
e receba informações sobre nossos
lançamentos e nossas promoções.

Atendimento e venda direta ao leitor:
sac@record.com.br

Para todos que lutam pelo direito de existir.

PARTE I

REFÉM

Trate seus soldados como filhos, e eles o seguirão aos vales mais profundos.

— Sun Tzu

HOMICIDA

Estamos prestes a morrer. Provavelmente.

Nossa maior esperança é o punhal pulsátil em minha mão. Ele vibra baixinho, como um pássaro. É assim que minha treinadora principal, Naya, diz que devo segurá-lo.

Com delicadeza, com cuidado para não o esmagar.
Com firmeza, para que não voe para longe.

O problema é que meu punhal pulsátil quer *muito* voar. É de uso militar. Esperto como um corvo, rebelde como um gavião jovem. Adora uma boa briga.

E vai conseguir uma. O assassino, a vinte metros de distância, dispara sem critério do palco em que minha irmã acabou de fazer seu primeiro discurso público. Os espectadores, dignitários de Shreve, estão espalhados em volta — mortos ou se fingindo de mortos, acovardados. Drones de segurança e câmeras voadoras estão caídos pelo chão, derrubados por algum tipo de bloqueador.

Minha irmã está encolhida ao meu lado, apertando minha mão livre com as suas. As unhas cravando-se em minha pele.

Estamos atrás de uma mesa virada. É uma tábua de carvalho artificial, de cinco centímetros de espessura... Mas o assassino tem um fuzil de assalto. É como se estivéssemos escondidas atrás de uma roseira.

Mas pelo menos ninguém consegue nos ver juntas.

Temos 15 anos.

Esta é a primeira vez que alguém tenta nos matar.

Meu coração está disparado, mas me lembro de respirar. Há algo de empolgante em sentir meu treinamento entrar em ação.

Finalmente estou fazendo o que nasci para fazer.

Estou salvando minha irmã.

A comunicação não funciona, mas a voz de Naya em minha mente vem de mil treinos: *Você consegue proteger Rafia?*

Não se não derrubar o assassino.

Então faça isso.

— Fique aqui — falo.

Rafi ergue os olhos para mim. Está com um corte acima do olho, causado pelos escombros que voaram pelos ares. A toda hora toca o machucado, surpresa. Seus professores nunca lhe tiram sangue.

Ela é 26 minutos mais velha que eu. É por isso que faz os discursos e eu treino com punhais.

— Não me deixe aqui, Frey — sussurra ela.

— Estou sempre com você. — É isso que murmuro da cama ao lado da sua, quando ela tem pesadelos. — Agora solte minha mão, Rafi.

Ela me olha nos olhos, encontra a confiança inquebrantável que existe entre nós.

Quando Rafi me solta, o assassino atira de novo, um estrondo, como se o próprio ar se despedaçasse. Mas ele atira a esmo, confuso. Nosso pai deveria estar aqui, mas cancelou sua participação em cima da hora.

Talvez o assassino nem esteja mirando Rafi. Certamente não sabe de minha existência, de meus oito anos de treinamento de combate. De meu punhal pulsátil.

Eu ataco.

DUBLÊ

O discurso de Rafi foi perfeito. Inteligente e elegante. Casual e engraçado, como quando ela conta histórias no escuro.
    Os dignitários a amaram.
    Fiquei ouvindo dos bastidores, escondida, usando o mesmo vestido que ela. Tudo é idêntico — nosso rosto porque somos gêmeas, o restante porque nos esforçamos para que seja assim. Sou mais forte, porém Rafi exercita os braços para não destoar. Quando ela ganha peso, uso armaduras esculpidas. Cortamos o cabelo, fazemos tatuagens dinâmicas e passamos por cirurgias sempre lado a lado.
    Eu estava aguardando para entrar e acenar para o público lá fora. Isca de sniper.
    Sou dublê de Rafi. E sua última linha de defesa.
    Os aplausos se intensificaram quando ela terminou o discurso e foi na direção da varanda, a filha brilhante substituindo o líder ausente. As câmeras voadoras se ergueram, inúmeras, como as lanternas flutuantes no aniversário de nosso pai.
    Estávamos prestes a trocar de lugar quando o assassino abriu fogo.

Rastejo para fora do esconderijo.

O ar está pesado com o cheiro de metal quente do fuzil de assalto, com os aromas intensos de assado e vinho derramado. O assassino atira de novo, o rugido incitando meus nervos.

Foi isso que nasci para fazer.

Outra mesa entre mim e o assassino ainda está de pé. Eu me arrasto por entre pernas de cadeiras e talheres caídos, passando por um cadáver estrebuchando.

Deitada de costas, olhando para o fundo estilhaçado da mesa, sinto vinho pingar em meu rosto pelos buracos de bala. É de amoras, e o gosto é divino em minha língua — só o melhor dos vinhos para os eventos de nosso pai.

Aperto o punhal, fazendo-o pulsar ao máximo. Ele guincha em minha mão, trêmulo e quente, pronto para destruir o mundo.

Fecho os olhos e estilhaço a mesa.

Nosso pai queima madeira de verdade na casa de campo de inverno. Toda aquela fumaça presa em alguns tocos de lenha, o suficiente para se erguer um quilômetro no céu. Um punhal pulsátil em potência máxima destrói as coisas da mesma maneira — separando moléculas, vomitando energia.

Uma nesga de carvalho, pratos e comida se dissolvem em uma névoa de fragmentos, uma nuvem quente e pesada erguendo-se no salão. Serragem brilha com cristais vaporizados.

O assassino para de atirar. Não está vendo nada.

Nem eu, mas já planejei o próximo passo.

Saio de baixo da mesa quebrada, os pulmões lutando contra o ar poeirento. Na beirada do palco, me coloco de pé, ainda cega.

Um som metálico enche o salão. O assassino está usando a proteção do pó para recarregar a arma — o fuzil usa munição improvisada para ser menor e mais difícil de detectar.

Está recarregando para poder atirar a esmo e, ainda assim, matar todo mundo.

Minha irmã está em algum lugar em meio à poeira.

O gosto de serragem enche minha boca, junto de um quê do banquete vaporizado. Ergo o punhal pulsátil na altura do peito. Seguro-o como um dardo trêmulo.

E o assassino comete um erro...

Ele tosse.

Com o menor dos incentivos o punhal voa de minha mão, mortal e exuberante. Um milissegundo depois, ouço um som que reconheço dos treinos de arremesso em carcaças de porco — o gorgolejar de tecidos, o quebrar de ossos.

A serragem é varrida por uma nova força que emana de onde o punhal acertou o alvo. Vejo as pernas do assassino paradas ali, nada além de uma repentina névoa sangrenta da cintura para cima.

Por um terrível momento, as pernas se levantam sozinhas, então desmoronam no palco.

O punhal voa de volta para minha mão, quente e escorregadio. O ar tem gosto de ferro.

Acabei de matar alguém, mas tudo em que consigo pensar é...

Minha irmã está em segurança.

Minha irmã está em segurança.

Pulo do palco, volto para onde Rafi ainda está encolhida atrás da mesa. Ela respira, cobrindo o rosto com um guardanapo de seda que me entrega para dividirmos.

Ainda estou alerta, pronta para a luta. Mas o ar começa a se encher com os zumbidos do despertar dos drones de segurança. O assassino carregava o bloqueador, acho, então o aparelho também foi vaporizado.

Finalmente desligo o punhal. Começo a tremer, e de repente é Rafi quem está pensando de forma racional.

— Para os bastidores, maninha — sussurra ela. — Antes que alguém se dê conta de que somos duas.

Certo. A poeira está baixando, os sobreviventes limpam os olhos. Corremos por uma porta de serviço atrás do palco.

Crescemos nesta casa. Brincando de pega-pega neste salão com lentes de visão noturna, e eu era sempre quem devia correr atrás.

Meu comunicador volta com um *ping*, e ouço a voz de Naya em meu ouvido:

— Estamos vendo vocês, Frey. A Joia precisa de cuidados médicos?

É a primeira vez que usamos o codinome de Rafi em um ataque real.

— Ela se cortou — respondo. — Acima do olho.

— Leve-a para a subcozinha. Bom trabalho.

Aquela última palavra me soa estranha. Todo o meu treinamento até este momento talvez parecesse um trabalho. Mas isto?

Isto sou eu, completa.

— Acabou? — pergunto para Naya.

— Incerto. Seu pai está protegido do outro lado da cidade. — As palavras de Naya ardem com a possibilidade de que isso seja só o início de algo maior. Que, por fim, os rebeldes estejam combinando forças contra nosso pai.

Guio Rafi pelo maquinário do palco e drones de iluminação até as escadas que levam ao nível inferior. Drones de limpeza e baratas fogem de nosso caminho.

Cinco soldados — todos na equipe de Segurança que sabem de minha existência — nos encontram em uma cozinha vazia. Um médico ilumina os olhos de Rafi, limpa e cola o corte, expulsa a fumaça e o pó de seus pulmões.

Seguimos em um grupo coeso para o elevador seguro. Os soldados se posicionam ao redor de mim e de Rafi, imensos em seus coletes de segurança, como gigantes superprotetores.

A expressão vaga no rosto de minha irmã ainda não desapareceu.

— Aquilo foi real? — pergunta ela, baixinho.

Seguro sua mão.

— É claro.

Meus treinadores já fizeram centenas de testes surpresa conosco, mas nada tão público, com corpos e fuzis de assalto.

Rafi toca o ferimento na testa, como se ainda não fosse capaz de acreditar que alguém tentou matá-la.

— Não foi nada — asseguro. — Você está bem.

— E você, Frey?

— Nem um arranhão.

Rafi balança a cabeça.

— Não, quero dizer, alguém a viu... ao meu lado?

Eu a encaro, seu medo acabando com minha empolgação. E se alguém no salão nos viu? Uma dublê é inútil se todos sabem que ela não é a original.

Então, qual seria minha utilidade?

— Ninguém viu — garanto a ela.

Havia poeira demais, muito caos, tanta gente machucada e morrendo. As câmeras voadoras estavam todas desligadas.

E o que mais importa é: salvei minha irmã. Deixo o êxtase me dominar.

Nada jamais será tão bom assim.

CICATRIZ

— Quero uma cicatriz — diz Rafi.

Nosso médico fica em silêncio.

Fomos levadas para o centro médico doméstico, onde nosso pai faz seus tratamentos de longevidade. As superfícies brilham, a equipe inteira veste jalecos brancos descartáveis. Rafi e eu estamos deitadas em divãs de couro botonê, de frente para a janela panorâmica — uma vista extensa de Shreve e, além, a cidade dando lugar a florestas e nuvens de chuva.

Nosso pai ainda não voltou, embora a cidade tenha estado quieta. Não foi uma revolução. Só um assassino.

A assistente do médico corta meu vestido chique, verificando se há ferimentos que estou agitada demais para perceber. Ela é a única da equipe de Orteg que sabe de minha existência.

Ela sempre pareceu ter medo de mim. Talvez seja a sequência de ferimentos que sofro nos treinos. Ou talvez seja porque, se em qualquer momento ela deixar escapar que existo, vai desaparecer. Ela nunca me disse seu nome.

O Dr. Orteg se inclina sobre Rafi, iluminando sua testa.

— Consertar isso só vai levar um minuto. Não vai doer.

— Não ligo se dói — retruca ela, batendo na lanterna. — O que eu quero é uma *cicatriz*.

O médico e a assistente se entreolham, a cautela que surge sempre que Rafi é teimosa. Suas explosões de mau humor vêm sem muito aviso.

O Dr. Orteg pigarreia.

— Tenho certeza de que seu pai...

— Meu pai entende exatamente por quê. — Ela arqueia o pescoço, suspirando dramaticamente para o teto, lembrando a si mesma de ter paciência com seres inferiores. — Porque eles tentaram *me matar*.

Silêncio mais uma vez. Menos temeroso, mais pensativo.

Rafia é mais popular que nosso pai. Ninguém jamais fez uma pesquisa sobre isso, mas a equipe estuda as métricas. A forma como as pessoas falam sobre ela, suas expressões, o movimento de seus olhos. Tudo capturado pela poeira espiã mostra que é verdade.

Mas ninguém quer ter *essa* conversa com nosso pai.

O Dr. Orteg olha para mim, pedindo ajuda, mas Rafi tem razão. A cicatriz não vai deixar ninguém esquecer o que aconteceu nesta noite. O que os rebeldes tentaram fazer com ela.

Então percebo.

— Como naquelas fotos antigas de Tally Youngblood.

Os olhos de Rafi se acendem.

— Exatamente!

Um murmúrio atravessa a sala.

Ninguém vê Tally faz anos, a não ser seu rosto em nuvens aleatórias, como se fosse uma santa. Ou em imagens tremidas de câmeras voadoras. Mas as pessoas ainda procuram por ela.

E ela realmente tinha aquela cicatriz, logo acima da sobrancelha. Seu primeiro golpe contra o regime dos belos.

— Argumento interessante, Frey. — Vem uma voz da porta. — Vou perguntar a seu pai.

Ali parada está Dona Oliver, sua secretária pessoal. Atrás dela há uma série de telas — a sala de controle, de onde a equipe de nosso pai monitora todos os feeds da cidade. Notícias, fofocas, até as imagens capturadas pela poeira espiã passam por essa torre.

O Dr. Orteg volta ao trabalho, parecendo aliviado pela decisão não estar mais em suas mãos.

Dona nos dá as costas, sussurrando para o próprio pulso. Ela é bonita de um jeito extravagante. Olhos grandes, pele impecável — aquela beleza enlouquecedora da era perfeita, quando todo mundo era tão belo. Ela jamais fez cirurgias para tornar sua beleza mais palatável. De alguma forma, ela consegue não parecer uma avoada.

Rafi pega um espelho da mesa entre nós.

— Talvez a cicatriz deva ficar do lado esquerdo, como era a de Tally. O que você acha, maninha?

Eu me aproximo e seguro seu queixo delicadamente, observando-a longamente.

— Deixa onde está. É perfeito.

Sua única resposta é um leve dar de ombros, mas está sorrindo. Estou feliz comigo mesma, e essa felicidade se mistura com o que resta da empolgação da batalha lá embaixo. Às vezes sou uma boa diplomata, mesmo que a diplomacia seja o trabalho de minha irmã.

A expressão distante some do rosto de Dona.

— Ele concorda — diz ela. — Mas nada horrendo, doutor. Faça de forma elegante.

— Só as *melhores* cicatrizes — ironiza minha irmã, rindo ao se recostar na cadeira.

Leva dez minutos completos para aperfeiçoar o ferimento de Rafi. Parece que criar uma cicatriz elegante é mais difícil que não deixar cicatriz alguma.

Ela está linda, como sempre, mas uma marca em seu rosto parece um lembrete para mim. Eu deveria ter chegado a ela mais rápido, ou visto o assassino antes que ele tivesse tempo de sequer abrir fogo.

Quando o Dr. Orteg acaba, ele me lança um olhar aflito — tem que me cortar agora.

Exatamente a mesma cicatriz.

Ele pega o frasco de spray analgésico.

— Espere — peço.

Todos olham para mim. Em geral não sou eu que dou as ordens. Nasci 26 minutos tarde demais para isso.

— É só que... — O motivo não está claro em minha mente, até de repente surgir. — Doeu, não doeu, Rafi?

— Farpas na cara? — Ela ri. — É, doeu à beça.

— Então eu deveria sentir dor também.

Todos me encaram, como se eu estivesse confusa demais para pensar direito. Mas Rafi parece satisfeita. Ela adora quando causo problemas, mesmo que esse seja o seu trabalho.

—Frey tem razão — argumenta ela. — Temos que combinar, por dentro e por fora.

A sala fica mais clara; uma lágrima surge em meu olho. Amo quando Rafi e eu pensamos igual, mesmo depois de tanto trabalho para nos fazer opostas.

— Por dentro e por fora.

O Dr. Orteg balança a cabeça.

— Não há *motivo* para fazer isso sem anestésico.

Ele olha para Dona Oliver.

— Mas é perfeito — retruca ela. — Boa menina, Frey.

Sorrio, certa de que este é o melhor dia de minha vida.

Nem fico decepcionada pelo fato de que ela não pede a nosso pai permissão para me machucar.

DANOS

Meia hora depois estamos sozinhas no quarto, sentadas lado a lado na cama de Rafi. Sua tela está programada para refletir nossa imagem.

As luzes estão baixas, porque minha cabeça lateja. O Dr. Orteg teve que refazer minha cicatriz três vezes até que ficasse exatamente igual à de Rafi.

Não deixei que usasse o spray analgésico até terminar. Queria me sentir como ela se sentiu — a dor aguda da pele cortada, o escorrer morno do sangue. Quando tocarmos nossas cicatrizes, será com a mesma memória de dor.

— A gente está incrível — sussurra ela.

É sempre assim que ela fala sobre nossa aparência, no plural. Como se não fosse vaidade se me incluísse também.

E talvez seja verdade. Nossa mãe era uma perfeita natural. A única na cidade, o Pai se vangloria para quem quiser ouvir. Diz que nunca vamos precisar de uma operação de verdade, nem quando ficarmos velhas e enrugadas, só uns retoques aqui e ali.

Mas nossa mistura de seu olhar ameaçador com o rosto angelical de nossa mãe sempre pareceu incoerente para mim. Agora essa cicatriz.

Como se a Bela e a Fera tivessem filhas, e as criassem soltas na natureza.

— Não sei se somos bonitas — digo. — Mas estamos vivas.
— Graças a você. Só fiquei lá, gritando.
Eu me viro para encará-la.
— Quando você gritou?
— O tempo todo. — Ela baixa os olhos. — Só não em voz alta.

Rafi continua igual na frente de todo mundo; irritada e cheia de atitude. Mas aqui, sozinha comigo, a voz fica baixa e séria.

— Você não se assusta? — pergunta ela.

Recito o que nosso pai sempre diz.

— Os rebeldes só nos odeiam porque têm inveja do que ele construiu. Isso significa que são pessoas pequenas, e não vale a pena ter medo delas.

Rafi balança a cabeça.

— Quero dizer, você não se assusta por ter *matado* alguém?

A pergunta demora um minuto para ser absorvida. Estive agitada demais para pensar nisso. O som do punhal atravessando o assassino, o gosto do sangue no ar.

— Naquele momento, não era *eu*. — Meus dedos se agitam, se movendo pelos comandos do punhal pulsátil. — É o treinamento, todas as horas de exercícios.

Ela segura minha mão, acalma meus dedos trêmulos.

— É isso que Naya diria. Mas como *você* se sentiu?

— Incrível — admito, baixo como um sopro. — Eu mataria qualquer um por você, Rafi.

Seus olhos continuam fixos nos meus. Seus lábios mal se movem, sussurrando a sombra das palavras: *Qualquer um?*

Perco o fôlego. Não acredito que ela me perguntou isso, mesmo baixo demais para a poeira espiã ouvir. Porque sei exatamente de quem ela está falando.

Eu arrisco a assentir, mal me movendo.

Até ele.

Com um sorriso enfim se fixando no rosto, Rafi desvia o olhar para o espelho. Para aqueles rostos idênticos, as cicatrizes idênticas.

— Lembra quando a gente era pequena, e eles diziam que era uma brincadeira? Fingir que só havia uma de nós? Nada parecia real.

Balanço a cabeça.

— Como se fosse nossa piada contra o mundo.

— Que piada. É menos engraçado quando alguém atira em você.

— Ele errou.

Ela aponta para sua cicatriz.

— Fale por si só.

— Isso não foi uma bala, Rafi. Só... danos colaterais.

Ela estica a mão para tocar minha testa com a ponta dos dedos. Sob o formigamento do spray analgésico, uma dor profunda pulsa com meu coração.

— Então o que é isso?

Eu me afasto, mas Rafi ainda está ali no espelho.

— Isso não é um dano — respondo. — Sou eu, sempre parte de você.

Ela aperta minha mão, e sinto aquela certeza que sempre tive quando era pequena. Que sou mais que dispensável. Mais que uma dublê.

— Isso não é normal — sussurra ela. — Esse segredo. As pessoas não criam seus filhos para levar um tiro.

— Mas eu salvei você.

Rafi não sabe como me sinto incrível. Como todos esses anos de treinamento, todo o trabalho e toda a dor, me atravessam agora como um raio.

Ela se vira por um momento.

— Um dia vou salvar você também.

O MAIS MACIO

Naya está tentando me machucar.

Está me atacando com um *bō*, um cajado longo de bambu com pontas de metal. É uma de suas armas favoritas — ela a gira nas mãos, agitando o ar fresco da sala de treinos.

Faz um ano desde a tentativa de assassinato, e não houve ataques a nossa família desde então. Mas sou treinada mais duramente que nunca.

Ultimamente, tenho me concentrado em armas improvisadas. Jamais vou a lugar algum sem meu punhal pulsátil, mas Naya quer que eu esteja pronta para tudo.

A mesa de armas está cheia de porcarias aleatórias — uma tela portátil, uma echarpe, um vaso de flores, um atiçador de lareira. Tenho que pegar algo para me proteger.

O atiçador não pode ser a resposta certa; óbvio demais, pesado e lento demais para bloquear o giro do cajado.

O vaso vai se quebrar, e estou descalça. Não, obrigada.

Echarpes podem estrangular, prender, amarrar. Mas eu teria que me aproximar para usá-la, e o *bō* é maior que eu.

Então agarro a tela portátil e a atiro em Naya.

Por um glorioso momento é uma lâmina voadora, com um brilho afiado e mortal. Quase me preocupo que possa machucar

Naya. Mas com um toque do *bō* ela destrói a tela em uma chuva de cacos de vidro.

Naya nem pisca quando os fragmentos a atingem.

Pego o vaso e o viro no chão. Talvez eu possa fazê-la escorregar.

Mas não há água no vaso, só flores secas. Pétalas se espalham como se ela estivesse se casando.

Talvez eu esteja sendo esperta demais. Quando ela se aproxima, estico a mão e...

Blam.

O *bō* atinge o dorso de minha mão, que explode em agonia. As aulas de anatomia me vêm à mente — todos os nervos da mão, envolvendo todos aqueles ossinhos delicados.

A melhor forma de derrubar um oponente maior que você é quebrar seus dedos.

Caio de joelhos, apertando meu pulso.

— Sua vez. — Naya joga o cajado para mim.

Ele cai no chão com estrondo. A dor sobe por meu braço, dominando minha mente. Faíscas rubras tomam as bordas da visão.

— De pé — diz ela. — Brigas não acabam quando você se machuca.

— Mas acho que...

— Fique de pé e *lute*. — Ela está falando sério.

Todos os meus professores andam enlouquecidos ultimamente. Com vontade de me fazer sangrar, de quebrar meus ossos. Mas essa é a primeira vez que Naya me força a continuar lutando depois de me machucar tão gravemente.

Eu me levanto com dificuldade, agarrando o cajado com a mão esquerda.

— Pode começar a girar sua arma, Frey.

Coloco a mão quebrada no cajado, e por um momento dói demais para pensar. Então me lembro — todo o poder do *bō* vem da mão de trás, a da frente só guia o movimento.

Consigo girar a arma, devagar.

— Mais rápido.

É impossível, mas tento mesmo assim. Se desmaiar de tanta dor, pelo menos isso vai acabar.

Naya sai correndo para a mesa, depois gira para longe de novo, a echarpe nas mãos. Ela dá um nó rápido na ponta.

É claro. A resposta certa é sempre a coisa mais macia, mais fofa da mesa.

Ela atira o tecido no eixo giratório do cajado. Ele se embola ali, arrancando o *bō* de mim. O impacto na mão quebrada é tão doloroso que quase vomito.

— A melhor maneira de embotar uma força é enredá-la — diz Naya.

Esse era o objetivo da lição de hoje, suponho; uma parábola para me tornar mais sábia. Mas é difícil aprender qualquer coisa quando respirar dói demais.

Cinco minutos depois, enquanto o autodoc conserta meus metacarpos, nosso pai me chama.

Naya não parece surpresa. Só balança a cabeça.

— Você não está pronta.

Eu a encaro.

— Para quê?

— Não cabe a mim dizer.

— Vamos a algum lugar?

Ela hesita, então assente.

— Então existe um *motivo* pra isso tudo. — Aceno com a mão boa para a bagunça na sala de treinamento. O vidro despedaçado da tela, as pétalas espalhadas, a echarpe ainda enrolada ao cajado de bambu.

— Sempre há um motivo, Frey. Você achou que estávamos fazendo isso por diversão?

Diversão? Quase solto uma risada. O autodoc faz um barulho de trituração, como a máquina de aço brilhante no escritório de meu pai, a que faz café automaticamente. Distante, sinto meus ossos sendo reconstruídos e remodelados.

Coça.

Então me dou conta...

Armas improvisadas. O mês inteiro.

Seja lá para onde Rafi e eu vamos, não vou levar meu punhal.

Naya e eu subimos pelo elevador privativo — só pessoas que sabem de minha existência podem usá-lo. Temos corredores especiais para mim também, marcados com listras vermelhas para os membros da equipe com credenciais de segurança.

Quando éramos pequenas, às vezes Rafi se escondia em nosso quarto enquanto eu explorava a casa. Quando estava vestida como ela, eu podia ir aonde quisesse. Mas a liberdade jamais me fazia feliz de verdade, porque eu estava sempre sozinha.

Então criamos uma brincadeira melhor. Fingíamos viver em uma masmorra com monstros que percorriam os corredores. Escondidas pelos corredores não vigiados, espiávamos a equipe trabalhando, com cuidado para não sermos descobertas.

Por sorte, foi Naya quem nos pegou antes de qualquer outra pessoa. Furiosa, ela explicou o que aconteceria se alguém que não soubessem de minha existência nos visse juntas.

Depois disso, a brincadeira não era mais divertida.

Mas sinto falta de ter tempo para brincar.

Minha mão está envolta em uma compressa fria para reduzir o inchaço. Os ossos estão consertados, mas os tecidos no interior parecem estranhos. Como sempre acontece depois de um ferimento recente, fico imaginando que ainda tem algo quebrado lá no fundo, pequeno demais para o autodoc perceber.

Quando o elevador chega à porta externa do escritório de nosso pai, Rafi e sua assistente estão esperando. O Pai nunca me vê sem minha irmã mais velha no cômodo. Criar laços com a filha extra pode causar problemas.

Rafi vê minha calça de malha e meu rosto afogueado, a atadura em volta da mão.

— Você cheira a esforço — diz ela. Parte de seu treinamento é fazer tudo parecer fácil, mas ela oferece uma expressão de comiseração. — Pelo menos ele vai conseguir nos identificar.

Isso me faz sorrir.

Uma vez, quando tínhamos dez anos, nos vestimos para enganá-lo. Rafi usou as roupas de treino, eu, um vestido rodado. Ela passou uma boa hora acertando minha maquiagem enquanto eu me remexia na cadeira, desconfortável.

Nosso pai não percebeu a troca, mas Dona, sim. Ela não nos deixou andar de prancha voadora por um mês. Mas valeu a pena por aquele momento de poder sobre nosso pai... de saber algo que ele desconhecia.

Agora ele nos faz esperar.

Naya verifica o status de minha atadura enquanto a assistente de Rafi lista as festas a que ela vai comparecer hoje. Nada muito público, então ficarei em casa, compensando as horas de treino perdidas pela mão quebrada.

Em geral me sentiria feliz por ficar em casa. Mas depois de um mês de treino pesado, preciso de uma noite em uma discoteca. Um daqueles lugares imensos, em que posso sair da cabine privativa da família e tomar o lugar de Rafi na pista de dança.

Sou uma dançarina melhor que minha irmã. Não em balé ou valsa, claro. Mas se sacudir em meio a uma multidão de estranhos suarentos é mais parecido com combate do que com algo que ela já estudou.

Quando sua assistente termina, Rafi olha para mim.

— Você sabe por que estamos aqui, maninha?

Balanço a cabeça. Ela parece decepcionada e faz um de nossos antigos sinais. Os que começamos a usar quando percebemos que eles estavam sempre nos observando.

Entre no jogo.

Como se eu fosse fazer qualquer outra coisa.

As portas do escritório se abrem, e Dona Oliver está parada ali.

— Seu pai quer vê-las agora.

O escritório de nosso pai fica no andar mais alto da torre, construído do jeito antigo, com um esqueleto de aço. Ele não confia em estruturas flutuantes, só em pedra e metal.

Do alto de duzentos metros de altura, a cidade parece mínima. A floresta distante se embaça em uma mancha verde. Mas as nuvens ainda se erguem, imensas, dominando a distância, invencíveis.

Minha irmã faz uma reverência, e eu abaixo a cabeça. Nosso pai está encarando uma tela flutuante, sem dar sinal de prestar atenção.

— Vocês perceberam as mudanças na rotina, meninas? — começa Dona.

— Difícil não notar — responde Rafi. — Vocês têm me mandado para *todas* as festas, e olhem a coitadinha da Frey. Alguém a machucou!

— Tem sido um desafio, sem dúvida — concede Dona. — Mas é necessário.

Rafi se vira para o nosso pai.

— Isso tem a ver com o acordo Palafox, não tem?

Ainda olhando a tela, ele sorri.

Não sei que acordo é esse. Negócios e política não são comigo. Tudo que sei é que os Palafox são a primeira família de Victoria. Uma cidade menor e mais fraca, quatrocentos quilômetros a sul de Shreve. Não é uma ameaça militar.

— Muito bem, Rafia. — Dona observa minha irmã com um sorriso controlado. — Estamos quase concluindo o acordo. Mês que vem, suas operações de restituição serão absorvidas por nós.

— Você quer dizer que faremos a segurança — diz Rafi. — Vamos protegê-los dos rebeldes enquanto eles exploram as ruínas.

As ruínas de Ferrugem. Então isso tem a ver com aço.

Essa é a história que toda criança conhece. Séculos atrás, havia um povo chamado Enferrujados, que amava metal. Eles perfuravam o solo para criar minas, envenenavam os rios e derrubavam montanhas para conseguir mais e mais. Usaram o metal para construir suas cidades, seus carros, suas ferramentas e, é claro, as armas com que se matavam.

Agora tudo que sobrou dos Enferrujados são as ruínas. Os ossos do mundo antigo são sua herança para nós.

Acontece que explorar aquelas cidades mortas para reciclar o metal de Ferrugem é bem mais fácil que arrancá-lo do chão. Nosso pai ama construções e está perto de exaurir as ruínas próximas de Shreve.

Então ele quer fazer um acordo. Proteção em troca de metal.

Dona Oliver ainda sorri, mas a expressão de Rafi me deixa nervosa. O tremor em seu olho, como se estivesse prestes a dar um ataque.

— Por que os Palafox confiariam em *você*? — questiona ela, bem na cara de nosso pai. Prendo a respiração; Dona exibe uma expressão tensa.

Mas ele não parece nervoso. Leva mais um momento para desviar os olhos da tela flutuante para nós — eu, suada e machucada, minha irmã, irritada e concentrada.

Uma faca de dois gumes.

— Uma boa pergunta feita por uma garota esperta. Por que eles confiariam em nós, largando um exército em meio a suas ruínas? — Ele sorri de novo. — A resposta é que não confiam.

Meu coração lateja na mão direita.

Ninguém confia em meu pai. Todos se lembram do que ele fez com seus aliados aqui em Shreve depois que conseguiu o que queria. São todos ninguéns agora, como se nunca tivessem existido.

Nosso pai cria a própria realidade.

— Os Palafox querem um símbolo de boa-fé — explica ele. — Uma garantia de que vamos devolver as ruínas depois que expulsarmos os rebeldes.

Os olhos de minha irmã brilham, como se estivesse segurando as lágrimas.

— Papai. Não faça isso.

— Eles insistiram. — Sua voz fica mais doce. — Tem que ser algo que nunca arriscaríamos perder. Algo mais importante para nós que tudo mais no mundo. Algo incrível.

— Não! — grita Rafi. — Não vou *deixar*!

Um silêncio terrível toma o ambiente, como sempre acontece quando ela ergue a voz para ele. Dona parece querer sumir. Então me dou conta do que estão discutindo: mandar minha irmã para os Palafox como refém.

Ela é o seguro do acordo. Se nosso pai ficar com as ruínas, os Palafox ficam com Rafi.

O mundo se desloca ligeiramente sob meus pés. Nunca ficamos mais de alguns dias separadas.

— Esses são os termos — argumenta ele. — Os Palafox insistiram.

— Mas eles vão saber! — Rafi dá um passo para perto da escrivaninha, a voz rascante. — Ela jamais vai enganá-los.

É aí que meu cérebro, embotado pela dor, compreende o restante. Rafi esteve por aí, socializando, aumentando seu ranking de popularidade, fazendo parecer que é indispensável para a liderança de nosso pai. Enquanto isso, eu é que estava treinando com armas improvisadas, porque ninguém deixa um refém ficar com um punhal pulsátil.

Não é ela quem vai servir de seguro.

Sou eu.

O mundo se desloca ainda mais.

— Frey consegue lidar com isso — garante Dona.

Rafi dá meia-volta.

— Em que universo? Não são uns aleatórios pedindo autógrafos... É outra primeira família!

— Vamos treiná-la — responde Dona.

— Em um *mês*? Ela não sabe se vestir, não sabe comer. Ela mal sabe falar!

As palavras de Rafi machucam, mesmo que esteja tentando me proteger.

— É verdade — confirma Dona. — Isso não foi uma situação prevista pelo programa de treinamento.

— Porque *nenhum* de vocês entende. — Rafi se vira para o nosso pai. — As outras famílias não são tão fracas quanto você pensa, papai. Os Palafox vão comê-la viva!

Fico encarando Rafi, me perguntando o quão fraca ela acha que *eu* sou. Ela não pode me manter presa no quarto para sempre.

Mas ninguém pede minha opinião. Ninguém sequer olha para mim. Estão acostumados a fingir que eu não existo.

E é isso que me faz dizer:

— Eu consigo.

Silêncio de novo, como se tivessem esquecido que sei falar.

— Imito você há dezesseis anos, Rafi. É para isso que *nasci*.

Minha irmã me encara, sem acreditar. Quer discutir, mas seu ímpeto foi impedido por minha traição.

Nosso pai sorri para mim com aprovação.

— Boa menina. — Seus olhos se afastam de novo. — Está decidido.

Aliviada, Dona nos tira do escritório às pressas.

— Vamos, então. Temos muito trabalho pela frente, Frey. Suas aulas de francês começam hoje à noite.

— Francês? — pergunto. — Mas Victoria fica no sul. Por que não espanhol?

Rafi suspira, limpando as lágrimas.

— O primogênito estuda em Genebra. Ou você não sabia disso?

Balanço a cabeça. Eu não sabia que os Palafox tinham um filho. Nem sabia que as pessoas falavam francês em Genebra.

Não sei de nada.

Rafi me dá um sorrisinho sombrio.

— *T'es dans la merde* — diz ela.

Apesar de meu francês sofrível, tenho uma boa ideia do que significa.

MAQUIAVEL

— *Ton accent est terrible* — diz Rafi.
Eu sei.
— *Encore* — manda ela, e a simulação recomeça.
Eu tento — tento mesmo —, mas, na metade do exercício, minha língua se embola. O homem simpático na tela flutuante parece confuso; está usando uma boina, e o Hoverdome de Paris aparece às suas costas, porque essa simulação é feita para crianças.
Entediada com minha falha, Rafi se intromete para terminar o exercício. Sem esforço. Sem falhas. Rápida demais para me ajudar.
O homem de boina fica feliz de novo.
Je le déteste.
Minha irmã aprende idiomas todos os dias, o dia todo. Quando aponta para algo com dois dedos, o cirano em seu ouvido sussurra a palavra correspondente em francês; três dedos para alemão. Ela tem tutores humanos para as duas línguas, para aprender gestos e expressões nativos, e assim não parecer uma aleatória qualquer que aprendeu com uma máquina.
É claro que ela é melhor que eu nisso. Todo o tempo que passei aprendendo a lutar, Rafi passou aprendendo a ser inteligente e cosmopolita e sábia.

Ela balança a mão, irritada, e a tela flutuante desaparece. Seu humor tem estado péssimo desde a reunião com nosso pai.

— Não *acredito* que esqueceu, Frey!

Rafi me ensinou francês por tabela quando a gente era pequena, para que eu pudesse falar amenidades em filas de cumprimentos sem fazê-la parecer idiota. Mas eu não precisava acertar verbos irregulares para tanto.

Verbos irregulares são péssimos.

— Ninguém vai me testar, Rafi. Aposto que os Palafox nem sabem que você fala francês.

— Eles vão saber tudo sobre mim. Lembra de nossa viagem a Montré?

Ela agita a mão, e a tela aparece de novo; Rafi em um vídeo de notícias, sorrindo, posando com crianças em uniformes escolares num jardim nevado flutuante. Ela parece confiante e charmosa, não alguém que assassina a gramática local.

Minhas lembranças dessa viagem não têm a ver com pequenos alunos. Fiquei escondida em nossa suíte privativa enquanto minha irmã e meu pai se encontravam com famosos. Então eu tomava seu lugar para recepcionar multidões educadas, usando casacos de pele artificial por cima de coletes de segurança. Isca de sniper versão neve.

Viajar não é tão divertido para mim. Tenho que me esconder tanto quanto aqui, mas com bem menos espaço.

Eu me jogo de volta na cama.

— Então é culpa sua por se exibir.

— É culpa sua, por dizer que queria ir!

— O que eu digo não faz diferença. — Fico encarando Rafi, desafiando-a a negar.

Ela desvia os olhos.

— Certo. É culpa *dele*. Se as pessoas confiassem nele, os Palafox não precisariam de um refém.

Só posso dar de ombros. É assim que as coisas são; é assim que *ele* é.

E a parte corajosa de mim, a que falou na frente de nosso pai, quer mesmo fazer isso.

Rafi não entende. Ela pode conversar com pessoas todos os dias, certificando-se de que os cidadãos de Shreve nos amem e também nos temam. Mas todos os meus anos de treinamento só foram relevantes por dois minutos e quatro segundos — o tempo que levei para salvar sua vida.

— Tenho que fazer isso, Rafi.

Sua resposta vem em um sussurro.

— Para *ajudá-lo*? Ele nem vê você.

Eu me afasto, magoada de novo. Essas são coisas que ela jamais diz em voz alta.

— Quero me sentir útil.

Ela suspira.

— Você não o odeia tanto quanto eu.

Essa é uma antiga acusação. Mas é mais fácil para Rafi odiar nosso pai: ele reconhece sua existência.

— Não vou ficar longe para sempre. Dois meses para garantir as ruínas, foi o que Dona disse.

— "Garantir as ruínas"? Se quer enganar os Palafox, pelo menos pare de falar como um conselheiro de guerra. — Rafi vai até a janela para observar o jardim. — Não entendo o que leva as pessoas a brigarem pelo lixo dos Enferrujados.

— Todo mundo precisa de metal. Não podemos voltar a perfurar o chão.

— Porque, quando os Enferrujados fizeram isso, quase destruíram o mundo — recita ela. — Talvez o regime dos perfeitos estivesse certo. Se todo mundo ainda fosse avoado, não haveria tanta briga.

Dou risada, porque ela provavelmente está brincando.

O regime dos perfeitos acabou logo antes de nosso nascimento. Na época, todo mundo fazia uma operação ao completar 16 anos. Ela o tornava lindo, mas também tinha um propósito secreto: mudar a forma como seu cérebro funcionava.

Os perfeitos nunca questionavam as autoridades, sempre consumiam sua parte determinada de recursos e nada mais. As cidades usavam somente a energia gerada pelas usinas solares, e reciclavam cada pedacinho de metal. As ruínas de Ferrugem eram deixadas em paz, uma reserva estratégica, para que a humanidade jamais precisasse destruir a Terra de novo.

Mas então uma garota chamada Tally Youngblood se tornou a primeira rebelde. Ela derrubou o regime dos perfeitos, e de repente todo mundo tinha que pensar por si. Chamaram isso de libertação, todos aqueles avoados despertando ao mesmo tempo. Todas aquelas cidades, famintas, prontas para expandir.

A liberdade tem um dom para destruir as coisas.

Pessoas como nosso pai tomaram o poder em meio ao caos. Começaram a construir novas estruturas, novas cidades inteiras, começaram uma corrida pelo metal. Agora as ruínas não são apenas lembretes dos excessos dos Enferrujados, mas convites para começarmos tudo de novo.

Tally pode estar desaparecida, mas ainda há rebeldes por aí que acham que as ruínas deveriam ser deixadas em paz.

— Você odiaria ser uma avoada — argumento. — Eles tinham danos cerebrais!

Rafi dá de ombros.

— Mas eram felizes o tempo todo. Não precisavam se preocupar em levar um tiro. Não tinham guerras.

— Eles eram *burros* demais para guerrear!

Ela balança a cabeça.

— Argumentos assim não vão impressionar seus anfitriões.

— Vou ficar quieta. Eles não têm como me *fazer* ser esperta.

— Você acha que inteligência é o problema? — Rafi começa a contar nos dedos. — Você não sabe o que está na moda. Não sabe dos últimos escândalos, quem não é mais convidado para as festas e por quê. Você nunca nem teve que mudar de assunto em uma conversa constrangedora!

Fico de pé para olhar pela janela do quarto, as mãos se retorcendo.

— Eu te amo, maninha — diz Rafi baixinho. — Mas você não é normal. Em vez de roupas e música, você fala sobre rotas de fuga e armas improvisadas. E come que nem uma bárbara.

Ela já tinha falado essas coisas antes — que crescer como uma dublê me fez ser diferente. Mas sempre era de forma carinhosa, porque isso me fazia diferente de seus amigos ricos e mimados. A forma como ela diz isso agora só me faz sentir solidão.

O problema é que sei sorrir como Rafi, andar como Rafi, copiar suas expressões. Ler um discurso de uma tela ótica com suas pausas e maneirismos. A gente até anda de prancha voadora com a mesma postura.

Mas não conheço *pessoas* como ela. Rafi consegue falar com qualquer um — dignitários, soldados, aleatórios em uma fila de cumprimentos — com a mesma tranquilidade. Tem centenas de amigos que nunca conheci de verdade. Só decorei seus rostos para saber para quem preciso acenar na pista de dança. Ela vive uma vida inteira da qual só vi flashes, como se estivesse espiando uma festa por um buraco de fechadura.

Talvez seja por isso que quero ir a Victoria. Para ter minha própria festa, pelo menos uma vez.

Projeto o lábio inferior.

— Então vou fazer bico o tempo todo, e eles nem vão perceber a diferença. Dois meses é o tempo médio que você passa fazendo drama.

A cara constantemente irritada de Rafi é minha obra-prima, mas ela nem mesmo sorri.

— Você vai ter que ser a hóspede perfeita, Frey. Será um desastre para as duas famílias se alguém perceber que é uma refém.

— Quem acreditaria nisso? Quero dizer, alguém sequer *fez* isso antes?

— Não nos últimos setecentos anos. O que você saberia se tivesse lido Maquiavel. — Sua voz fica mais calma. — Mas é do papai que estamos falando. Você acha que talvez ele tenha...

Ela hesita, então sussurra as palavras mágicas.

— Sensei Noriko.

Vamos ao banheiro e abrimos todas as torneiras, a água quente e barulhenta, enchendo o cômodo de vapor caso haja poeira espiã. Esperamos ali, em silêncio, observando o espelho embaçar.

A sensei Noriko era a tutora de etiqueta de Rafi. Ela ensinava a minha irmã todas as sutilezas e refinamentos que jamais precisei saber — como comer direito, como usar um leque, como sentar durante uma cerimônia do chá. Ela não sabia sobre mim.

Então, quanto tínhamos nove anos, Rafi declarou que minhas reverências precisavam ser aprimoradas, então fingi ser minha irmã por uma lição.

Noriko tinha um olho incrível para movimentos e percebeu imediatamente que havia algo de errado comigo. Estava prestes a chamar a tutora principal de Rafi, o que só pioraria as coisas, então decidi admitir quem era — o *que* eu era.

Alguém devia estar vigiando, porque a sensei Noriko nunca mais apareceu para dar aulas.

Rafi e eu tínhamos doze anos quando finalmente tivemos coragem de falar em voz alta o que provavelmente havia acontecido com ela. Desde então, as palavras *sensei Noriko* nos lembram de que nossos segredos são perigosos.

Uma vez que o vapor pesa no ar, Rafi se inclina para mim e sussurra:

— E se ele planejou isso desde que a gente nasceu? Esconder você esse tempo todo, caso precisasse garantir algum acordo?

Um tremor me percorre.

Nos feeds de notícias fora da cidade, as pessoas sempre se perguntam se nosso pai planeja tudo ou só improvisa conforme as coisas acontecem. Ninguém consegue prever seu próximo passo, porque ele faz coisas que ninguém mais faria.

Como essa troca de reféns. Como eu.

Mas Rafi não pode estar certa.

— É por causa de nosso irmão — respondo, baixinho. — Você sabe disso.

Ela desvia o olhar para o vapor.

Antes de nascermos, quando a libertação se espalhou pelo mundo, nosso pai era só outro político. Mas, mesmo naquela época, algumas pessoas já o consideravam perigoso.

Nosso irmão, Seanan, tinha só sete anos. Alguém — jamais descobriram quem — o sequestrou, tentando forçar o Pai a abrir mão de seu lugar no Conselho. Quando ele se recusou, ninguém nunca mais viu Seanan.

Então ele me criou como uma dublê, a linha de defesa definitiva contra as pessoas que odeiam sua família.

— É exatamente disso que estou falando — argumenta Rafi. — E se o papai estiver orquestrando a mesma situação? A filha nas mãos de outra pessoa, que acha que assim pode controlá-lo... Mas não pode. Dessa vez, ele não pode perder.

Fico encarando minha irmã. Ele *pode* perder.

Ele pode me perder.

— Mandar um refém não foi ideia dele — sussurro. — Os Palafox insistiram!

Rafi ergue uma das sobrancelhas. É a única expressão que jamais consegui imitar; tão cética e sábia. Ela se inclina para a frente.

— E quem te falou isso, maninha? — sussurra ela em meu ouvido.

CIRANO

O mês seguinte passa em um estalar de dedos.

Aulas de idiomas. Aulas de dança.

Aulas sobre a história da libertação. Sobre os Palafox e como eles se tornaram a primeira família de Victoria. Sobre os rebeldes ecológicos que tentam impedir que explorem as ruínas dos Enferrujados na região.

Aulas de equitação. Aulas do que vestir para jantar.

Sobre como falar com drones de serviço. Sobre como enviar desculpas sinceras. Sobre a forma educada de evitar vigilância em residências alheias. Aulas de amenidades, de linguagem corporal, de como fazer brindes inteligentes em jantares. E, é claro, de que talheres usar em que situação. (No fim, eu realmente como que nem uma bárbara.)

Jamais tinha me dado conta do quanto minha irmã se esforçava, do quanto ela sabia. E tudo isso além de ser treinada a escapar de uma cidade desconhecida e voltar para casa pelas áreas não mapeadas, caso algo dê errado no acordo de nosso pai.

Isso tudo me deixa cansada demais para me preocupar em ficar longe de Rafi e de meu punhal pulsátil. Em ser uma impostora por dois meses.

*

Por mais cansada que esteja, passo a noite da véspera da viagem acordada com minha irmã mais velha.

— Você não pode ser assassinada enquanto eu não estiver aqui para te salvar — aviso. — Está proibida.

Rafi revira os olhos, se afasta em sua prancha.

— Não acho que vou ter muita oportunidade para isso. Enquanto você estiver vivendo suas aventuras por aí, vou ficar presa aqui, escondida!

— Por dois meses inteiros? — Eu a alcanço, me certificando de que ela veja minha expressão chocada. — Como você vai sobreviver?

Ela não entende a piada. Ou não demonstra.

Chegamos ao fim da propriedade de nosso pai, onde o gramado baixo acaba e a floresta se ergue como um tsunami negro.

Rafi não diminui a velocidade, mergulhando por entre os galhos mais altos. Ela faz uma curva fechada à direita, desviando das árvores, se mantendo abaixada na prancha para que as trepadeiras não a derrubem.

Eu sigo, joelhos flexionados, observando com atenção as luzes em minha prancha. Temos que ficar nos limites da floresta, onde nossos sustentadores conseguem usar o magnetismo da propriedade.

Galhos acertam meus braços e rosto. Configuro a tela ótica para entrar em modo de visão noturna, e Rafi se transforma em um zigue-zague de calor corporal contra a floresta azul fria. Quando fazemos uma curva fechada em um tronco, os braceletes antiqueda ronronam em meus pulsos; acham que vou cair.

Um bando de pássaros levanta voo quando Rafi se aproxima, brancos-perolados na visão noturna. Atravessamos a tempestade trêmula de asas, chegando ao limite de nossos sustentadores no momento que o topo das árvores dá lugar ao céu.

Rafi para, trêmula.

— Cuidado. — Eu aponto para baixo: só há uma luz acesa em sua prancha.

Ela nem olha. Seu foco está em nossa casa, uma torre negra num mar plano de jardins bem-cuidados e caminhos fracamente iluminados. Alguns drones de segurança flutuam no horizonte, nos observando na floresta.

— É você quem tem que ter cuidado, maninha.

— Vou ficar bem. — Estico a mão e a puxo para mais perto da propriedade. Outra luz pisca e se acende na prancha. — Treinei para isso a vida toda.

— Você está adorando isso. — Sua voz soa amargurada. — Você *quer* se livrar de mim.

— Odeio ficar longe de você, Rafi. Mas também estou farta de todo esse treinamento. Todas as coisas que você conhece são *chatas*. — Isso não a convence. — Talvez seja legal, sabe, viver abertamente por um tempo. Você vai ver como é minha rotina, sempre me escondendo.

Rafi deixa a prancha se aproximar e estica os braços para segurar meus ombros.

— Quando eu estiver no comando, você não vai ter que se esconder.

Minha boca fica seca. Isso é algo que ela nunca falou. Não é algo em que eu pense.

Mas nosso pai já está na segunda rodada de extensão vital, quando até os melhores implantes começam a enrugar ao redor dos olhos.

Por mais difícil que seja de acreditar, uma hora ele vai morrer.

— Vou contar à cidade inteira sobre você. — A voz de Rafi mal é um suspiro, embora não haja poeira espiã aqui na floresta. — Vou explicar que era *você* acenando para a multidão. Que foi *você* a corajosa quando aquele assassino tentou nos matar.

Consigo abrir um sorriso. Mas a ideia de todos saberem nosso segredo faz meu estômago se revirar.

— Será que as pessoas não ficarão irritadas por termos enganado todo mundo?

Ela balança a cabeça.

— Não é nossa culpa.

Um peso sai de meus ombros, como acontece toda vez que ela diz isso.

Talvez eu não vá ser para sempre um dos ardis de nosso pai.

— Vou te dar uma coisa — diz Rafi. — Meu cirano.

— Já tenho um. — Estive treinando com ele, aprendendo a ouvir suas dicas silenciosas sem parecer distraída. Fica em minha orelha, me ajudando com etiqueta e dando nomes aos rostos. Ele até corrige meus verbos irregulares.

— Não como este. — Com um puxão, ela tira um pedaço de metal curvado brilhoso de trás da orelha.

Faço uma careta.

— O meu é bem menor.

— É, mas o meu é melhor. Avalia as notícias, faz resumos, traduz tudo imediatamente. Lá fora, consegue até captar os feeds. — Rafi sorri. — Mas é totalmente passivo. Nunca transmite nada. Ninguém jamais vai saber que você está usando.

Ela me entrega o cirano. Está quente contra a palma de minha mão.

— Por que você nunca me contou sobre isso?

— Eu não uso muito. — Ela suspira. — Só tem uma configuração de voz. A *dele*.

Quase deixo o cirano cair, bem na escuridão da floresta. Mas esta é a única maneira de Rafi me proteger.

— Obrigada. — O aparelho envolve minha orelha, cálido e zumbindo.

— Apenas volte pra casa — diz ela.

Ficamos ali a noite toda, acima das árvores, frágeis em nossas trêmulas pranchas voadoras, conversando sobre como as coisas vão mudar quando ele não estiver mais aqui.

RUÍNAS

Cinco carros voadores cheios de soldados me levam até Victoria.

Não são carros urbanos, flutuando em imãs silenciosos. São militares, com hélices de decolagem que mantêm o peso dos blindados no céu. O rugido dos motores abafa tudo dentro da cabine, e o vento corta o deserto lá embaixo, criando uma tempestade de areia móvel.

Você está atrasada para um compromisso, sussurra a voz de meu pai em meu ouvido. *Almoço com os Palafox.*

É só o cirano de Rafi, mas ainda assim levo um susto. Mal dormi noite passada.

As roupas parecem erradas em meu corpo. Já me vesti como Rafi mil vezes antes, mas é diferente sem ela estar sentada ao meu lado. Como se agora fossem *minhas* roupas.

Por que estamos atrasados?

Viro para a agente no banco ao lado. É mais alta que eu, ombros largos, o corpo transformado em uma máquina de luta.

O cirano me lembra de seu nome:

Sargento Tani Slidell. É a comandante dessa unidade.

— Não deveríamos ter chegado a essa altura? — grito por cima do som do motor.

Ela dá uma olhada para a direita... verificando sua tela ótica.

— Mais oito minutos, senhorita. Estamos fazendo um desvio por cima das ruínas.

Olho pela janela mais próxima, um retângulo de ferrovidro de 10 centímetros de espessura. As montanhas estão para a esquerda, vermelho-vivo sob o sol alto.

Os rebeldes se escondem nessas montanhas, sempre observando as ruínas, esperando oportunidades para saquear e atacar as operações de restituição dos Palafox. O objetivo de seguir em carreata era me levar até Victoria de forma segura e rápida.

— Por que o desvio? — A vibração do motor faz minha voz estremecer.

— São as ordens, senhorita. Um reconhecimento de terreno.

Eu me encolho toda vez que me chamam de *senhorita*. Ninguém nessa viagem — nem os soldados, pilotos, equipe diplomática — sabe que sou uma impostora, nem mesmo que sou refém. Os noticiários estão chamando isso de uma visita amigável, para cimentar uma aliança entre duas primeiras famílias.

É mais seguro assim; ninguém pode me entregar. Mas é solitário, também.

Sempre dividi meus segredos com Rafi. Agora ela está a trezentos cliques de distância — mais separadas do que jamais estivemos.

Assim como meu punhal pulsátil.

Do lado de fora da janela, as ruínas estão se aproximando, uma faixa escura cortando o deserto. Um antigo arranha-céu ainda se ergue, altivo, o esqueleto totalmente à mostra pelos drones de restituição. O restante da cidade morta se espalha a seus pés, vergalhões de metal espetados na areia. Drones de sentinela voam para cima e para baixo, carregados de armamentos.

O motor do carro voador de repente fica silencioso. A vibração residual faz minha pele se arrepiar.

— Estamos usando o magnetismo agora, senhorita — explica a sargento Slidell.

Certo. Muito metal lá embaixo. Não há necessidade de hélices de decolagem aqui.

Metal é o motivo para toda essa briga.

No último mês, aprendi muito mais sobre os rebeldes. Eles dizem que seguem a promessa de Tally Youngblood, lutando contra tudo que ameaça a natureza. Dizem que as novas cidades estão sendo construídas rápido demais, e que reciclar as ruínas só vai nos aproximar do dia em que a mineração vai recomeçar. Pensam que vamos nos transformar em Enferrujados de novo em breve, explodindo montanhas, queimando florestas, envenenando o ar.

As primeiras famílias garantem que os rebeldes estão errados. Prometem que pararão de construir novas cidades assim que as ruínas forem exauridas. Dizem que a natureza está em segurança.

Mas todo mundo sabe que promessas não significam mais nada. E a própria Tally não está em lugar algum para dar sua opinião.

Olho pela janela de novo. Será que dois meses serão realmente suficientes para arrancar tudo que precisam daqui?

As luzes da cabine ficam amarelas.

— Atenção, a seus postos! — grita Slidell, depois vira para mim. — É só por precaução, senhorita. Os rebeldes não são perigosos.

Balanço a cabeça.

— Se não fossem perigosos, os Palafox não precisariam de nós aqui.

Slidell assente, surpresa por Rafi saber qualquer coisa sobre essas questões. Ela acha que passei a vida toda estudando verbos irregulares.

— É verdade, senhorita. Mas não somos como os fracotes dos Palafox. — Ela puxa uma parte na lateral do rifle. Uma tela voadora surge acima do visor, mostrando temperatura interna e contagem de balas. — Viemos prontos para lutar. Os rebeldes sabem disso.

— Você acha que eles têm medo da gente?

— Não tanto quanto deveriam. Mas não vão se meter com cinco de nossos melhores veículos de guerra.

Olho pela janela de novo. As ruínas estão abaixo de nós agora, espalhando-se pelo deserto, como brinquedos quebrados.

— Tempo para chegada? — murmuro.

Onze minutos, responde o cirano.

Slidell acabou de dizer que eram oito. Provavelmente estamos nos afastando de Victoria, cada vez mais próximos das montanhas. Esse fato, e o som da voz de meu pai, me trazem uma lembrança à mente.

Lembro-me de ter 12 anos, de Naya vestindo meu primeiro colete de proteção, me ensinando a me esconder e correr, a suturar minhas próprias feridas. E percebo que eu não era só uma guardiã para minha irmã, mas também uma isca.

— Tem algum colete de proteção extra para mim? — pergunto.

Slidell me encara, confusa.

Então um *bum* distante ecoa, e o carro voador treme ao nosso redor. O ar tem um cheiro errado.

Alarmes começam a tocar.

SALTO

O alarme soa como uma ave sendo estrangulada repetidas vezes.

As luzes da cabine estão piscando, os soldados vestem suas jaquetas de bungee jump. Slidell enfia um bolo de tiras em meu colo.

— Sabe usar isso?

Uma risada nervosa escapa de meus lábios. Eu e Rafi passamos um verão inteiro brincando com essas jaquetas, uma de cada vez se jogando da janela do quarto no décimo primeiro andar. Fingindo que havia um incêndio.

— Como um paraquedas — respondo. — Contanto que haja metal o bastante para os imãs aguentarem.

Seguro a jaqueta junto ao peito e aperto o botão vermelho. As alças de plástico inteligente despertam e se prendem a meus braços e pernas. Um momento depois, estão firmes.

Ouço o zumbido cada vez mais alto de uma bateria sendo carregada, então uma luz verde em meu ombro pisca. Se precisarmos pular, estou pronta.

Meu coração está disparado. Voltei àquele lugar que encontrei na última vez que alguém tentou me matar.

Aquele êxtase. Aquele foco.

Mas falta uma coisa... não há Rafi para salvar dessa vez.

Só eu mesma. Porque meu pai sabe que consigo lidar com isso.

E vejo seu plano completo agora. O desvio pelas ruínas: uma armadilha para os rebeldes, um alvo para atraí-los e mostrar ao mundo que os militares de Shreve conseguem lidar com eles.

Ao meu redor está tudo confuso. Os soldados verificam suas armas, vestem seus equipamentos. A ofusclagem de seus coletes brilha, tentando se adaptar às luzes piscantes.

É de deixar qualquer um tonto. Olho pela janela; colunas finas e brancas se erguem no ar ao nosso redor.

— O que é isso? — sussurro.

Defesas anticarros voadores, responde meu cirano.

De repente, o topo das colunas explode, espalhando-se como teias de aranha repentinas no céu.

Uma delas vem direto em nossa direção...

E acerta a lateral do carro com um som agudo e úmido. A imagem na janela estala para a esquerda.

Fomos pegos.

O carro se inclina. Soldados começam a escorregar no chão de metal, agarrando tiras de segurança. Slidell fica de pé na minha frente, um paredão de proteção.

Eu me seguro à moldura da janela. A teia que nos atingiu é de algum tipo de plástico inteligente — está se espalhando pela lataria do carro, tentando entrar. Um tentáculo se encaminha para uma das hélices. Ali, ele se separa em centenas de filamentos, envolvendo o rotor em um filme branco.

Sem sustentadores, estamos presos às ruínas. Começamos a cair, puxados para o chão pela tira branca.

As luzes da cabine ficam totalmente vermelhas.

Pela primeira vez, os rostos ao meu redor parecem assustados.

Eu também deveria estar assustada. Mas isso é como meus sonhos sobre o assassino. O tempo para, e eu me torno um ponto de calma em meio ao caos.

Meu pai me colocou aqui de propósito. É meu trabalho conseguir escapar.

— Abandonar navio! — grita Slidell. — Eu e a Joia primeiro!

Os soldados abrem espaço para nós, se encolhendo junto às paredes.

O carro voador está girando, céu e terra se alternando nas janelas a cada poucos segundos. Uma porta circular se abre perto da cauda, deixando um vento quente entrar na cabine.

Mal consigo andar, mas Slidell me arrasta até a porta.

Do lado de fora há uma massa móvel de teias brancas. Os rifles dos soldados atiram, fazendo a cabine tremer com o estrondo. As balas cortam o plástico em fitas.

A paisagem dispara do lado de fora, mais próxima a cada segundo.

— Se segure em mim! — grita Slidell, e me puxa para o nada.

Despencamos em queda livre, fazendo meu estômago revirar. Estamos girando no ar, jogadas lateralmente pela rotação do carro voador.

A luva de proteção de Slidell cospe e zumbe — soltando pequenos jatos de ar comprimido para estabilizar a queda. Ela consegue assumir o controle.

Por um momento vejo tudo com clareza. Os soldados se jogando atrás de nós, como um colar de pérolas, ficando azuis quando a ofusclagem dos trajes imita o céu. Mais dois carros voadores ao longe, presos nas teias aéreas, rodopiando sem controle. Flashes de luz no horizonte, um ronco contínuo e grave, como o final louco de uma chuva de fogos de artifício. Rastreadores passam por nós; os rebeldes estão atirando do chão.

As ruínas estão abaixo de nós, cada vez mais próximas.

Então algo passa acima de nossas cabeças — outro carro voador de nossa carreata, tentando escapar das teias brancas.

O vento dos rotores nos empurra para baixo com força. De repente a cidade destruída está se aproximando rápido demais.

A luz de minha jaqueta fica amarela.

Alerta, diz meu cirano. *A jaqueta avisa que há peso demais.*

É Slidell me segurando — sua armadura, suas armas, tanto equipamento. Sua jaqueta está configurada para tanto peso. A minha, não.

— Me solte! — grito.

— Tudo bem, senhorita. Estou te segurando!

— Não! É que... — Não tenho tempo de explicar que o magnetismo monopolo não funciona bem em conjunto. Só o que sei é que o chão está se aproximando rápido demais. — Me solte!

Quando ela não faz isso, me enrolo em posição fetal e empurro seu peito com meus calcanhares. Um pé escorrega no colete e acerta seu queixo, fazendo sua cabeça girar para trás.

Ela me solta.

Estou girando de novo, sem conseguir controlar a queda. O céu, o chão, é tudo um turbilhão entontecedor ao meu redor.

Mas a luz em minha jaqueta de bungee jump fica verde de novo.

O impacto das tiras chega alguns segundos depois. Corta minhas coxas e embaixo dos braços, me freando o mais rápido possível.

Abaixo de mim está o esqueleto de um antigo prédio cor de ferrugem, marcado por séculos de tempestades de areia. Cada vez mais próximo.

Cubro o rosto.

A jaqueta se inclina para o lado, me afastando das vigas de metal. Caio em uma duna, escorregando por alguns metros, e me arranho inteira. Então sou erguida no ar de novo, quicando com o impulso dos ímãs.

Estou machucada, as alças da jaqueta de bungee jump apertando minha pele. Mas estou viva.

Uma parede de armadura voa em minha direção com um zumbido. Então me envolve.

É Slidell, suas luvas cuspindo ar para guiar o pouso. Ela ajusta o ângulo de nossa queda de novo, descendo atrás do esqueleto do prédio caído.

Caio de pé dessa vez, me equilibrando na areia.

— Desculpe pelo chute — lamento.

Ela esfrega o queixo.

— Todo mundo entra em pânico no primeiro salto, senhorita.

Estou prestes a dizer que aquele não foi meu primeiro pulo quando uma sombra surge no céu e nos abaixamos.

Mas é só outro soldado...

Não. É o corpo de um soldado, os membros flácidos, quicando em sua armadura destruída até parar. Podemos ter sobrevivido à queda, mas os rebeldes ainda estão atirando em nós.

Fico encarando o cadáver. Alguma coisa deu errado.

Poderia ter sido eu.

CÓDIGO

— Estou com a Joia! — grita Slidell no microfone de garganta. — Reunião em minha marca!

Estamos protegidas pelo prédio Enferrujado caído, um arranha-céu já meio sem metal, derretendo sob o próprio peso. Projéteis voam sobre nossas cabeças — os carros voadores restantes atirando nos rebeldes de uma distância segura. O céu está cheio das teias brancas, pontilhado por mais soldados de meu pai saltando, atirando enquanto caem.

Estou vestindo as roupas que deveria usar no encontro com os Palafox. Rafi passou uma hora escolhendo essa blusa de seda coral das profundezas de seu closet, assim como as sandálias combinando. Ela explicou que a roupa demonstrava respeito, mas era amistosa. Perfeita para um café da manhã ou almoço leve, não um jantar.

Não é uma armadura, me sinto nua.

Mais cadáveres de soldados flutuam no ar. Os rebeldes devem ser mais fortes do que imaginamos. Tenho que me proteger até a ajuda chegar.

A duna se inclina para a sombra das ruínas. Vou escorregando até lá, a areia escorrendo ao redor de meus pés.

O ar é mais fresco aqui. É escuro e o som ecoa na vastidão. A areia abafa o som dos tiros lá fora.

Nunca fui a uma ruína antes, mas esse lugar de alguma forma é familiar. Tudo é quadrado, todas as linhas retas. Meu pai constrói nesse estilo Enferrujado, com fortes grades de aço.

— Senhorita Rafia! — chama Slidell lá de cima. — Por favor, fique por perto.

Meu pai certamente planejou isso também, o resgate heroico, cada insulto lançado sobre ele transformado em vitória.

Ele cria a própria realidade. Às vezes à força.

— Tudo bem — aviso a ela. — Reforços estão a caminho.

— É claro, senhorita. Mas Shreve está a mais de uma hora de distância!

— Vai chegar antes disso — murmuro no escuro. De jeito algum ele me deixaria em perigo por tanto tempo.

A jaqueta tem uma luz sinalizadora, e eu a ativo. As sombras dançam em todas as direções. O espaço é ainda maior do que pensei.

A parede dos fundos desse antiquíssimo prédio caído forma o teto dessa câmara subterrânea. Areia escorre pelas rachaduras toda vez que ouvimos um *bum* do lado de fora. Não é nada estável.

Talvez não seja o melhor lugar para se esconder durante uma batalha.

Mas pessoas já se abrigaram aqui antes. Pacotes vazios de comida estão espalhados pelo chão, e áreas mais escuras mostram onde fogueiras foram acesas.

Tem algo escrito em uma viga no teto. Não nas letras apertadas dos Enferrujados, mas com as linhas limpas de uma arma de tinta.

Ela não vem nos salvar.

Tem mais, mas são só símbolos aleatórios.

— Rafia! — Slidell vem correndo atrás de mim. Sua camuflagem combina com as sombras, mudando de areia e ferrugem para preto. — Minha equipe está reunida. Vamos movê-la para um lugar seguro.

Já estou segura. A ajuda está vindo.

De jeito algum meu pai me sacrificaria por uma única vitória sobre os rebeldes.

— Você sabe o que esses símbolos significam? — Eu movo o facho de luz pelo teto.

Desconhecido, responde meu cirano.

Slidell ergue os olhos, pensando que estou falando com ela.

— Código rebelde, parece. Isso deve ter sido uma base, antes dos Palafox expulsarem os rebeldes para as montanhas. — Ela olha em volta. — Péssima escolha. Toda essa areia pode desabar a qualquer momento. Vamos tirá-la daqui.

Eu hesito, ainda observando os símbolos, sem obedecer de imediato. Estive agindo como Rafi o dia todo, e começo a me sentir como ela. Como se ninguém pudesse me dar ordens.

Em vez disso, consinto.

— Certo. Vamos.

Slidell me guia duna acima, para a luz do sol. Mais cinco soldados estão lá, agachados em um círculo ao nosso redor.

— Aquele é o ponto de encontro. — Slidell aponta para o prédio mais alto das ruínas, o arranha-céu. — É o melhor lugar para esperar.

— Mas passar pelo tiroteio não é perigoso?

— Só por alguns minutos, senhorita. Depois ficaremos em segurança. Vamos esperar os reforços por lá.

— Alguns minutos? — Balanço a cabeça. — Eles vão chegar antes disso.

— Senhorita Rafia — diz Slidell, a voz irritada pela primeira vez. — Shreve fica a uma hora de carro voador!

Olho bem nos olhos dela, reunindo cada grama de minha irmã no sangue.

Não é só por mim mesma — sou responsável por esses soldados, meus protetores. E vamos ficar mais seguros escondidos aqui por mais alguns minutos que tentando atravessar as ruínas em meio ao fogo cruzado.

Tenho certeza de que meu pai esperava que esse ataque acontecesse.

Queria que acontecesse.

— Vamos ficar — ordeno.

Slidell me encara. Ela é dez anos mais velha, cinco centímetros mais alta, imensa em sua armadura. Minha cabeça gira com todas as possibilidades que ela tem de ganhar essa briga — injetar um sedativo do kit médico em mim, prender meus pulsos com aquelas fitas que estão em seu cinto. Ou simplesmente me carregar, aos gritos, pela cidade destruída.

É claro que ela está esperando a indefesa Rafi.

Slidell dá um passo à frente, esticando a mão para meu braço...

Meus reflexos de batalha entram em ação.

Agarro seu pulso e puxo, fazendo-a tropeçar a minha frente. Então dou um chute na lateral de seu joelho. A proteção evita que os ligamentos se rompam, mas ela cai, morrendo de dor.

— Mas que...

Dou as costas para Slidell, encarando os soldados confusos.

— Vamos ficar *aqui*. — Sou uma mistura assustadora de Rafi e Frey, régia e letal. — Essas são as ordens de meu pai.

Eles trocam olhares entre mim e a sargento, apavorados com a possibilidade de fazerem a escolha errada. Mantenho as costas viradas para Slidell, desafiando-a a me atacar de novo.

Por um momento assustador, isso poderia acabar de outra maneira.

Mas então os soldados erguem os olhos para o céu.

— À direita! — grita um deles, e todos se jogam no chão.

Eu me viro e vejo uma chuva de meteoros caindo, vários objetos queimando pelo céu.

— O que são essas coisas? — pergunto a Slidell.

— Drones de inserção suborbital — responde ela. — Mas os rebeldes não têm armamentos em órbita. Nem nós!

— Nós temos, sim — digo. — É só esperar.

Ela me encara, irritada e confusa, se perguntando se deveria me derrubar. Mas mantenho o olhar fixo no céu, sem mostrar dúvida.

No último mês, Naya me contou que meu pai tem despertado as antigas máquinas de guerra em segredo. Esperando uma desculpa para usá-las.

Não... *criando* a desculpa.

O êxtase volta, a bolha da vontade de meu pai me dominando de novo. Eu tinha razão. Ele tem tudo sob controle. Apesar do poder de fogo inesperado dos rebeldes, estou segura de novo.

Uma sequência de *bum* faz as ruínas estremecerem; são as máquinas suborbitais atravessando a barreira do som. Estão caindo do espaço, descendo tão rápido que um círculo de ar queima ao seu redor. Elas cortam as redes anticarros voadores dos rebeldes como facas cortando uma nuvem de fumaça.

Paraquedas de reentrada explodem e se desdobram, fazendo os meteoros pararem repentinamente. Então o brilho quente de seus escudos se abre e drones de batalha pesados saem, carregados de armas.

Eles começam a atirar enquanto caem.

Slidell tira os olhos do espetáculo e me observa de novo.

Não sou nada do que ela imaginou que fosse.

— Você *sabia* disso?

— Não exatamente — admito. — Mas sei mais a cada dia.

PRIMEIRO FILHO

Na manhã seguinte, tomo café com os Palafox.

Três gerações — mãe, avó e filho — sentam comigo em uma mesinha de ferro numa varanda ensolarada. Os drones de serviço são pintados com flores e esqueletos dançarinos. O café é forte e doce.

Estou usando uma das roupas favoritas de Rafi: um vestido azul-celeste debruado com asas de libélula. Coletadas de insetos reais, é claro, não impressas por um buraco na parede. Minha bagagem escapou ilesa da batalha, mas a blusa de seda teve que ir para o lixo.

Além disso, onze soldados morreram.

Não consigo pensar nisso agora; é enlouquecedor demais. Os rebeldes tiveram mais baixas que nós, é claro. Os noticiários não param de comentar o confronto, a revelação de que as forças suborbitais de meu pai podem atacar em qualquer lugar do mundo.

Mas onze soldados.

— Que absurdo — diz Zefina Palafox. — É um milagre que não tenha se ferido.

— Jamais senti medo. — Minha voz treme levemente, o que não soa nem um pouco como Rafi. Preciso manter o controle.

— É claro que não. — Zefina aperta minha mão. — Todos nós lembramos daquele probleminha ano passado. Você foi muito corajosa na ocasião também.

Abro um sorriso corajoso.

Zefina é a matriarca do clã. Tem 86 anos e o envelhecimento clássico da era perfeita — cabelo branco, bochechas rosadas, olhos brilhantes. Ela me recebeu ontem à tarde quando cheguei, ainda suja e em choque, e me colocou na cama.

— Talvez devêssemos falar sobre outra coisa — ordena, com gentileza, Aribella Palafox. É filha de Zefina e a líder da cidade de Victoria. O par de meu pai. — Não devemos deixar isso estragar sua visita, Rafia.

— É claro que não. — Eu me sirvo de um pedaço de manga, como se os rebeldes não fossem capazes de me impedir de aproveitar o café.

O cirano sussurra: *Garfo na mão esquerda, faca na direita. Leve a comida à boca, não o contrário.*

Aribella percebe quando ergo a mão e tiro o aparelho do ouvido. Não me importo que ela veja — muitas pessoas usam ciranos —, e não me importo se vou parecer uma bárbara. Não aguento a voz de meu pai em meu ouvido agora.

Onze soldados.

Sorrio para Aribella. Ela é linda. Não do jeito antiquado — sua cirurgia de perfeição foi totalmente revertida. Seu glamour se encontra em sua expressão, em sua certeza de que nasceu para reinar.

Ao observá-la, compreendo por que tantas cidades quiseram líderes depois da libertação. Não outro parlamento, conselho ou comitê, e sim uma figura singular para guiá-las pelo caos do despertar da humanidade. Como as celebridades ou famílias reais dos Enferrujados.

Quase consigo esquecer que sou sua prisioneira.

— Você caça, Rafia?

Todas nos viramos para um rapaz de minha idade, Col Palafox. É a primeira coisa que ele diz desde que fomos apresentados. Exibe uma expressão cansada o tempo todo, olhando o café como se estivesse envenenado.

— Certamente Rafia tem coisas melhores a fazer — argumenta Aribella.

Não discuto. Não é como se Aribella fosse deixar sua refém sair por aí com uma arma, uma prancha voadora off-road e seu filho.

Col baixa os olhos para a comida de novo.

Por mim, tudo bem se ele não quer conversar. Ele é o mais velho dos dois filhos dos Palafox, o que fala francês. Alguns verbos esquisitos de minha parte e ele vai começar a estranhar.

Rafi e eu estudamos o que os feeds dizem sobre Col. Que ele é cuidadoso, meio chato e estudioso. Nunca participou dos grupos sociais de Rafi. Mas ainda é a pessoa mais parecida com ela aqui — o jovem herdeiro de uma primeira família. Se alguém pode perceber que minha atuação brilhante de socialite é uma fraude, é ele.

Col parece mais velho pessoalmente que nos feeds públicos. Tem os ombros largos, seus olhos escuros são meio tristes, e é mais bonito também. Mas esse é só mais um motivo para não falar com ele. Rafi é famosa por encantar meninos e meninas com igual facilidade, mas eu nunca sequer flertei com um estranho.

— Vocês têm uma casa adorável — elogio, para preencher o silêncio desconfortável. Rafi me disse para fazer isso quando não soubesse o que dizer, embora seja banal.

Zefina se empolga.

— Você deveria fazer um tour! Por que não leva Rafia para passear depois do café, Col?

Aribella assente, como se estivesse lhe dando permissão.

— Que ideia excelente. Você não falou francês com uma pessoa de verdade desde que voltou para casa.

Col parece arrasado.

Eu sinto o mesmo.

FALSA SELVA

A casa dos Palafox é realmente adorável.

Enquanto a propriedade de meu pai é claustrofóbica e escura, tudo aqui é aberto, arejado e claro. Quartos se estendem em varandas e terraços, claraboias abrem corredores para o sol matinal, tudo cercando um pátio arborizado do tamanho de dois campos de futebol.

É para essa selva que Col me leva primeiro, por um caminho de pedras flutuantes, passando por árvores frondosas e tempestades de minúsculas asas. Não consigo identificar se as borboletas são naturais ou duplicadas artificialmente, ou o que as impede de voar para o céu aberto.

Drones de segurança voam ao nosso redor em caso de queda. A longa distância até o chão faz meus pulsos coçarem por braceletes antiqueda.

— Está tentando me deixar nervosa, Col?

Ele dá de ombros.

— Não me diga que a garota que enfrenta rebeldes e assassinos tem medo de altura.

— Estou falando das borboletas. São carnívoras, não são?

Pela primeira vez, Col me dá um leve sorriso. Eu não deveria estar fazendo piadas avoadas. Ele pode me responder em francês, e meu cirano ainda está no bolso. Não quero meu pai sussurrando dicas ao ouvido.

Mas Col não responde, só me guia adiante.

O piso de pedra do pátio está úmido. Um líquen verde-claro cobre todas as superfícies, pontilhado de flores vermelhas pintalgadas. Isto é mais um hábitat que um jardim, como um pedaço da selva no meio da cidade.

Eu me pergunto se é possível acessar o telhado pelo topo das árvores, uma rota de fuga caso seja necessário. É provável que Col saiba a resposta, mas não posso perguntar a ele; está completamente parado, a mão esticada, esperando que uma borboleta pouse ali.

Sempre que Rafi quer que uma pessoa fale mais do que permitido, ela a provoca.

— Para um guia, você não fala muito.

Ele baixa a mão.

— Estamos em uma simulação da Reserva de la Biosfera El Cielo.

Talvez eu devesse colocar o cirano de novo. Mas isso foi espanhol, não francês.

— Significa "Céu" — traduz ele. — É uma floresta de nuvens cinquenta cliques a sudoeste daqui. É uma reserva natural desde os tempos dos Enferrujados. Minha família continua a protegê-la.

— Uma floresta de nuvens? Parece invenção.

Col dá de ombros.

— É uma selva em uma montanha, em uma altitude tão alta que as árvores conseguem capturar a umidade direto das nuvens... É tipo chuva sob demanda. As antigas selvas criavam seu próprio clima.

— *Agora sim* você parece um guia.

— Sou famoso pela chatice — diz ele, ao mesmo tempo que faz um sinal com as mãos: *Estão nos observando*.

Por um momento o encaro, confusa. Como ele sabe os sinais secretos de Rafi? Ela aprendeu com os alunos de uma escola de música particular em Diego. Mas Col Palafox estuda a um oceano de distância.

Talvez os sinais sejam universais, transportados ao redor do mundo por crianças mal-educadas transferidas de escola em escola. Ou talvez o sinal de *Estão nos observando* seja tão útil que é igual em todos os lugares.

Rafi saberia tudo isso. Já sinto sua falta.

Col fica me encarando, e balanço a cabeça para mostrar que entendi seu sinal. Que sou exatamente como ele: um jovem mimado, não uma dublê; não uma assassina treinada.

Ele abre um sorriso de verdade pela primeira vez.

Um som ribombante vem do céu, como um carro voador passando. Ergo os olhos de repente, pronta para me proteger.

— É só a tempestade da hora — explica Col. — A Reserva real recebe três metros de precipitação por ano.

Uma névoa desce sobre nós, tão fina que as borboletas não parecem se importar. Não vejo aspersores em lugar algum.

— Então as selvas realmente fazem o próprio clima.

Outro sorriso.

— Vamos tirar você da chuva.

Dou de ombros.

— Esse vestido é costurado com nano absorventes. Mesmo se for completamente submerso, fica limpo e seco em cinco minutos.

Ele me encara; *não* é assim que Rafi fala sobre roupas. Ela estaria preocupada com as asas de libélula, com o cabelo molhado.

— Certo — diz Col. — Mas tem outra coisa que quero te mostrar. É o prédio original, tem quinhentos anos.

Ele faz outro sinal. Não o conheço, mas consigo imaginar o significado.

Um prédio tão antigo assim deve ser feito de pedra — as paredes não são modernas o bastante para nos ouvir. E eles não têm poeira espiã aqui em Victoria.

— Que interessante — digo.

Col fica em silêncio de novo, me guiando para fora da selva úmida e por um corredor coberto de afrescos. Mais caveiras e flores, uma paisagem de fundo parecida com o deserto pelo qual passamos ontem.

No fundo, estou satisfeita comigo mesma. Por enquanto, Col não desconfia de que não sou Rafi. Que nunca fui a festas chiques ou criei minhas próprias roupas.

Mas ainda não conversamos direito, e agora ele quer privacidade. E se for para discutir assuntos secretos de jovens mimados, fofocas das quais não tenho ideia?

Rafi me avisou que fazer amizade com Col só me traria problemas. Eu deveria dizer que estou cansada e que gostaria de voltar para o quarto. Deveria estar juntando suprimentos para um kit de fuga, de qualquer maneira.

Mas, quando abro a boca para dar uma desculpa, nenhum som sai de meus lábios. Tirando minha irmã, nunca tive um amigo.

E se Col me contar algo útil?

Ele me guia pelo interior da casa da família.

O prédio antigo é a parte mais sombria da Casa Palafox.

Col me leva até lá, passando por uma porta que tem uma fechadura com scanner de retina, depois por um corredor com paredes irregulares. Fachos do sol matinal atravessam janelas altas e protegidas. Não há murais coloridos aqui, só o silêncio fresco e cinzento da pedra.

— O que era isto? — pergunto. — Um castelo?

— Um monastério — responde Col, depois fica em silêncio de novo. Ele continua um guia nada bom.

Rafi provavelmente saberia a resposta, mas mesmo assim pergunto:

— O que é um monastério?

— É como um dormitório para os pré-Enferrujados que levavam a religião muito a sério. — Ele passa a mão pela superfície áspera da parede. — Os monges que moravam aqui prometeram ignorar o mundo exterior.

— Monges? Como os da luta Shaolin?

Consigo me impedir de soltar que já estudei esse estilo de luta. Mas ainda assim Col ergue uma das sobrancelhas, fazendo a mesma expressão que Rafi faz quando me julga por falar como um conselheiro militar.

— Mais ou menos. Esses monges estavam mais interessados em caligrafia do que em bater nas pessoas.

Disfarçadamente coloco o cirano de volta no lugar e o ligo.

Caligrafia é a arte da escrita decorativa.

— Fantástico — digo com o tom zombeteiro de Rafi. — Então você vai me mostrar sua coleção de anotações?

— Sinto te decepcionar, mas não temos nada tão antigo assim. Mantemos as antiguidades da família aqui. Talvez você ache nossa coleção... interessante.

Ele me leva para outro corredor, e entramos em um cômodo de pé-direito baixo, cheio de mostruários de vidro.

Os mostruários estão cheios de armas, da era Enferrujada e até anteriores. Espadas, rifles, armaduras feitas de escamas de metal, uma besta.

Tento não parecer muito animada, mas então meus olhos pousam no mostruário menor — um punhal pulsátil. Um original, do último dia de caos, antes que o regime dos perfeitos trouxesse a paz.

É menos sofisticado que o que tenho em casa, mas também é mais confiável. O tipo de equipamento militar que talvez ainda funcione depois de cem anos.

Estendo a mão e toco no mostruário.

Parece feito de ferrovidro, de mais ou menos um centímetro de espessura. Difícil de quebrar, mas não impossível, e estamos cercados de paredes de pedra burras.

Os Palafox são uns avoados. Guardam sua coleção de armas na parte mais vulnerável da casa.

É claro, eles acham que sou Rafi, que nunca roubou nada na vida.

— Vocês têm uns brinquedinhos impressionantes — murmuro.

— Este é meu favorito. — Ele me guia até outro mostruário, apontando para um arco de caça.

Não é uma antiguidade. É de nanotecnologia, com polímeros flexíveis e mira a laser. As flechas são montadas com penas eletrônicas e uma variedade de pontas de alta tecnologia — pontas de impulso aéreo para derrubar aves, pontas explosivas para alvos maiores.

Na época do regime perfeito, as pessoas não matavam animais. Esta arma foi feita após a libertação.

— Esse é meu — diz Col. — Em geral fica pendurado na minha parede.

— O que está fazendo aqui embaixo?

— Jefa pegou com as próprias mãos e o trouxe para cá. Escondeu, assim como minha prancha voadora. — Ele me encara. — Ontem, logo antes de você chegar. Não me explicou por quê.

— Quem é Jefa?

— É assim que eu e meu irmão chamamos nossa mãe. Por motivos óbvios.

Significa "chefe", sussurra meu cirano.

Então é por isso que Col falou de caçadas no café da manhã. Está tentando entender por que ela escondeu seu arco. Não tem ideia de que sou uma refém.

Está na hora de virar Rafi de novo.

Dou um grande suspiro.

— Talvez ela não queria que você fique chateando os convidados com seus passatempos entediantes.

— Talvez. — Col baixa os olhos para o mostruário. — Ou talvez ela ache que não sei do que isso tudo se trata. Suas "férias" com minha família.

Um tremor me percorre. Será que ele descobriu?

Ele está esperando que eu diga algo. E tenho quase certeza de que *Vocês têm uma casa adorável* não vai adiantar.

— Nossos pais querem que as famílias sejam aliadas — digo com cuidado.

— Exatamente. — Ele suspira. — Mas espera-se que eles sejam mais sutis, não? *Por que não leva Rafia para passear, Col?*

Demora um momento para as engrenagens em minha mente girarem. Mas, por fim, entendo.

— Ah — digo.

— Certo. Como se você não soubesse.

Balanço a cabeça. Não estou mentindo.

Rafi e eu deveríamos ter percebido antes que eu saísse, mas estávamos preocupadas demais com etiqueta à mesa e verbos irregulares para perceber o que a Vovó Palafox deveria estar pensando.

— Sua família — digo. — Eles querem que a gente... fique junto?

Col bufa, enojado.

— *Minha* família? Como se seu pai não estivesse pensando o mesmo.

Não sei o que responder. Meu pai não quer esse tipo de aliança, ou então teria mandado a Rafia real, não sua dublê sem cérebro.

Ele só quer humilhar os rebeldes, pegar sua parte do metal das ruínas de Victoria e sumir.

Todos nós ignoramos essa possibilidade.

— Não posso *acreditar* — continua Col. — Passei minha vida toda estudando, me preparando para ajudar Jefa a liderar a cidade. E agora ela quer me casar com uma... — Ele para, erguendo as mãos em frustração.

— Uma *o quê*, exatamente?

Col gagueja por um momento, depois completa:

— Essa história toda é medieval!

Solto uma risada contra minha vontade. É muito mais medieval do que ele supõe.

Seus olhos escuros brilham.

— Você acha isso engraçado?

Balanço a cabeça. Aribella *sabe* que sou uma refém, não uma convidada. Mas ela parecia animada com esse pequeno passeio pela propriedade.

Será que ela está tentando passar a perna em meu pai? Trazer Rafi para sua casa, depois usar o filho para solidificar a aliança?

— É só que eu não sabia, Col. De verdade.

Ele me observa por mais um momento, depois começa a andar de um lado para outro, balançando os braços.

— No inverno passado, quando os rebeldes estavam prestes a nos expulsar das ruínas, todo mundo dizia que não podíamos deixar seus soldados ajudarem. Que nunca poderíamos confiar que seu pai iria embora quando visse quanto metal estávamos coletando. Então, de repente, o acordo foi assinado, só que *você* veio junto, e ninguém me dizia o motivo. É como se todos estivessem em um jogo do qual desconheço as regras!

— É, eu sei como você se sente.

— Minha mãe me tirou totalmente da conversa. E o mais irritante é que só me dei conta do motivo hoje de manhã!

Eu assinto.

— Esconda um plano até que esteja pronto para ser executado e é mais provável que seja bem-sucedido.

Ele se vira para mim.

— Você acabou de citar Maquiavel?

— Tenho lido muitas coisas dele ultimamente.

Col me olha da cabeça aos pés, e percebo que estou parada do jeito errado. Não com a pose de balé de Rafi, mas na posição de combate em que Naya me força a ficar durante as aulas. Peso apoiado nos calcanhares, pronta para lutar.

— Você não é como imaginei que fosse, Rafia.

Eu deveria dizer algo para contradizê-lo. Agir como minha irmã nas notícias — decidida, irritável, sempre encontrando as fraquezas dos outros e utilizando-as.

Mas, em vez disso, pergunto:

— Como assim?

— Suas festas. Suas malcriações. Eu estava esperando uma socialite avoada, para ser honesto.

Fico olhando para ele, um pouco ofendida por Rafi. Ela não é nenhuma avoada, a não ser quando está fingindo. Foi *ela* que me fez ler Maquiavel.

Mas também me sinto orgulhosa, porque Col não está vendo Rafi — está me vendo. Ou pelo menos as partes de mim que aparecem por trás do disfarce.

Essa história toda me deixa tonta.

Mas a Frey tonta não sabe o que dizer, então deixo a Rafi sarcástica responder.

— Sinto muito por decepcioná-lo, Col. Vou tentar ser mais avoada.

— Acredite, é um alívio. Especialmente se minha família vai ficar tentando nos empurrar um para o outro.

Certo, é o que estão fazendo. E Col já percebeu que não sou a Rafi que todos veem nas notícias. Ele é esperto o bastante para perceber ainda mais coisas. Uma amizade com ele é algo arriscado.

Mas também tem suas vantagens. Ele percebeu algo que até minha irmã mais velha não notou: que os Palafox estão em busca de uma aliança de sangue.

Preciso de alguém que me diga como essa família pensa.

— Esqueça nossos pais — digo. — Vamos fazer nossa própria aliança.

Ele ergue a sobrancelha.

— Imagino que não um casamento?

Isso me faz rir.

— Nem de longe. Nem mesmo precisamos gostar um do outro, se não quisermos.

— Então não preciso ser seu guia?

Eu assinto e, em um arroubo de brilhantismo, completo:

— E eu não tenho que ser sua parceira de francês!

— *Comme il faut* — diz ele.

Como deve ser, a voz de meu pai traduz.

Abro um sorriso.

— Está decidido, então. Somos aliados.

Ele estende a mão.

— Não peões para nossas famílias.

Trocamos um aperto de mão, mas sinto que essa é uma promessa que não posso cumprir.

Eu nasci para ser um peão.

VICTORIA

Alguns dias depois de minha chegada, Col me leva para visitar a cidade.

Estou animada para sair. Até agora tem sido só jantares formais com os dignitários de Victoria, almoços com os Palafox. Conversas pedantes e comida pesada demais para os purgantes de calorias queimarem. O que preciso é de uma longa sessão de treinamento com Naya, mas uma boa caminhada pela cidade já ajuda.

Eu e Col vagamos pelas ruas como aleatórios. Sem armaduras de proteção, só alguns seguranças se misturando à multidão ao nosso redor. Um único drone sobrevoa as ruas entre os pombos. Provavelmente só está ali para garantir que eu não fuja.

O estranho é que sou mais livre aqui, como refém, que em casa, como segunda filha. A Casa Palafox não tem corredores ou elevadores especiais. Não tem poeira espiã no ar.

Sempre quis saber como é viver como Rafi, mas isto é algo que nem ela jamais fez — andar pelas ruas com as pessoas normais tão próximas.

A maioria nos ignora, mas algumas passam direto pelos seguranças para se apresentarem a Col, o primeiro filho da cidade. Ele faz brincadeiras, descontraído, usando as mesmas frases várias vezes, conseguindo repetir as palavras como se tivessem surgido em sua mente naquele momento.

Naya me avisou que em Victoria eu poderia ficar exposta assim. Muitas cidades funcionam dessa maneira; os ricos e poderosos andando livremente entre os aleatórios. Mas é estranho testemunhar isso.

A situação me deixa inquieta. Como se qualquer um pudesse ver através de meu disfarce.

Col age como se fosse perfeitamente natural, é claro. E as pessoas de Victoria parecem adorar o primeiro filho.

Perguntam sobre a escola, a botânica, o arco e flecha. Todas as características que fazem os amigos de minha irmã ignorarem-no — sua dedicação aos estudos, seus passatempos entediantes — são celebradas aqui.

O que é estranho, porque Victoria não é entediante ou acadêmica, nem um pouco. É notadamente vívida.

Crianças passam voando em suas pranchas, a velocidade as levaria para a prisão em casa. Drones voejam logo acima dos telhados, carregando não apenas carga oficial, mas alimentos, compras, roupa lavada, como se cada aleatório tivesse a própria frota aqui. E não é só o tráfego que é louco e descontrolado. As pessoas parecem usar o que querem — cores fortes, tatuagens dinâmicas e cirurgias que nunca passariam pelos censores de Shreve.

Até os prédios explodem com vida. A arquitetura de estruturas voadoras plana acima dos passantes, leve e fantástica. E, no nível da rua, casas de tijolo de barro são pintadas em amarelo e laranja solar ou no azul radiante de uma chama baixa.

Mas o mais estranho para mim são os animais. Os bandos de pombos em silhueta contra o céu, os gatos elegantes caminhando pelos telhados.

Aponto para uma galinha correndo entre nossos pés, suas penas tão espalhafatosas quanto as casas.

— Mas para que *isso*?

Col me olha, confuso.

— Animais selvagens não são permitidos em Shreve — explico.
— Alguns pássaros entram, é claro, mas nada *assim*.
— As galinhas não são exatamente selvagens. — Col entra no modo guia. — São identificadas com transmissores para que a cidade possa monitorar o ecossistema. São boas para controlar pragas, também.
— Por que não usar pesticidas?
— Somos antiquados aqui. Quando meu irmão menor está em casa, ele sai toda manhã para pegar ovos.
— Para *comer*? De aves que comem *insetos*? — Balanço a cabeça. — Essa cidade toda é como algo da época dos Enferrujados, ou sei lá o que veio antes!
— Os pré-Enferrujados — completa Col, rindo.
— Sei lá — digo. — Mas é lindo.
Sua risada morre, e ele me olha de um jeito curioso.
— Sério, Rafia? Shreve é muito maior e mais moderna que Victoria, achei que você ficaria entediada. Será que está mesmo *encantada* com nossa cidadezinha?

Não respondo imediatamente. A Rafi real estaria entediada. Ou pelo menos fingiria estar, porque cidades menores e mais antigas são ultrapassadas se comparadas às construções novas e impactantes da pós-libertação. Mas não quero ofender Col. Ele é meu aliado agora.

E, depois de uma vida inteira me escondendo, treinando e só aparecendo em ocasiões cuidadosamente programadas, é difícil não me extasiar com toda essa vida urbana ao meu redor. Todos os cheiros e sons são surpreendentes. Assim como o fato de que eu poderia escolher qualquer rua para seguir em frente.

Mas a parte mais inquietante não é minha liberdade — é a de todos os outros. Victoria parece uma cidade totalmente fora de controle.

— Não estou nem um pouco entediada, Col. Pelo contrário, é quase demais, andar assim a céu aberto. Parece... arriscado.

Ele me observa.

— Mais arriscado que ser alvo de assassinos?

— Tenho guarda-costas em Shreve. Aqui, são só alguns seguranças. Vocês nem têm poeira espiã!

— É ilegal.

— Eu sei, mas... — Meus tutores explicaram como a privacidade é importante para a cidade. Victoria apaga todos os dados todos os dias, esquecendo onde as pessoas foram, o que disseram umas às outras, o que fizeram com seus buracos na parede.

Em Shreve, o ar é cheio de máquinas. Quando você acende uma lanterna no escuro, a maior parte das partículas são de poeira espiã, nanocâmeras tirando centenas de fotos por segundo em todas as direções, junto de minúsculos microfones, transmissores, baterias e repetidores que as fazem funcionar.

Se os seguranças de Shreve querem saber o que aconteceu em certo local e horário, só precisam solicitar à interface da cidade. Podem observar o ocorrido de todos os ângulos, repetir todos os sons acima de um sussurro... a não ser que a equipe de Dona tenha censurado suas palavras para esconder os segredos de meu pai, é claro. Segredos como eu.

— Só parece pouco seguro, Col. E se houver um assassinato? Como resolvem *qualquer* crime?

— As pessoas resolviam crimes antes da invenção da poeira espiã, sabia? Usamos DNA, impressões digitais, testemunhas. — Ele dá de ombros. — E, sei lá, lógica?

— Parece muito trabalho quando vocês poderiam simplesmente *assistir* ao que aconteceu.

— As pessoas não gostam de ser espionadas. Além disso, não temos um assassinato não resolvido desde a libertação.

Baixo a voz um pouco.

— Mas como sua família permanece no controle?

Ele me observa com os olhos semicerrados.

— Não *permanecemos no controle*. Nós lideramos.
— Você está sendo presunçoso?
— Em geral, sim. — Ele observa um cachorro passar correndo, perseguindo dois gatos. — Minha mãe é boa no que faz, então as pessoas não tentam se livrar de nós.

Eu paro e o encaro.

— Está dizendo que alguém tentou me matar porque meu pai *é ruim no que faz*?

— Seu pai é diferente — responde ele, calmo. — Você sabe disso.

Fico ali, parada na sombra fresca de um muro, refletindo. Não sei o que responder, porque na verdade não sei por que estou discutindo. Essa sou eu fingindo ser Rafi, que sempre defende o nome da família em público? Ou eu só odeio ser julgada?

— Sinto muito que você não possa passear assim em casa — lamenta Col. — Deve ser difícil lidar com a violência.

Aquela presunção de novo.

— Não me venha falar de violência — retruco. — Sua mãe está pegando o exército de meu pai emprestado.

— Pegando emprestado porque não temos um grande exército de prontidão. Metade de nossos soldados tem outros empregos. Não vê a diferença?

— Na verdade, não.

Ele suspira.

— *Il n'est pire sourd que celui qui ne veut pas entendre.*

Ninguém é tão surdo quanto aquele que não quer ouvir, traduz meu cirano.

Provérbios franceses? Ótimo. Rafi seria *tão* melhor nisso que eu. Ela provavelmente cuspiria algum ditado metido à besta como resposta.

Tento me lembrar do que meus tutores me ensinaram sobre os debates da nova era. Sobre se as primeiras famílias, com sua poeira sabe-tudo e armas antiquadas, ficaram poderosas demais.

Mas por que alguém iria querer ser governado por uma família *fraca*?

Percebo que os seguranças formaram um círculo ao nosso redor, de costas para nós, parados de braços cruzados. As pessoas em volta nos evitam enquanto discutimos.

Lembro que Rafi disse que os Palafox não são frágeis. Seu poder está no ar ao nosso redor. Gentil, mas firme.

Eles só não gostam de admitir isso.

— Talvez você não saiba tudo sobre sua própria família — argumento.

Col reflete sobre isso por um momento, depois concorda.

— Você tem razão. Nunca pensei que Jefa deixaria as forças de Shreve entrarem. Ou que me deixaria fora dessa decisão. Ou que tentaria me casar com uma avoada qualquer. — Sua voz fica mais baixa. — E ainda não compreendo por que ela escondeu meu arco de caça.

Nem tento explicar. Aliados ou não, Col não precisa saber que sou refém. Tudo que ele quer é seu arco, nem que seja só para implicar com Aribella por tê-lo tratado como mero reprodutor.

Talvez eu possa usar isso.

— Uma pergunta. — Eu me aproximo, sussurrando. — As pessoas vão para aquele monastério com que frequência?

— Quase nunca. Nem os drones de limpeza podem entrar. Jefa diz que vão gastar as pedras.

— Então talvez eu possa pegar seu arco, se você encontrar algo para mim.

Ele arregala os olhos.

— O quê?

— Você não pode contar para sua mãe o que estou pedindo. Promete?

— É claro.

Eu me pergunto se posso confiar nele. Em casa, o escritório de meu pai é cheio de sensores que acompanham batimentos cardíacos, temperatura da pele, os movimentos sutis dos olhos... todos os sinais de que alguém possa estar mentindo.

Mas aqui, na rua, tudo em que posso me basear é no olhar decidido de Col para mim.

Por algum motivo, é o bastante.

— Você sabe o que é um carregador pulsátil?

VESTIDO DE BAILE

Uma semana depois, os Palafox dão uma festa de boas-vindas em minha homenagem.

Os feeds só falam disso. Todas as famílias de elite foram convidadas. Todos querem conhecer a menina especial que sobreviveu a uma tentativa de assassinato *e* a um ataque rebelde. Qualquer quiqueiro com um feed está especulando sobre o período que passarei na cidade. Sobre minha convivência com os anfitriões. Sobre o fortalecimento da aliança entre nossas famílias através dessa guerra compartilhada contra os rebeldes.

As pessoas também estão especulando sobre Col e eu.

Nossa conversa intensa nas ruas foi capturada por algumas câmeras particulares, mas a fofoca depende da fonte. Estávamos discutindo? Flertando? Atuando para as câmeras?

A cidade inteira está começando a se perguntar se minha visita é algo mais que férias.

É a tarde antes do baile, e ainda estou experimentando roupas virtualmente na tela do quarto.

Experimentei os designs padrão do buraco na parede, mas são básicos demais para Rafi. Meus dedos se dobram e se esticam, escolhendo opções em menus infinitos de estilos e combinações.

Personalizar, refinar, especificar mil pontos diferentes... mas é tudo um tiro no escuro.

Toda tentativa acaba sendo outro desastre.

E se Vó Zefina, curiosa sobre minha escolha de figurino para hoje, está me observando? Ela deve se perguntar por que a sempre estilosa Rafia de repente está tão perdida.

É isso que ganho por querer sair de casa, ser eu mesma. Finalmente tenho uma festa própria, e já é um pesadelo.

Rafi tinha razão; eu não sei me vestir, flertar ou conversar. O que não tem problema em um ou outro jantar empolado, mas agora o mundo inteiro vai ver como não sei nada de moda. Como não sei nada *de nada*.

Como sou só uma pessoa pela metade.

O cirano de minha irmã não está ajudando. Tem mil dicas de etiqueta, mas nada sobre estilo — é algo de que Rafi jamais precisaria.

Eu daria qualquer coisa para que ela me ajudasse agora. Mas os Palafox estranhariam se eu ligasse para casa e pedisse conselhos de moda.

De repente, enquanto observo a décima quinta tentativa frustrada de vestido, o cirano me sopra suavemente ao ouvido...

É um ping secreto, de casa. É o primeiro desde que cheguei.

O cirano não pode enviar sinais, ou o sistema de segurança da Casa Palafox vai interceptá-los. Mas ele pode escanear os feeds públicos em busca de mensagens escondidas. Elas são codificadas em imagens de meu pai, vídeos oficiais em que ele acena para o público ou assina um documento. Espalhadas por esses bilhões de pixels existem minúsculas, aparentemente aleatórias, mudanças de cor, informações enterradas sob uma centena de camadas de matemática para meu cirano decodificar.

Não reajo imediatamente, caso alguém esteja observando. Em vez disso, descarto minha última criação com um suspiro irritado à la Rafi, me jogo na cama e fico olhando para o teto. Só então ergo a mão e toco no cirano para reproduzir a mensagem.

É uma gravação da voz de minha irmã.

Frey! Espero que esteja bem, ou pelo menos sobrevivendo.

Mas o importante é que espero que você ouça isso agora mesmo. Você tem que arrasar nessa festa hoje. Já viu nossa popularidade? Desde o ataque dos rebeldes, estamos no top 100. E não estou dizendo localmente, não... Esse é o ranking global, Frey.

As pessoas do mundo inteiro vão estar de olho na festa de hoje.

Você tem que estar incrível.

Tenho vontade de interromper Rafi e dizer a ela que não está ajudando em nada. Já me sinto nervosa o bastante sem imaginar o mundo inteiro me observando. Todas aquelas pessoas olhando para mim, para Col, prontas para espalhar fofocas...

Então percebo — Rafi disse "nossa" popularidade. Isso é novidade. Sempre foi sua fama, não minha. Mas os rebeldes atiraram em *mim*, acho, então é justo que eu receba parte do crédito.

Sorte sua ter uma irmã mais velha tão esperta.

Pause esta mensagem até estar na frente de uma tela. Então faça exatamente o que eu disser.

Pulo da cama e fico de pé diante da tela. Pronta para obedecer.

Certo, agora abra a Liteme. Você sabe do que estou falando? É a Linha do Tempo da Moda Padrão Europeia, dã. O atalho para abrir é erguer os dois punhos, com os dedões pra dentro. Como se fosse socar alguém, basicamente.

Só que você vai quebrar seu dedão se acertar alguém assim.

Agora passe até a metade dos anos 2040, os vestidos em linha A. Não que você saiba o que isso significa, mas imagino que saiba o formato da letra A, né? Rá.

Está vendo aquele no meio, com a gola de renda? Selecione esse e abra o menu de opções. Não o pequeno com quatro opções. Está na hora de ser grandinha e usar a lista avançada.

É, eu sei. Tem tipo mil submenus. E isso é só o início.
Mas não tema, com a sua irmã não tem problema...

Vou seguindo suas instruções, mal acompanhando a mensagem. Ela está correndo, me guiando pelas infinitas especificidades da moda. O tempo todo imagino Rafi falando sozinha em nosso quarto, parada na frente da tela que dividimos desde a infância. Parece que estou ao seu lado, em casa.

Mas enquanto Rafi sussurra ao meu ouvido, criando este vestido para meu corpo — para o *nosso* corpo —, começo a sentir como se fossem meus próprios pensamentos correndo pela mente. *Minha* habilidade navegando os séculos de estilos e tendências, as medidas dos quadris, braços, ombros.

Qualquer um espiando deve pensar que meu talento estilístico perdido voltou com tudo.

Quando a mensagem de Rafi por fim termina, a tela me mostra envolta em espirais de renda metálica, o forro em gradientes sutis de preto brilhoso. Luvas cor de chumbo sobem até os cotovelos, tule escuro com um brilho iridescente surgindo por baixo da bainha da saia.

O buraco na parede diz que a fabricação vai levar três horas. Eu nem sabia que *alguma coisa* poderia levar três horas para ser feita. Mal terei tempo de me vestir antes do baile.

E já estou impaciente. Em geral não me importo com o que Rafi e eu usamos, mas depois de ver essa criação emergir dentre mil escolhas rápidas e decididas, mal posso esperar para me tornar aquela garota no vestido.

Não simplesmente um vestido. Um vestido de baile.

Um ping soa no quarto.

— Rafia? — É Aribella Palafox, minha anfitriã, minha captora. O momento é tão perfeito que ela só podia estar observando. — Se estiver livre, talvez fosse bom conversarmos sobre hoje à noite.

— Seria excelente — respondo, desligando o cirano. Aribella comanda toda a cidade de seu escritório, certamente há infinitos sensores por lá.

De repente sou Frey de novo, não a princesa no lindo vestido. Frey, que não sabe que vestido, que garfo usar. Ou como conversar com sua anfitriã sobre uma festa que será acompanhada pelo mundo inteiro.

— Agora seria um bom momento? — pergunta ela.

Balanço a cabeça para concordar, sem confiar na própria voz.

Ao me receber na porta do escritório, Aribella segura minhas mãos.

— Deixe-me dar uma olhada em você, Rafia.

Ela recua um passo, me analisando. Será que está imaginando o vestido, se certificando de que estarei elegante o bastante para o baile de hoje? Ou está se perguntando se, de alguma maneira, pareço diferente na vida real?

A voz de Rafi soou a tarde inteira em meu ouvido, então sua pose, sua expressão calma, tudo vem naturalmente. Mas o escrutínio de Aribella ainda me dá nos nervos. Olho atrás dela, para as janelas altas do escritório, a vista cheia de luz e movimento. A Casa Palafox não fica distante, à beira da floresta, como a torre de meu pai; fica no meio da cidade, o escritório de Aribella de frente para a cidade que ela governa.

Victoria é cheia de terraços abertos e estruturas flutuantes, um reino de fantasia comparado a Shreve, com suas construções baixas e sólidas. Uma catedral pré-Enferrujada se ergue a distância, a torre de pedra salpicada de luz do sol refletida pelos prédios flutuantes de vidro. Drones voam pelas janelas, suas cargas coloridas, flores e frutas, assustando os sempre presentes pombos.

Como a cidade, o escritório de Aribella é todo colorido. Não há mesa nem tela dominante. Só um círculo de sofás de veludo vermelho para o qual ela me guia.

Sentamos próximas, nossos joelhos quase se tocando.

— Tenho que confessar — começa ela. — Dei uma olhadinha no seu vestido de hoje, e é perfeito. Vou me certificar de que Col use algo que combine.

Com todas as fofocas nas notícias sobre nós dois, Aribella quer alimentar os rumores. Mostrar à cidade que sua família pode garantir a aliança com meu pai.

— Col tem sido muito gentil comigo — digo.

— É claro que sim... Você é tão linda, Rafia. — Ela se aproxima, me observando de novo. — E sem nenhuma cirurgia?

Por um momento, não sei como responder. Na época do regime perfeito, aparência não era algo de que você se gabava. Mas agora cada cidade tem seus padrões.

— Meu nariz poderia ser menor — comento. É a reclamação de Rafia desde que somos pequenas. — Mas meu pai não me deixa mudá-lo.

Aribella abre um sorriso compreensivo.

— Ele está sempre falando de sua mãe, a perfeita natural. Talvez ele queira vê-la em seu rosto.

— Eu não me lembro dela.

— É claro que não. — Ela estende a mão para acariciar meu cabelo. Seu toque é inesperadamente gentil. — Todos conhecem a história. Seu pai sempre consegue o que quer.

Não sei bem como responder. Se nosso pai não conseguisse o que queria, Rafi e eu não existiríamos.

Quando meu irmão, Seanan, foi sequestrado, minha mãe lutou contra os sequestradores. Ela levou quatro tiros, e, enquanto morria na mesa de cirurgia, nosso pai mandou os médicos colherem seus óvulos para que pudesse ter outros filhos com ela.

Meu pai cria a própria realidade. Às vezes pela força. Às vezes pela tecnologia.

Ele salvou Rafi e a mim do nada.

Repito o que Dona Oliver sempre diz:

— Ele amava demais minha mãe para abandoná-la.

— É com isso que estou contando. — Aribella se vira para as janelas. — Estou apostando a segurança de minha cidade no fato de que ele nunca colocaria o próprio sangue em risco.

Sinto um tremor de alívio; pelo menos não estamos mais fingindo. Sou uma refém aqui, não uma hóspede. Uma precaução para garantir o bom comportamento de meu pai.

Aribella lê meu tremor como outra coisa.

— Você deve pensar que sou um terror, pegando uma criança como refém.

— Você não me pegou como refém. — Eu me sento mais ereta. — Eu vim por minha vontade.

— Bem, isso é um alívio, Rafia. Fiquei preocupada que seu pai não tivesse explicado o acordo a você, o que nos deixaria em uma... situação constrangedora.

Quase rio.

— Ele não tem medo de dar notícias ruins.

— Seu pai realmente gosta de uma crise, mas ele tem mantido a palavra. Por enquanto.

— É claro. — As notícias dizem que os rebeldes já estão enfraquecidos. Recuando sob as forças conjuntas de Victoria e Shreve. — Minha família não foge da briga.

— Não, não mesmo. — Aribella encara a cicatriz acima de meu olho. — Na verdade, ouvi um rumor de alguém que estava lá naquele dia, quando aquele homem horrível tentou matar você.

Fico tensa. A equipe de segurança de Dona avalia cada ângulo dos dados da poeira espiã em busca de qualquer um que possa ter visto eu e Rafia juntas. Mas, com tanta fumaça e confusão, jamais tiveram certeza absoluta.

Dou de ombros.

— Existem muitos rumores sobre aquele dia.

— Eu não acreditava nesse até conhecê-la. — Aribella se aproxima. — *Você* matou o assassino?

Rafi negaria ou simplesmente riria, sem responder. Mas com meu outro segredo mais importante sempre à espreita, quero admitir essa verdade. Talvez impressionar Aribella importa para mim agora.

— Sim. Eu o matei.

Não sei o que esperar, mas seu sorriso me pega de surpresa.

— Obrigada por confiar em mim, Rafia. — Ela pega meu pulso direito com gentileza. — Sua mão está melhor?

Fico olhando para ela, sem entender.

— Minha mão?

— Estávamos preocupados que talvez houvesse algo escondido sob sua pele. — Aribella desvia o olhar, meio envergonhada. — Um rastreador, talvez. Parecia prudente escaneá-la.

— Certo. — A equipe de segurança de meu pai usa radares de onda milimétrica para se certificar de que convidados não estejam armados. — Mas não tenho nenhum implante além de meus olhos.

— Não. Mas percebemos que os ossos em sua mão direita tinham sido quebrados recentemente.

— Caí da prancha.

Aribella balança a cabeça.

— Foi o que pensamos, até olharmos com mais atenção. — Ela toca meu ombro. — Há um antigo ferimento aqui, e mais fraturas em seu pulso esquerdo e no joelho direito. Tecido cicatrizado nos músculos do corpo inteiro. Meu médico disse que nunca viu tantos ferimentos de treinamento. Nem implantes visuais de tanta qualidade. Seu corpo não mente, Rafia.

Cerro os punhos. Os Palafox talvez não tenham um exército à altura do de meu pai, mas são tão espertos quanto ele.

Sabíamos que verificariam o DNA — que bate com o de Rafi, é claro. Mas como posso guardar segredos se podem me escanear enquanto durmo?

Talvez mais um pouco de verdade vá confundi-la.

— O sequestro de meu irmão ainda atormenta meu pai. Então ele se certificou de que eu saberia me defender.

— Que triste. — Ela segura minha mão de novo e me olha nos olhos com algo que parece pena. — Mas você precisa saber de uma coisa, Rafia. Não importa o acordo que fiz com seu pai, eu jamais machucaria você.

Eu a encaro, sem acreditar.

— Isso precisa permanecer como nosso segredo, é claro — diz ela. — Pelo bem da paz, vou fingir que mantenho minhas ameaças. Mas você sempre estará segura sob meu teto. Eu juro.

Por que ela está me dizendo isso? O acordo de refém não vale de nada se meu pai não temer o pior. A não ser que Aribella esteja tentando me trazer para o seu lado...

Mas ela também tem medo de mim. Escondeu o arco de caça de Col, antes mesmo de encontrar as marcas do treinamento em meus ossos.

De repente me dou conta do que ela quer ouvir.

— Eu nunca machucaria ninguém de sua família, Aribella. Prometo.

Com um sorriso caloroso, ela se inclina e me abraça. Seu perfume é como o do jardim no centro da Casa Palafox, fresco e vivo; poderoso, como se ela criasse a própria chuva.

— Obrigada, Rafi. — Aribella me solta e se levanta. — Temos que confiar uma na outra.

— É claro. — Até ela descobrir que não sou a herdeira real de meu pai. Será que estará disposta a manter sua promessa para uma impostora?

— Percebi que não ligou para casa — comenta ela, baixinho.

Hesito, considerando como explicar que não há ninguém em Shreve com quem eu queira falar. Os amigos de Rafi me desmascarariam em cinco minutos, e meu pai nunca teve uma conversa de verdade comigo.

A única pessoa com quem quero falar é minha irmã, e não podemos deixar que os Palafox descubram que somos duas.

— Estive muito ocupada. Talvez depois da festa.

— É claro. Aliás, nós duas deveríamos estar nos arrumando, acho. — Aribella se ajeita e sorri. — Todos estarão nos observando hoje.

Eu me levanto, assentindo. Todos estão sempre me observando.

FESTA

Os Palafox sabem mesmo dar um baile.

O céu sobre a cidade brilha com fogos. Pequenas faíscas se espalham pela noite, brancas e repentinas. Serpentinas azuis explodem, levando minutos para desaparecer. Imensas cúpulas escarlate queimam acima dos convidados.

Na Casa Palafox, chamas de segurança ondulam nas cortinas e escorrem pelas chamativas colunas enfileiradas na entrada. Até a música incendeia o ar, os instrumentos da banda de metais brilhando na orquestra.

O salão de baile se expandiu o dia todo, as paredes correndo suavemente pelo piso de taco encerado. A festa cresce sem parar, preenchendo o espaço gigantesco, uma longa linha de carros derramando infinitos convidados, todos em cores mais vibrantes que qualquer um ostenta em Shreve.

No início, o vestido de baile de Rafi parece morto. Mas, conforme os convidados chegam, o preto e cinza começam a se destacar contra o arco-íris de cores e tecidos e chamas. E Col está perfeito a meu lado. Seu terno preto-meia-noite brilha como metal, reluzindo com as faíscas que chovem do teto e do céu. Sua gravata é uma nanotela, mostrando imagens de ondas do mar à noite.

— Sorria para as câmeras voadoras — diz ele. Estamos em uma varanda acima da multidão, com taças de champanhe. — Pirralhos mimados não têm o direito de ficar de cara feia.

Escondo a boca atrás da taça borbulhante.

— Você sabe que as pessoas leem lábios, não sabe?

— Não aqui. — Ele indica as faíscas que caem. — Elas brilham na velocidade exata da cadência das câmeras. Interfere na imagem apenas o suficiente para manter a privacidade.

— Engenhoso.

— Necessário.

De novo os victorianos e sua obsessão por privacidade. Mas há algo de eletrizante em saber que nossas palavras são secretas, mesmo com um milhão de pessoas assistindo.

Rafi deve ser uma delas. Ela já me observou em público antes, é claro, em boates e em apresentações. Mas sempre de uma suíte particular, não do nosso quarto. Eu me pergunto se ela está feliz por mim, finalmente recebendo a atenção que sempre me prometeu. Ou será que só sente inveja?

Alguém que Col conhece se junta a nós na varanda, e o cirano sussurra em meu ouvido:

Yandre Marin. Seus pais são um casal ilustre; o pai é um romancista popular, a mãe é líder da oposição política local.

Não sei o que *romancista* significa, só que deve ser algo antiquado. Victorianos são presunçosos em manter tradições antiquadas vivas, de caligrafia a remo.

Mas a mãe de Yandre é uma líder da oposição? Em Shreve, ninguém convida inimigos políticos para festas.

Sorrio e faço uma mesura, admirando o longo azul de Yandre, a bainha envolta por uma coroa de flores bordada a ouro. Uma tatuagem dinâmica em seu ombro nu pulsa com a música.

— Bem-vinda a Victoria — cumprimenta Yandre, retribuindo a mesura. — Espero que não vá nos julgar a todos por seu maçante anfitrião.

— Maçante! — protesta Col. — Você perdeu a parte em que a recebemos com rebeldes?

— Você nunca *me* recebe com rebeldes! — Yandre olha para mim, esperando que o famoso humor de Rafi se manifeste.

Minha irmã diria algo borbulhante, ironizando o ataque. Compreendo a teoria de piadas assim, transformando um assunto desconfortável em humor, mas não tive como praticar muito. O cirano permanece em silêncio.

Col se adianta.

— Sua família é praticamente de rebeldes, Yandre. Sem contar que você só veio para beber o champanhe de Jefa.

— E para minha dose semanal de tédio. — Yandre se vira para mim. — Ele já te deu a aula sobre a floresta de nuvens?

— No primeiro dia — consigo responder. O que mal é borbulhante.

Ainda estão esperando que eu seja engraçada. Então abro a boca, torcendo para que nada muito idiota saia...

— "Ela não vem nos salvar."

Yandre franze a testa, colocando o cabelo preto comprido atrás da orelha.

— Perdão?

Não tenho ideia de por que, de todas as loucuras daquele dia, aquelas palavras ficaram gravadas em minha mente. Mas agora tenho que explicar.

— Durante o ataque, nos protegemos sob um antigo prédio Enferrujado. Havia um acampamento abandonado, com códigos rebeldes escritos por todos os lados. A única coisa que conseguimos ler foi: "Ela não vem nos salvar."

— Fico me perguntando quem *ela* é — diz Yandre. — Nossa santa padroeira, Victoria? Ela foi forçada a se casar com um pagão. Não muito diferente de você, Rafia.

— Não seja idiota — diz Col. — Os rebeldes não se importam com os deuses dos pré-Enferrujados.

— Uma santa não é uma deusa, bobinho. E nossa cidade *é* batizada em homenagem a ela.

Col suspira.

— Eu odeio quando isso acontece.

— Quando o que acontece? — pergunta Yandre com uma risada. — Quando seu carro voador cai em uma base rebelde misteriosa? Isso acontece com frequência?

— Não. Quando você ouve um trecho da conversa de outra pessoa, e esse trecho parece misterioso e importante... — Col observa uma faísca cair pela varanda — ... mas nunca vai descobrir do que se trata.

— Você é tão profundo, *chico*. — Yandre revira os olhos e se vira para mim. — Vou perguntar para meu irmão menor. Ele é meio rebelde... Não do tipo que atira em celebridades estrangeiras, é claro. Mas talvez conheça a frase.

Abro um sorriso.

— Obrigada.

— Falando de seu irmão — começa Col, baixinho. — Ele conseguiu aquilo que te pedi?

Yandre assente.

— Escondi embaixo da cama do quarto da ala oeste. Vó Zefina me deixou usar para ajeitar o vestido. Mas pra que você precisa de um carregador pulsátil, eu não sei.

Tomo mais um gole para esconder minha expressão.

— A gente precisa, só isso. — Col sorri para mim. — Podemos levar lá para o prédio antigo hoje à noite.

Encaro Col.

— Com um milhão de pessoas assistindo? Vamos precisar de uma bela distração.

Yandre nos abraça com uma gargalhada.

— Estamos em Victoria, minha querida. Festas são a distração.

PROMESSA

Uma hora depois, a distração começa.

Não há aviso, não há notificação da interface urbana aconselhando a procurar abrigo. Só um ataque repentino vindo de todas as direções ao mesmo tempo.

O primeiro atinge Yandre, um borrão de movimento que vejo de esguelha, um *pop* quando pó escarlate mancha seu vestido azul. Levo um susto, mas Col e Yandre apenas riem.

Então algo atinge meu ombro. Mal sinto o impacto — a casca externa é algum tipo de aerogel, tão fino quanto uma bolha de ar. A explosão espalha um brilhoso pó verde em meu vestido de baile.

Acima de nossas cabeças, o ar está cheio de projéteis se entrecruzando.

— Mas que merda é essa?

— São cascarones — explica Col. — Para agitar um pouco o baile. É uma tradição que remete ao festival pré-Enferrujado de...

Um jato de azul vivo acerta sua testa.

— Ah, que perfeito — solta Yandre por entre gargalhadas.

Os projéteis atingem todo mundo. Acertando taças de champanhe e manchando vestidos, ternos, chapéus e rostos com pó colorido. A energia da festa dobra ao nosso redor, os músicos forçando um ritmo cada vez mais acelerado.

A multidão rodopiante explode em dança.

— Vamos — diz Col, pegando minha mão. — Vai levar um minuto para as câmeras se encontrarem.

Yandre ergue a taça quando nos afastamos.

— Divirtam-se, crianças!

Col me guia para longe da multidão, depois pela parede dos fundos do salão. Cascarones estouram a nossa volta. Outra bolha me atinge, um beijo suave em minhas costas.

Quando chegamos a um canto da sala, Col abre uma porta secreta.

— Se alguém perguntar, você queria se limpar.

Quase reclamo dessa desculpa; eu *gosto* das cores vívidas em meu vestido. Mas penso que Rafi odiaria ver sua criação manchada por tons aleatórios.

Ela deve estar grudada aos feeds neste exato momento, se perguntando aonde fui. Será que imagina que fugi com Col? Será que vai atrapalhar nossa reputação, ser associada com alguém tão chato e estudioso quanto ele?

Depois da porta secreta há um quarto estreito, atravancado pelos móveis retirados para a expansão do salão. Ele puxa um sinalizador do bolso e dobra a ponta. Uma chama surge, as faíscas antifogo cascateando por meu vestido. É claro — como os fogos de artifício lá fora, a luz do sinalizador pulsa, atrapalhando qualquer câmera que possa estar vigiando.

Col vai desviando de cadeiras, sofás e escrivaninhas, seguindo direto para uma cama de solteiro em um canto. Ele se ajoelha e puxa um objeto envolto em plástico branco, que me entrega.

— Era disso que você precisava?

O carregador é grande, parece ultrapassado. Mas o punhal pulsátil também é.

— Deve funcionar.

Col sorri. Seus olhos estão brilhando, e há uma gota de suor escorrendo pelo pó azul em seu rosto. Fico me perguntando se é a primeira vez que faz algo assim na própria casa.

— Temos tempo? — sussurro.

Ele assente.

— Quando Yandre disser para as pessoas que saímos juntos, ninguém vai vir nos procurar.

— Ah. Entendi. — Rafi faria uma piada agora. Não sei o que dizer.

— Desculpe — diz Col, parecendo envergonhado.

Então me lembro de um dos famosos lemas de Rafi.

— Se eu me importasse com o que as pessoas dizem, elas só fofocariam mais.

A imitação foi perfeita, até a sobrancelha levemente erguida para passar a emoção certa. Mas Col só franze a testa, depois me leva para outra porta.

Minutos depois estamos correndo pelo corredor de pedra em torno do prédio antigo. Depois que passamos pela fechadura com leitor de retina, Col largou o sinalizador e o esmagou com o pé, seguindo por um corredor escuro até chegarmos à sala das armas.

Atravesso o cômodo até o mostruário com o punhal pulsátil e me ajoelho. Não leva muito tempo para encontrar o ponto certo — embaixo, bem sob o punhal.

Com um aperto, o carregador desperta, se prendendo ao móvel com ímãs. Ele detecta o punhal e começa o ciclo de carregamento, pulsando com uma luz leve e rápida.

— Então, como isso funciona? — pergunta Col.

Eu me levanto e olho para ele.

— Quando o punhal estiver carregado, vai se libertar sozinho. Então vamos usá-lo para abrir o mostruário do seu arco.

— Mas isso vai fazer uma bagunça absurda, não?

— Tipo uma bomba. — Dou de ombros. — Mas você disse que ninguém vem aqui.

— Quase nunca. — Ele olha para o arco de caça com saudades.

— Quanto tempo?

— Para carregar totalmente? Um dia, mais ou menos. Amanhã à noite podemos vir aqui de novo e dizer ao punhal para abrir caminho sozinho... se ele ainda funcionar.

Col se aproxima, observando a faca pelo ferrovidro.

Estendo a mão acima do punhal e faço o gesto de *venha até mim* — dedos médio e anelar juntos, os outros afastados.

Por um momento, o punhal não reage. Mas então uma luz vermelha fraca surge no cabo.

— Viu? Ele quer pular para minha mão. Mas está sem energia.

— E vai conseguir atravessar o ferrovidro?

Abro um sorriso para ele.

— Como se fosse gelatina.

— Certo — diz ele. — Mas tem alguma coisa que você não está me contando.

As palavras tiram minha atenção da arma. Col está me encarando, os olhos escuros intensos.

Uso a voz irônica de Rafi.

— Mas do que diabos você está falando?

— Tem alguma coisa diferente. Essa não é você.

É claro. A Rafi real não abandonaria uma audiência global para ajudar alguém a roubar um arco de caça. Ela não passaria a noite toda falando com o mesmo menino quando há mil convidados para cativar. E certamente não ficaria aqui parada, explicando como punhais pulsáteis funcionam.

Col sabe que não sou ela.

Um plano de fuga atravessa minha mente. Um golpe de mão aberta na lateral da cabeça dele. Depois quebrar o mostruário de algum jeito e fugir com o punhal e o carregador. A festa lá em cima me daria algumas horas de vantagem.

Mas por que Col me acusaria *aqui*, onde ninguém pode ajudá-lo?

Ele está esperando uma resposta. A Rafia real teria uma para dar. Mas não eu.

— Nos feeds — continua Col —, quando você age como uma pirralha mimada, agora eu sei que é tudo uma piada. Que você está *zombando* de pessoas como nós.

Meu coração se acalma um pouco.

— É engraçado — comento —, zombar de pirralhos mimados.

— Então por que você está aqui embaixo? Tem mil câmeras lá em cima, todas implorando por sua atenção, e você não fez seu show habitual. O que mudou, Rafia?

Diga alguma coisa. Diga qualquer coisa.

Toco meu cirano, torcendo para que me diga algo útil.

Col Palafox. É o filho mais velho da primeira família victoriana.

A máquina estúpida acha que esqueci o nome dele. A voz de meu pai, zombando de mim.

— Por que minha mãe escondeu meu arco? — pergunta Col. — Ela está com medo de você?

— Sim — respondo, grata por qualquer coisa.

Ele espera mais, no entanto finalmente vejo uma forma de escapar. Para evitar que ele descubra meu grande segredo, tenho que entregar um segredo menor.

— Sua mãe não pode saber que te contei isso. — Toda a minha ansiedade transparece na voz.

— Contou o quê?

— Sou uma refém aqui.

Col não reage. Como se nem entendesse a palavra.

— Uma prisioneira — explico. — Uma garantia de que o exército de meu pai não vai dominar as ruínas.

Sua voz soa incerta na escuridão.

— E minha mãe concordou com isso?

Sinto um estranho ímpeto de defender Aribella.

— Ela não gosta dessa situação também. E prometeu que não vai me machucar, Col.

Uma risada amarga escapa de seus lábios.

— Que gentil. E ela sempre diz o quanto somos diferentes das outras primeiras famílias. Não *acredito* nisso!

Ele parece irritado o bastante para sair correndo e confrontar Aribella neste instante. Essa briga seria ruim de mil maneiras diferentes para mim.

Seguro seu braço.

— Ela não pode saber que te contei isso.

— É claro que não, mas... — Col me encara, na dúvida. — Seu pai permitir que isso aconteça... eu até acredito. Mas por que *você* concordou?

Tenho que desviar os olhos. Col nunca entenderia que não tive escolha.

— Não quero que nossas cidades entrem em guerra. Enquanto eu estiver aqui, isso não vai acontecer.

— Isso é muito corajoso.

Não consigo saber se ele está falando sério ou sendo sarcástico.

— Eu deveria ter contato antes. Desculpe.

Ele segura minha mão direita. Uma descarga elétrica percorre meus ossos recém-consertados.

— Não precisa pedir desculpas, Rafi. E não se preocupe. Vou me certificar de que Jefa cumpra a palavra.

Ele toca o dorso de minha mão com os lábios. Só por um momento.

— *J'en mettrais ma main au feu* — diz.

Fico olhando para minha mão, para sua boca.

O cirano traduz em meu ouvido: *Eu coloco minha mão no fogo.*

O que isso significa, essas palavras? Esse beijo? É assim que eles selam promessas em Victoria? Ou isto é o começo de alguma outra coisa?

Não sei nada sobre beijos.

Seus olhos escuros estão fixos nos meus. Ninguém me olha assim, com tanta atenção. A não ser Naya, quando está avaliando minhas fraquezas. Eu me sinto medida, observada, indefesa.

Então Col solta minha mão e se vira para o corredor.

— Melhor voltarmos para a festa — avisa.

Balanço a cabeça, sem saber o que dizer. De repente aquela confusão de música, chamas e projéteis parece mais segura que ficar sozinha com ele.

CONTE-ME TUDO

Algo estranho aconteceu da noite para o dia: sou popular aqui.

Todos esperavam a Rafia mimada e sofisticada na festa, mas viram a mim em vez disso. Todos os convidados e câmeras para conquistar, e só prestei atenção a Col. Como uma avoada aleatória qualquer com uma paixonite repentina.

E então, quando a chuva de cascarones caiu, nós dois desaparecemos por meia hora.

A popularidade global de Rafi caiu um pouco hoje de manhã; ficar com o anfitrião é um pouco chato, pelos seus padrões. Mas, aqui em Victoria, o público ficou encantado por ver Col Palafox, o cuidadoso primogênito da primeira família, conquistar a socialite borbulhante.

Assistir aos feeds de notícias discutindo o assunto me deixa agoniada — agora que estão falando de *mim*, não de Rafi. Tantas coisas a dizer sobre meu vestido, minha postura, meu cabelo. Tanta especulação sobre o que está havendo entre mim e Col, quando nem eu mesma sei.

Como Rafi aguenta tanta atenção? Como ela se lembra de quem realmente é, sob tantas camadas de moda e fofocas e rumores? Não é de se estranhar que ela tenha tantos ataques de nervos.

Fico me perguntando se ela às vezes deseja trocar de vida comigo, só pela oportunidade de socar alguma coisa.

Troco para as notícias. Aqui em Victoria posso assistir aos feeds globais em vez de a propagandas de Shreve. É estranho como tudo é transmitido de forma tão natural, sem música ou manchetes sensacionalistas.

O exército de meu pai invadiu as montanhas na noite passada, destruindo um acampamento rebelde a cem cliques das ruínas. Talvez tudo isso vá acabar em breve, e aí vou poder ir para casa.

É claro que não conto com isso. Então, enquanto ouço as notícias, continuo a montar meu kit de fuga.

Estou juntando coisas úteis, deixando-as pelo quarto, prontas para serem usadas caso eu precise fugir. Por enquanto tenho frutas secas trazidas como sobras das refeições, alguns sacos plásticos para coletar água da chuva, minha calça de ginástica autolimpante, uma pederneira. O trabalho desta manhã é adicionar uma arma improvisada ao kit — uma arandela com pontas afiadas que solto da parede enquanto finjo me alongar.

Um punhal pulsátil seria melhor.

Minha cabeça ainda está latejando da festa. Sinto falta dos treinamentos. Estou ficando mole aqui em Victoria. Naya vai me matar se voltar para casa acima do peso de luta. Mas os comprimidos purgantes de calorias me deixam agitada, e já estou agitada o bastante sem eles.

É claro que Aribella já sabe que sou perigosa, então não importa se eu fizer algumas flexões.

Na metade do exercício, meu cirano apita; outra mensagem escondida de Rafi.

Toco no aparelho e continuo a me exercitar.

Você está me matando, Frey.

Não basta que meu vestido tenha ficado todo estragado, mas você tinha que me fazer parecer uma aleatória sem graça qualquer? E ficar de namorico com Col Palafox? Sério? E se ele falar com você em francês?

Ou vocês dois estão ocupados demais para conversar?
Argh. Nem me conte.
Na verdade, sim, me conte tudo.
Um sorriso surge em meu rosto. Rafi quase soa enciumada. Está escondida, sem poder sair e, é claro, sem poder ir a festas. Mas a ideia de Rafi vivendo através de *minha* vida social é a coisa mais maluca de todos os tempos.

Do lado de fora da janela, um bando de pombos exuberantes e brincalhões voa em torno da torre da catedral distante. Minha mão ainda formiga onde Col a beijou.

É assim que é ter a própria vida?

O que me mata, Frey, é que você nem pode me contar o que está acontecendo. Se você está tirando a roupa para um rapaz pela primeira vez sem sua irmã mais velha para te aconselhar, vou ficar ultrajada.

Respiro fundo devagar.

Tirando a roupa? Que piada. Os lábios de Col mal tocaram minha mão.

Se Rafi estivesse aqui, ela saberia o que está acontecendo de verdade entre nós dois. *Aliados* é a única palavra que falamos em voz alta. Isso é mais ou menos que *amigos*?

Mas ele beijou minha mão...

Eu deveria pesquisar o que isso significa aqui em Victoria, perguntar para a interface urbana sobre costumes românticos locais.

Mas a segurança dos Palafox perceberia; isso não parece algo que Rafi teria que perguntar. Ela simplesmente saberia.

Me dê uma dica, Frey. Se você e o menino trocaram mais que um olhar significativo, use a jaqueta escarlate hoje — aquela com botões demais nas mangas. Se não tiver nada acontecendo, use a branca.

Vermelho para paixão. Branco para frio e solidão. Certamente você consegue se lembrar disso.

Me mande um sinal, Frey. Me divirta... Estou enlouquecendo aqui!

Mas, sério, espero que seja a jaqueta branca. Quero dizer, sinceramente. Ele é o primeiro menino com quem você já falou!

Te amo, maninha. Mas escute sua sensei: você não sabe de tudo ainda.

A gravação acaba, e as últimas palavras reverberam em meus ouvidos.

Sensei. Essa não é uma palavra que ela usaria casualmente. Não desde o desaparecimento de Noriko.

Rafi está tentando me mandar uma mensagem que ninguém mais perceberia, algo mortalmente importante. Mas não consigo imaginar o que é.

Ela tem razão. Não sei de nada.

E de repente é tudo tão vergonhoso. Será que meu pai estava ouvindo enquanto ela gravava essa mensagem? Será que ele se importa com o que está acontecendo entre mim e Col?

O que provavelmente é *nada*. Os lábios de Col nas costas de minha mão devem ser alguma tradição victoriana antiquíssima, como caligrafia e escrever romances.

Mas o modo como ele me olhou depois...

Alguém bate na porta. Não é eletrônico, e sim o toque de um punho na madeira.

— Pode entrar.

A porta se abre, e é Col.

Ele me observa, confuso. Estou de pijamas, o cabelo uma bagunça, toda suada. De forma alguma é como Rafi recebe visitas.

Agora que comecei a contar meus segredos às pessoas, o restante do fingimento está se desfazendo.

— Pensei que poderíamos passear pelo jardim superior antes do almoço — diz ele, fazendo o sinal de *Estamos sendo observados*.

— Parece ótimo, Col. Ficarei pronta em... quarenta minutos?

Ele assente, parecendo compreender.

Isso, pelo menos, foi uma coisa muito Rafi de se dizer.

ESPINHOS

O teto da Casa Palafox é coberto de coisas afiadas — antenas cortando o céu, as lâminas giratórias dos moinhos, um jardim cheio de cactos.

As suculentas surgem em todos os formatos e tamanhos, de bolas de futebol espinhentas a gigantes de três metros com braços poderosos. Algumas têm flores minúsculas, cercadas de galáxias de abelhas zumbindo.

— *Les murs n'ont pas d'oreilles* — diz Col.

As paredes não têm ouvidos, traduz meu cirano.

Olho em volta. Nada de drones de segurança, nada de paredes inteligentes. A não ser que uma das abelhas seja uma nanocâmera, ele deve estar certo.

Nada de câmeras voadoras dos feeds de notícia, também. O que é bom, porque ainda não escolhi que jaqueta usar.

Como disse minha irmã, não sei de nada.

Col indica minha orelha.

— Esse negócio está ouvindo, não?

Dou de ombros.

— É só um cirano. Sou péssima com nomes.

— Jefa disse que os scanners da casa não o conseguiram ler, o que significa que é de alta tecnologia. — Ele me encara. — Pode estar mandando informações de volta para seu pai.

Reviro os olhos. Sei mais sobre tecnologia de espionagem do que sobre romance.

— É totalmente passivo. A segurança da casa perceberia se começasse a transmitir. Mas se vai deixar você feliz... — Guardo o cirano no bolso.

Col não sabe que ele está sempre ouvindo.

Ficamos ali parados, em um silêncio constrangedor, por um momento.

— A festa foi ótima — comento.

Col me olha um pouco envergonhado.

— Jefa ficou feliz. Nenhuma reclamação sobre termos sumido.

Então Aribella está contente com a ideia de algo acontecendo entre mim e Col. Ou pelo menos fica contente que o restante da cidade pense assim.

Mas o que Col acha?

Aquele formigamento onde ele me beijou persiste.

A voz de Naya ecoa em minha mente. *Tantos nervos na mão... é a melhor maneira de derrubar um inimigo mais forte.*

Sei quebrar dedos. Mas não sei beijar alguém.

— Yandre me mandou uma mensagem hoje de manhã — diz Col. — Falou com o irmão, o simpatizante dos rebeldes, sobre a frase... "Ela não vem nos salvar." Aparentemente *ela* é Tally Youngblood.

Sinto um tremor leve. Os rebeldes têm a própria santa, é claro.

— Mas o que significa?

— Exatamente o que diz. Tally não vai voltar. Temos que nos salvar nós mesmos.

Isso não é novidade para mim.

Desvio o olhar, observando o restante do jardim, mapeando o formato da construção em relação aos andares abaixo.

Fazer planos de fuga é algo que sei muito bem.

Algumas das árvores do pátio cresceram além dos telhados. Não seria difícil escalá-las lá debaixo.

— Você acha que o punhal já está carregado? — pergunta Col.
— Cedo demais. Você sente tanta falta de caçar?
— Sinto falta da época em que as pessoas não pegavam minhas coisas. — Ele olha para as montanhas. — Mas sim. Gosto de sobreviver da terra, entrar em contato com a natureza.

Dou uma risada.

— Você entra em contato com a natureza *comendo animais*? Espero que o mesmo não se aplique a seus amigos.
— É isso que nós somos?

Certo. Só falamos de *aliados* até agora.

Col está me olhando daquele jeito intenso, o que deve significar alguma coisa. Mas quem sabe o quê? Jamais fiz um amigo. Só tenho uma amiga, e ela é minha irmã gêmea.

— Se você quer que sejamos amigos, claro.
— Ótimo. — Ele balança a cabeça e se vira.

De alguma forma, estou fazendo besteira.

— Falando em comer a natureza: esses *nopales* são gostosos. — Ele mudou para a voz de guia turístico, apontando para um grupo de cactos de braços chatos como pratos oblongos, cobertos de flores vermelhas. — Estão no menu do almoço de hoje.
— Não são lá muito apetitosos. — Estendo a mão e toco um dos cactos, esperando que me espete, e é o que acontece. — Ai! Por que tudo aqui tem espinhos?
— Os que parecem penugem são para afastar insetos. Os que parecem agulhas, para assustar mamíferos como eu e você.
— Então um cacto tem medo de *tudo*?

Col olha para mim com uma expressão pensativa.

— Quando você tem água no deserto, tem que saber se proteger.

Ele está falando das ruínas, é claro. Metal é o que todas as cidades querem, como água no deserto.

— Que tipo de espinhos sua família tem? — pergunto.
— Dos mais afiados. Hoje de manhã, perguntei a Jefa o que ela vai fazer se seu pai se recusar a sair das ruínas.

Faço uma cara feia.

— Espero que ela não tenha falado de me jogar nas masmorras.

— Não. Ainda está guardando esse segredo de mim. Mas disse que temos algumas surpresas para seu pai. Ele não é o único despertando antigos armamentos.

— Isso só vai deixar as coisas piores.

— Para ele.

Eu balanço a cabeça.

— Sempre que as coisas não acontecem como ele quer, meu pai aumenta as apostas. Quando é pego mentindo, conta uma mentira ainda maior. Quando alguém resiste, ele bate mais forte.

Quando alguém levou seu filho, ele fez mais duas.

— Não temos medo dele — diz Col.

— Então por que sua mãe precisa de mim como refém?

— Para salvar vidas. Nós não *queremos* brigar. — Ele olha para as montanhas. — Mesmo que as primeiras famílias não entrem em guerras como os Enferrujados, soldados morrem de qualquer maneira. Mantendo você aqui, Jefa está tentando mostrar outro caminho para seu pai. Negociação em vez de violência.

Então Aribella acha que está enganando meu pai.

— Ela me dá um pouco de medo — confesso.

— *Très drôle*. Considerando quem é seu pai.

— *Je suppose* — consigo responder, aliviada por não precisar do cirano. *Drôle* é "engraçado" em francês, isso eu sei.

Col acha que sou engraçada.

— Tem uma coisa que talvez queira ver — avisa ele.

— É comestível e espinhento?

Col sorri, me levando à borda oeste do telhado, a que dá para as montanhas.

— É a melhor vista da cidade.

Não é. Estamos olhando para uma bagunça de becos, uma parte de Victoria que é antiga e feita de construções baixas. Nada de torres altas de contos de fadas ou cores vivas.

Mas é o lugar perfeito para desaparecer.

Col olha para baixo, para uma caixa de plástico a nossos pés, marcada com o símbolo de saída de incêndio. Jaquetas de bungee jump.

Mil pensamentos me passam pela cabeça. Ele está me ajudando a fazer planos de fuga. Ele é *mesmo* um aliado.

Ou talvez algo mais. Afinal, está traindo a própria família por mim.

— Não sei o que dizer.

Col dá de ombros.

— Ninguém deveria ser prisioneiro só por causa de quem é seu pai.

O mais estranho é que nunca me senti uma prisioneira aqui em Victoria. Antes de vir para cá, passei a vida toda atrás de portas trancadas e paredes impenetráveis. Uma prisioneira é o que sempre fui.

É como se Col soubesse, de alguma maneira, e quisesse me salvar.

Ele se inclina por cima do parapeito.

— Esse beco comprido leva à fronteira da cidade, com algumas curvas.

— Obrigada.

— É o mínimo que posso fazer. — Parece que Col vai dizer alguma coisa mais, porém ele se vira. — Eu deveria me vestir para o almoço. Vamos ficar na varanda sul. Com todas as fofocas de ontem à noite, haverá muitas câmeras espiando.

Então o que quer que eu vista vai chegar aos feeds, e Rafi estará de olhos atentos. Mas não sei que jaqueta usar. Ainda não sei.

E não sei por que ela usou a palavra *sensei*.

Voltamos para meu quarto em um silêncio incerto, tudo que não falamos ainda pesando entre nós.

Em frente à porta, hesito.

— É bom ter um amigo aqui.

Col não responde, só me lança outro olhar silencioso. Estamos do lado de dentro de novo, onde a casa pode nos ouvir, então talvez ele não possa falar o que está pensando. Mas não resisto e pergunto.

— O que é? — sussurro.

— Nada — responde ele, baixinho. — É só que... *parfois je me perds dans tes yeux.*

Bosta. É francês demais de uma vez só. Não tenho ideia do que isso significa.

Era uma pista sobre uma rota de fuga? Algo divertido sobre o menu do almoço?

Finjo um dos olhares de divertimento de Rafi.

— Que... adorável.

— Ah, perdão — pede Col. Ele dá um passo para trás, a expressão sombria. Está se desculpando. Fiz alguma besteira.

Mas não posso confessar como meu francês é terrível. Já contei segredos o suficiente para os Palafox.

Col está se afastando, e não digo nada.

Quando a porta se fecha, pego o cirano no bolso, rezando para que tenha gravado o que ele falou. Vou para o banheiro e abro todas as torneiras.

— Repita os últimos sessenta segundos — sussurro.

Suas palavras mal são audíveis, mas ainda não sei o que significam.

— Tradução? — imploro, e é horrível ouvir suas palavras na voz de meu pai.

Às vezes me perco em seus olhos.

Fico ali parada, o vapor subindo ao meu redor, sem ligar se a segurança dos Palafox não sabe do que se trata tudo isso. O que importa é o que faço em seguida.

O olhar de diversão em meu rosto depois do que ele falou... ele deve ter pensado que me transformei de novo em Rafi. Astuta e superior e acima desses sentimentos tão simples e tão doces.

Tenho que consertar isso.

— Mensagem para Col Palafox — falo para o quarto.

— Conteúdo da mensagem? — perguntam as paredes.

Meu coração está disparado.

— A mensagem é "Eu também." Terminar e enviar.

Então vou até o closet e observo a jaqueta vermelha.

Eu deveria usá-la no almoço; meu coração ainda disparado é prova disso. Mas realmente quero que Rafi saiba no que estou pensando?

E se ela rir de mim? Seria mais do que consigo aguentar. E Dona vai estar de olho também, talvez até meu pai. Eles não querem que eu seja comprometida por uma paixonite avoada.

Mas Rafi é minha irmã mais velha e pediu um sinal. Ela disse a palavra *sensei*, então sei que é importante.

Tenho que dividir isso com ela.

Pego a jaqueta vermelha.

VOAR

Naquela noite, acordo com um grito.

No início é um sonho; minha cama me escaneando com fachos de luz brilhante. Mas, em vez de cicatrizes e ossos consertados tantas vezes, o escâner encontra uma arma escondida dentro de mim, pulsando rapidamente.

E é então que o sonho se transforma em pesadelo — um alarme soa, um som violento que não consigo ignorar, nem tapando os ouvidos. É agudo e dolorido, atravessando meu corpo, fazendo tremer meus ossos, empalando meu coração desesperado.

Enfim desperto em agonia, olhando ao redor em pânico. O grito não para, como se eu ainda estivesse sonhando.

Então percebo que é o cirano, vibrando na mesa de cabeceira.

Deve estar com algum problema.

— Quieto! — mando.

O barulho para.

Pego o aparelho e, temerosa, eu o coloco na orelha; se o barulho recomeçar, vou ficar surda. Mas o som é calmo agora.

Mensagem de emergência.

Eu o toco, e a voz de minha irmã me inunda a cabeça com urgência.

Sinto muito, Frey. Ele só me deixou avisá-la agora. Foi porque você usou aquela jaqueta vermelha idiota. Como pôde ser tão avoada?

Depois de tudo que eu falei, não percebeu que deveria ter usado a branca?

Como você não percebeu que era um teste? Um teste que ele me obrigou a fazer?

Agora ele acha que você vai colocar Col acima dos interesses dele. Que não vai seguir ordens. Que vai avisá-los!

Eu me sento na cama. Avisá-los sobre o quê?

Ele mudou a programação. Estamos expulsando os Palafox das ruínas hoje à noite.

O ataque começa em dois minutos.

Pisco os olhos, tentando tirar sentido da escuridão. É como estar no sonho de novo. Meu corpo atravessado por raios avaliadores, meu coração vibrando como um punhal pulsátil.

Respiro fundo algumas vezes para me acalmar. Tenho um kit de fuga. Isso é algo que sei como fazer. Algo para o qual me preparei a vida toda.

Mas todos os meus reflexos e todo o meu treinamento engasgam quando percebo...

Meu pai acha que só valho dois minutos de antecedência.

Tento me segurar à voz de minha irmã.

Você só precisa chegar às ruínas, Frey. Vamos dominá-las primeiro, como todos esperam.

Venha pelo sul, a pé. Os soldados não vão ousar atirar. Ainda acham que você sou eu.

Você vai ficar bem. Você consegue.

Sim. Fugir, lutar até escapar. Eu sou Frey, a que usa os punhos. Essa é a única coisa que sei fazer.

Pulo da cama, visto a calça, os calçados de corrida e a jaqueta. Enfio as frutas secas, a pederneira e os sacos plásticos nos bolsos.

Uma ideia desesperada me vem à cabeça, e agarro o forro de tule do vestido de baile.

Com um chute, a arandela que eu já tinha soltado cai da parede. Ela cabe perfeitamente em minha mão, as pontas de metal brilhando no escuro.

A segurança da casa deve ter ouvido meu cirano gritando, e perceberam meu comportamento estranho. Vão enviar alguém para verificar.

Se meu pai tivesse me dado mais tempo, eu poderia me preparar em silêncio, disfarçadamente. Mas ele não confia mais em mim.

Porque usei a jaqueta vermelha, igual a uma avoada apaixonada. Como se minha vida social fosse mais importante que minha missão.

Concentração.

A porta apita.

— Com licença, Rafia — diz uma voz masculina pelo comunicador do quarto. — Aqui é o guarda Renold. Gostaria de dar uma palavrinha com...

Eu abro a porta e lhe dou um soco na cara com força, minha arma improvisada emprestando ao golpe um peso extra. Ele cai para trás, no chão.

Minha mão grita de dor. Já faz tanto tempo desde que bati em alguma coisa.

Dou um chute na barriga do guarda para garantir que ele não vá se levantar. Eles vão vir em grupo agora, mas o alojamento dos guardas é lá embaixo, no térreo. É com os drones que preciso me preocupar.

Mas tenho um plano para isso.

Corro para a sala de bilhar, cuja janela dá para o pátio. É perto o bastante da árvore mais alta para eu pular... acho.

Enquanto corro, rasgo o tecido do vestido em tiras, que acendo com a pederneira e depois jogo na direção das cortinas e móveis. Os corredores começam a se encher de fumaça.

Um drone aparece no fim do corredor, mas ele passa zunindo direto por mim, pulverizando espuma antifogo. Alarmes soam em todos os cantos, mil sensores pedindo atenção.

Alguém poderia mudar a prioridade dos drones para mim em vez de para o fogo, mas a esta altura o ataque de meu pai às ruínas dos Enferrujados já começou. A segurança dos Palafox tem mais com que se preocupar do que com uma riquinha fugitiva.

Só preciso ser subestimada por mais alguns minutos.

Na sala de bilhar, derrubo duas fileiras de bolas em frente à porta e agarro um dos tacos do suporte na parede.

Com um golpe, o vidro da janela explode, espalhando cacos pela noite. É vidro mesmo, não polímero de segurança, então giro o taco por toda a volta da janela para limpar o que sobrou.

Saindo para a escuridão, me dou conta de que o galho da árvore é mais distante do que eu imaginava.

Meu estômago se revira. O chão é só um negrume lá embaixo. Algumas estrelas brilham por entre as folhagens tropicais.

As bolas fazem barulho às minhas costas — uma guarda entrou e escorregou. Dou um pulo em sua direção, girando o taco como um *bō* improvisado nas mãos. Ela ergue algum tipo de arma de atordoamento, mas o lado mais grosso do taco a derruba de suas mãos. Quando ela bloqueia meu golpe na cabeça, acerto um na barriga.

Ela cai.

Mas outros virão. Preciso pular.

Largando o taco de lado, corro para a janela, sonhando com braceletes antiqueda.

A noite fresca me atinge. Tento agarrar o galho da árvore, as palmas acertando o tronco liso e me segurando por um momento, mas a força do pulo faz meus pés balançarem, e escorrego.

Caio em um silêncio atordoante, mas só por um segundo — um galho mais baixo me acerta nas costas com um baque, me deixando sem ar.

O galho enverga sob meu peso, e o estrondo das folhas vem de todos os lados, como um esvoejar de asas. Minha queda faz todas as criaturas no jardim debandarem.

De alguma maneira, consigo me segurar.

Mas a janela da sala de bilhar está bem ali, totalmente aberta, me iluminando.

Respirando devagar e com dor, começo a escalar a árvore. Atravesso a escuridão das copas densas, observando as trepadeiras entrelaçadas que deixam passar a luz de uma ou outra estrela.

É para isso que fui criada, mas de alguma maneira o êxtase do combate não me atinge. Respirar só me traz agonia depois do impacto do galho.

Do impacto de ser sacrificada por meu pai...

Rafi tinha razão. Desde que tiraram Seanan de meu pai, ele queria gritar para o mundo: *Levem minha prole! Eu não ligo!*

Ele está me trocando por um monte de metal. Eu era só uma distração, uma forma de dar aos Palafox uma falsa sensação de segurança.

Foi para *isso* que fui criada... para ele jogar fora.

Ouço vozes vindas da janela aberta abaixo de mim e paro de me mexer.

Um homem no uniforme de guarda se inclina para fora. Ele dá uma olhada nos galhos, depois observa o chão lá embaixo com atenção. As luzes no caminho se acendem devagar.

Dois drones se posicionam atrás do guarda, e ele os manda janela afora com um gesto. Eles descem para o jardim.

Como não conseguem me ver? O calor de meu corpo deve me iluminar como uma explosão nessa selva fria.

Colocando minha tela ótica no modo visão noturna, percebo o motivo: as copas das árvores estão cheias de seres vivos. Bandos de pássaros e criaturinhas rastejantes, anfitriões únicos ao meu redor.

Mas, se o guarda olhar com atenção, vai reconhecer o formato.

Começo a escalar de novo, com cuidado para não fazer barulho nas folhas. A silhueta marcada do telhado contra o céu noturno está quase ao meu alcance, mas o galho em que estou verga sob meu peso quando me adianto.

De repente ouço um som acima de todos os alarmes e gritos lá embaixo. Um sibilar.

Então me lembro do que o Dr. Orteg falou, brincando, quando instalou minhas telas óticas...

Cobras têm sangue frio, assumindo a temperatura do ambiente ao redor. São invisíveis à visão de calor.

E não gostam nem um pouco quando você as pisa.

COBRA

O som é baixo, como o raspar de uma língua áspera na casca de uma árvore, misturado a um leve farfalhar de folhas.

De que direção está vindo?

Os galhos são cerrados aqui no alto, e outros sons distraem meus ouvidos. O jardim está cheio de guardas e drones.

Alguém vai me ver aqui em cima logo, logo.

Estendo a mão para segurar o próximo galho, torcendo para que meus dedos toquem madeira, não escamas.

O galho parece grande o bastante para suportar meu peso, e me jogo em sua direção. Pendurada, fico ouvindo. O sibilar parece mais próximo.

Mas não consigo me concentrar na cobra. Uma dúzia de soldados armados e um batalhão de drones de segurança estão me procurando.

Puxo meu corpo para cima, envolvendo o galho com as pernas.

O teto está tão próximo. Quando me arrasto adiante, as folhas farfalham, mas não ligo para o barulho. Só quero colocar os pés em terra firme.

Então vem o sibilar de novo. Paro. Desligo a inútil visão noturna.

Ela está ali, bem à frente. Escamas brilhando ao luar, um corpo sinuoso e tenso.

Dois olhos negros como poças de petróleo.

Ela me encara com uma paciência infinita, me paralisando. Fico pendurada por um momento que parece não acabar, mal respirando, mal percebendo que meus músculos começaram a doer.

Mais cedo ou mais tarde vou cair.

É um drone que me salva, as luzinhas verdes e vermelhas piscando no canto de meu campo de visão. Está a um metro de distância, o cano da arma de choque apontado bem para minha cara.

— Não se mova — diz o drone. — Não queremos machucá-la, mas faremos isso se for preciso.

Machucar? Se me acertarem com a arma de choque, vou despencar até o chão. Talvez esse fato deixe o operador do drone na dúvida.

Nem tenho uma arma. Então improviso, os reflexos dominando o terror.

Estico a mão e agarro a ponta do rabo da cobra, atirando-a no drone. Acerto com um *smack*, e a cobra se enrola ao redor da pequena máquina. O drone perde o equilíbrio, os sustentadores tentando compensar o sobrepeso.

Mas a criatura assustada não o solta, e os dois caem juntos por entre a folhagem.

Já estou me arrastando para o telhado. O barulho não importa mais. Se ao menos conseguir pegar uma das jaquetas de bungee jump e me atirar na noite...

O galho parece perto o suficiente para que eu consiga estender a mão e agarrar a beirada do telhado. Eu me jogo, tentando equilibrar os pés na pedra áspera.

Com um tremor dos músculos cansados, consigo me erguer no parapeito. A pedra sólida parece minha salvação, mas não tenho tempo para descansar. Rolo do parapeito para...

Espinhos. Muitos espinhos.

O jardim de cactos.

Mil agulhas me fazer soltar um gemido dolorido. Eu me deixo cair da terra para o telhado de pedra.

A jaqueta está espetada na minha pele, mil ganchinhos ainda presos a mim. Eu arranco o casaco, os espinhos junto.

— Pare onde está — diz uma voz familiar.

Outro drone, a dois metros de mim.

— Você não precisa lutar conosco — diz a máquina com a voz de Arabella. O exército do meu pai está invadindo suas ruínas, e ela está concentrada em *mim*.

Por que eu importo tanto?

Porque ela não entende que meu pai me jogou fora.

— Você não vai conseguir escapar, Rafia.

Ela provavelmente tem razão. Não tenho nenhuma arma. Minha jaqueta está no chão; eu poderia jogá-la no drone, mas estou exausta, meus músculos queimando.

— Você não tem nada a temer de nós — assegura Aribella.

Quero tanto acreditar nela, pensar que *alguém* está do meu lado.

— Tudo bem — murmuro, erguendo as mãos. — Desisto.

— Muito bem, Rafia. Eu sabia que você era uma garota esperta...

Algo derruba o drone, iluminando a noite com chamas e faíscas.

Eu tropeço, me afastando, cobrindo os olhos e quase caindo nos cactos de novo. Minha visão pulsa com o reflexo da explosão, mas vejo alguém do outro lado do telhado, as montanhas escuras em silhueta atrás dele.

Ele está segurando um arco de caça.

— Vamos! — grita Col. — Só tenho mais duas flechas explosivas.

Ele brilha sob as estrelas, porque está coberto de poeira de ferrovidro.

Meu punhal pulsátil está em seu cinto.

FUGA

Saio correndo pelo telhado e jogo os braços ao seu redor.

Col me abraça por um segundo, depois se afasta, franzindo a testa.

— Ai! Por que você está *espetando*?

— Desculpe. Rolei em seus cactos. — Os espinhos em minha roupa ainda estão me espetando toda. — Como você chegou aqui em cima?

— Pelas escadas — responde ele.

É claro. O teto é uma saída de emergência. Quando a casa percebeu a fumaça, abriu todas as portas, não importando a segurança.

Eu poderia ter subido pelas escadas.

— Não consegui dormir — continua. — Então fui ao prédio antigo e chamei o punhal, como você me mostrou.

Ele tosse, e uma leve nuvem brilhante sobe de seu corpo. Eu deveria dizer que inspirar pó de ferrovidro não é uma boa ideia.

Estendo a mão, dedos médio e anelar juntos. O punhal salta de seu cinto e vem direto para minha palma. Quando o sinto tremer, é como se uma parte de mim tivesse retornado.

— Quando os alarmes soaram, achei que tinham me pegado — continua ele. — Mas não era isso. Seu pai atacou nossas forças nas ruínas.

— Eu não sabia que ele faria isso, juro.

— Você não é seu pai, Rafi. Mas a gente deveria se esconder até descobrir o que Jefa pretende fazer...

Ele para no meio da frase e me empurra para trás, abrindo espaço para encaixar outra flecha no arco.

Dou meia-volta. Mais três drones estão se aproximando pelo jardim.

— Guarde as flechas, Col — digo, e jogo o punhal de lado.

A arma faz um caminho circular pelo telhado. Atinge o drone à direita pela lateral, transformando-o em fragmentos de plástico e metal, depois continua destruindo os outros dois.

Um momento depois, está de volta a minha mão, ronronando de prazer, quente como pão fresco.

— Uau! — Col me encara, só agora percebendo o poder da arma que me deu.

Ajoelho e abro a caixa das jaquetas de bungee jump.

— Vão mandar mais drones. Precisamos nos preparar.

— Hum, Rafi?

Ergo os olhos.

Col estala os dedos e se ergue no ar.

Ele está em cima de uma prancha voadora.

E parecendo muito metido.

— Resgatei todo o meu equipamento de caça — explica ele. — Pensei que você ia querer uma carona.

Eu me levanto de novo, encarando sua prancha. Ela tem hélices sustentadoras e painéis solares. Não é muito rápida, mas é perfeita para atravessar áreas não urbanizadas.

Tem tanta coisa que eu gostaria de dizer, mas a única em que consigo pensar é:

— Obrigada.

Col guarda o arco, encaixando os polímeros de nanotecnologia sem dobradiças até ficarem no formato e no tamanho de um bumerangue.

— Pode subir.

Eu monto na prancha atrás de Col, e ela se ergue ainda mais no ar, atravessando o parapeito. A confusão da cidade surge a nossos pés, fazendo meu estômago revirar.

— Nada de braceletes antiqueda? — pergunto.

Ele dá de ombros.

— Estava com pressa.

— Espere... Por que *você* está vindo comigo?

— Vou te levar até a fronteira da cidade. — Col se inclina para a frente, ganhando velocidade por cima dos telhados. — Se alguém nos perseguir, não vão atirar em mim.

É claro. Ele é o tão amado primeiro filho de Victoria.

E assim não precisamos nos despedir por enquanto.

— Diga a eles que fiz você de refém — digo, me segurando a ele quando aceleramos. — Assim não vai ter problemas.

— Ou posso dizer a verdade para Jefa: que ela não deveria usar os filhos dos outros como garantia de negócios.

— Claro — concordo. — Dizer a verdade é um caminho.

Flexionamos os joelhos juntos enquanto a prancha mergulha no beco atrás da Casa Palafox, deixando os alarmes da guerra para trás.

INTENSIDADE

Atravessamos o beco, dez metros acima das ruas vazias.

Olhando para trás por cima do ombro, não vejo sinais de perseguição. Talvez eles saibam que Col está comigo — de jeito algum conseguiriam derrubar a prancha sem matar nós dois.

Ou talvez eles já tenham o suficiente com que lidar.

Finalmente estou sentindo a emoção do combate; com meus braços ao redor de Col, nosso peso equilibrando-se nas curvas, o êxtase de propósito e reflexos inquestionados me dominando.

Mas então, quando escapamos dos telhados por um momento, tenho um vislumbre do céu noturno marcado pelas chamas à frente — os satélites suborbitais de meu pai descendo nas ruínas a distância. Raios elétricos disparam da terra contra eles.

Nossas famílias estão em guerra.

Mais soldados morrerão hoje.

— Sinto muito — murmuro no ombro de Col.

— Você tentou evitar isso vindo para cá! A culpa é de Jefa, por acreditar nele.

Col acha que vim para Victoria por vontade própria. Que minha presença tinha alguma chance de convencer meu pai a se segurar. Mas eu era descartável, uma forma de fazer os Palafox baixarem a guarda.

Todo aquele treinamento para fugas e armas improvisadas não era um último recurso. O plano sempre foi me deixar exposta em território inimigo.

A vida toda pensei que minha irmã e eu éramos uma espada de gume duplo. Mas só ela importava esse tempo todo, e eu era só uma bala a ser disparada e esquecida.

E se eu estivesse me enganando enquanto enganava a todos os outros?

Voamos até chegar a um bairro industrial no limite da cidade. Os prédios são retangulares e não têm janelas, e as estradas estão cheias de caminhões automáticos.

As fábricas aqui devem estar mudando os planos, se preparando para produzir drones e armaduras de batalha. Aribella vai querer retomar as ruínas.

Ela não conhece meu pai.

— Estamos perto da fronteira da cidade — avisa Col.

A prancha diminui de velocidade. Além das luzes das fábricas, vejo a planície escura do deserto.

Já acampei na natureza antes, mas a ideia de ir sozinha me deixa nervosa.

Em casa, Rafi sempre estava ali ao meu lado. Mesmo estando presa, sempre houve uma casa cheia de gente ao meu redor. Pensar em me virar sozinha, naquela escuridão imensa, faz meu estômago se embrulhar.

Antes desse momento, eu não tinha ideia de que tinha medo da solidão. É claro que eu também não sabia sobre as cobras, até ficar cara a cara com uma.

Um tremor me percorre.

— Pode ficar com o meu casaco — diz Col. — É aquecido.

— Obrigada.

A prancha para, e ele se vira para me olhar.

Baixo os olhos para mim mesma. Estou horrível, minha camisola pontilhada com espinhos de cacto.

Col tira o casaco.

— Você não vai conseguir chegar a Shreve com uma carga só, mas essa prancha tem painéis solares.

— Tudo bem. Eles vão me encontrar nas ruínas.

Ele se vira, fazendo cara feia para as luzes ao oeste.

— Não sei não, hein. Você pode entrar direto num campo de batalha.

Eu suspiro. As pessoas sempre acham que a luta vai ser justa, mas ela nunca é.

— Vou ficar bem, contanto que tenha meu punhal. — A prancha se move ligeiramente sob nossos pés. — Obrigada por me ajudar a fugir, Col.

Ele ajeita o casaco em meus ombros. Está quente, mas não tanto quanto estar abraçada com ele.

— Por que seu pai fez isso? Como ele pode arriscar perder você?

Eu poderia contar o que percebi, no fim das contas... que me arriscar foi o plano desde o início. Meu pai me usou para atrair os rebeldes. Ele me avisou que eu precisava estar pronta para a fuga. Minha vida inteira, sempre fui descartável.

Mas essa confissão não pode ser a última coisa que digo a ele. Então invento.

— Alguma coisa deve ter dado errado. Um acidente. Fogo amigo...

Ele balança a cabeça.

— Isso não vai durar. Guerras entre cidades nunca duram. Te mando uma mensagem assim que puder.

Eu desvio o olhar. Col não vai conseguir me mandar uma mensagem, porque minha irmã vai pegar seu nome de volta quando eu chegar em casa. No que se refere à interface global, Frey não existe.

— Não esqueça — completa ele. — Essa briga não tem nada a ver com a gente.

Ela tem tudo a ver comigo, a impostora que enganou os Palafox e os fez confiar em meu pai.

— Vou sentir sua falta — confesso.

— Eu também, Rafi.

Ele segura meus ombros e se inclina para a frente.

O calor dos lábios nos meus faz o ar zumbir, como minha pele quando uma tempestade está chegando. Minha cabeça gira e nela ouço meu nome em vez do dela, como se esse beijo fosse a primeira coisa que é realmente só minha. E eu sei exatamente como beijá-lo de volta, como se eu tivesse praticado a vida inteira para isso.

Mas então a voz de meu pai sussurra ao meu ouvido.

Mensagem de emergência.

Levo um susto e me afasto.

Col me encara.

— O que foi?

Toco meu cirano, e a voz de minha irmã começa a gritar...

Saia dessa casa! Agora, Frey!

Saia pela janela! Mate quem estiver no caminho!

Em trinta segundos não vai importar!

Ergo o rosto e encaro os olhos escuros de Col, torcendo para estar errada.

Sabendo que estou certa.

Aribella não estava mentindo quando disse que tinha uma surpresa para meu pai. Suas forças foram expulsas das ruínas. A briga está mais difícil do que ele imaginava.

E, quando isso acontece, meu pai só sabe responder de uma maneira.

— Sinto tanto — sussurro.

— Ah. — Col se vira, as costas da mão na boca. — Achei que você queria que eu te beijasse.

Ele não entende. Não está ouvindo Rafi em meu ouvido.

Ele vai aumentar a intensidade do ataque.

Eu juro que não sabia disso.
Saia daí, Frey, só saia daí!

Abro a boca para explicar, mas a mensagem de Rafi não chegou a tempo. No norte, uma faísca de luz atravessa o céu com um guincho, mais rápido que tudo que já vi na vida.

Ela deixa um rastro, uma trilha trêmula de plasma, o ar em chamas...

E mergulha nas profundezas do coração de Victoria.

Meu pai cria a própria realidade. Às vezes à força. Às vezes com atrocidades.

A luz nos atinge primeiro, depois um estrondo que agita o ar, nos desequilibrando por um momento na prancha voadora.

Do centro da cidade ao longe, um punho de fumaça preta começa a se erguer.

Col fica parado, os olhos arregalados.

Não há espaço dentro de mim para sentir nada além de determinação. Preciso protegê-lo agora, com uma urgência que parece fome.

— Temos que ir — aviso, baixinho. — Ele vai atacar as fábricas a seguir.

— Mas aquela é minha... — começa Col, mas suas palavras são interrompidas por um tremor.

Eu o viro gentilmente até darmos as costas à coluna de fumaça subindo de sua casa e me inclino para a frente, forçando a prancha a mergulhar cada vez mais na escuridão.

PARTE II

ALIANÇA

A ofensa que se faz ao homem deve ser de tal ordem que não se tema a vingança.

— Nicolau Maquiavel

BIGORNAS

Mais mísseis caem enquanto voamos para longe de Victoria.

Eles vêm como raios agudos atravessando os céus, arqueando-se para a cidade a nossas costas. Clarões incendeiam o horizonte, seguidos por trovões que fazem a prancha tremer.

Os mísseis deixam rastros brilhantes no caminho até o céu parecer fatiado. O cheiro é de ozônio e plástico queimado. Meus olhos ardem.

Tento respirar fundo para controlar o choque, compreender a estratégia de meu pai.

Os ataques atingem as periferias de Victoria, concentrando-se no cinturão industrial. Pelo menos não estão destruindo mais o centro — toda aquela vida e todas aquelas cores, aqueles prédios delicados e flutuantes.

— O que está acontecendo? — Col não para de perguntar, sem acreditar. Nada disso faz sentido para ele. Nada disso é normal.

Quando nos afastamos o bastante de Victoria, nos faço parar acima das árvores escuras e me viro para encará-lo, a prancha instável sob nossos pés.

— Aribella estava certa. A força militar de sua família era mais forte do que meu pai esperava. Então ele revidou onde vocês eram mais vulneráveis. Foi isso que tentei explicar ontem. Ele sempre aumenta a intensidade.

Col tem dificuldade para tirar os olhos do espetáculo atrás de nós, mas consegue me encarar.

— Foi *isso* que você quis dizer? Um ataque à cidade? A minha *família*? Você não falou nada de...

Ele estende o braço para Victoria. Uma dezena de colunas de fumaça erguem-se nas periferias, mas nenhuma é tão alta quanto a torre negra que se ergue do centro da cidade.

A Casa Palafox não passa de fumaça e pó.

Não quero ver aquilo. Mas, mesmo quando fecho os olhos, os rastros dos mísseis ainda estão gravados em minha visão.

— É sempre a mesma coisa, Col. Lá em casa, os feeds de notícias acharam que poderiam reportar o que acontecia, mas ele fechou todos. O conselho eleito achava que estava no comando, até não estar mais. Seus aliados achavam que poderiam controlá-lo se ele fosse longe demais. Mas ele surpreende *todo mundo*.

— Mas isso é em Shreve. — Col se vira para olhar seu lar mais uma vez. — Ninguém nunca fez nada assim *aqui* em trezentos anos!

É verdade. Ninguém bombardeou um centro populado desde os Enferrujados. As primeiras famílias nunca atacam umas às outras diretamente.

— É no impensável que ele é melhor, Col.

— Minha mãe. — Sua voz morre na garganta.

— O ataque começou nas ruínas. — Eu pareço tentar convencer a mim mesma. — Talvez ela estivesse indo para lá.

— Talvez. Mas Abuela não teria saído de casa.

Avó, meu pai sussurra em meu ouvido.

— Não sabemos de nada ainda, Col.

Ele se vira para mim, implorando de repente.

— Mas *você* estava lá! Por que ele se arriscaria a perdê-la também?

— Para mostrar que é capaz disso.

Col fica me encarando, confuso. De jeito algum ele vai compreender tudo isso de uma vez só. Eu levei dezesseis anos para entender como a mente de meu pai funciona.

Mas tento explicar mesmo assim.

— Meu pai queria mostrar ao mundo que ninguém pode vencê-lo, não importa o que tenham contra ele. Provar que está disposto a abrir mão de mim era tão importante quanto dominar as ruínas.

Enquanto falo, meu peito dói. A fumaça está se espalhando e chegando até onde paramos.

— As outras cidades vão temê-lo ainda mais depois disso. Vão saber que não há arma que ele não esteja disposto a usar. Que não há quem ele não esteja disposto a ferir.

Algo surge na expressão de Col.

— Meu irmão, a gente precisa falar com ele!

Olho de novo para a cidade em chamas. O vento está espalhando as colunas de fumaça em direção às montanhas, inclinando-as. Como se inúmeras bigornas, imensas e negras, tivessem caído dos céus.

— Ele já sabe, Col. Vai estar em todos os feeds.

— Mas Teo precisa saber que não está em segurança. E que ainda estou vivo!

Col está tremendo, então seguro seus braços.

— Ele está no colégio interno, certo? Quantas outras famílias importantes mandam seus filhos para lá?

— Sei lá. Uma centena?

Eu o abraço.

— Meu pai não pode atacar um lugar assim. Ele quer as cidades divididas. Nada as uniria mais que alguém machucando seus filhos.

Col se acalma.

— Então há um limite.

— Ele não pode fazer o mundo inteiro se voltar contra ele de uma vez. — Minha voz está rouca por causa da fumaça.

Uma pausa. Col me encara.

— Como você pode pensar assim? Como consegue sequer começar a compreendê-lo?

Não sei como responder, mas meu cérebro ainda está a toda.

Para o restante do mundo, meu pai arriscou a vida da única filha. Mas, mesmo que eu jamais volte para casa, ele ainda tem Rafi. Ele pode revelá-la em um ou dois dias. Inventar alguma história sobre sua miraculosa fuga. Mais uma chance de provar que ele sempre vence.

Tudo isso foi um terrível truque de mágica; a cidade em chamas, os Palafox mortos, mas a própria filha sobrevive.

Mas primeiro ele tem que saber se estou bem. Se duas filhas idênticas surgirem, sua história de triunfo se complica.

E é aí que me dou conta: tenho algum poder sobre meu pai.

Ele não sabe se estou viva. Deve haver alguma maneira de usar isso. Mas só se eu permanecer escondida em vez de ir para casa.

A fumaça está ficando mais pesada. Cinzas chovem sobre nós.

— Temos que seguir em frente — aviso.

Col olha para a paisagem escura.

— Para onde?

Balanço a cabeça. Só sei que não vou para as ruínas. Não haverá resgate pelo exército de meu pai. Não haverá retorno triunfante para sua brilhante filha-guerreira.

A coleira em meu pescoço desapareceu.

ACREDITE

— Você disse uma coisa — começa Col. — Logo antes de o míssil atingir minha casa.

Tiro os olhos da fogueira. Foi o melhor que conseguimos fazer: uma pilha de folhas e galhos úmidos que levou séculos para acender. A noite está fria, e ainda estamos molhados, apesar de a chuva ter parado. Ninguém falou uma palavra em mais de uma hora.

— Não lembro.

Só sei que ele estava me beijando logo antes de o míssil cair. Algo estava brotando entre nós, mas a atrocidade de meu pai destruiu tudo.

O olhar de Col está fixo nas chamas. Lágrimas deixaram rastros no rosto sujo de fuligem.

— Você disse que eles iriam encontrá-la nas ruínas. Você tinha um plano de fuga combinado com seu pai.

Respiro fundo, trêmula, então concordo.

— E todas essas coisas... — Col aponta para o que sobrou de meu kit de fuga: a pederneira, as sacolas plásticas recolhendo água da chuva que pinga das árvores. — Você sempre tem uma bolsa pronta caso precise fugir?

— Quando estou sendo feita de refém? Sim.

Sua expressão não se suaviza. Agora que o choque passou, ele teve tempo de se perguntar o quanto eu sabia dos planos de meu pai.

Algo começa a se partir em meu peito.

Col é tudo que me resta. Se ele não confiar mais em mim, nenhum de nós vai sobreviver.

— Você chegou tão rápido ao telhado. Estava acordada, pronta para fugir. Você sabia que o ataque viria, não sabia?

Não tenho como fugir da verdade.

— Aribella tinha razão em relação a meu cirano. — Eu tiro o aparelho do bolso. O metal brilha à luz da fogueira. — Ele escaneia os feeds públicos de Shreve em busca de mensagens escondidas, codificadas entre os pixels. Recebi um aviso de que deveria fugir.

— Destrói isso.

Fico olhando para o cirano.

Não há interface urbana aqui, e não é como se eu precisasse de dicas de etiqueta. Mas o aparelho é minha última ligação com Rafi. Não tenho outra maneira de receber suas mensagens. Ou avisos. Ou conselhos de irmã mais velha.

Mas cada segundo de hesitação me faz perder mais a confiança de Col.

Jogo o cirano na fogueira.

Pela primeira vez na vida, Rafi e eu estamos verdadeiramente separadas.

Ainda assim, quando sinto o cheiro do metal queimando, um alívio me domina. Nunca mais vou ouvir a voz de meu pai no ouvido.

Troquei minha irmã pela liberdade.

Col ainda está me encarando, como se fôssemos inimigos.

— Então por que você não nos avisou?

— Eles só me deram dois minutos de antecedência.

Ele balança a cabeça.

— Dois minutos? Por que tão pouco tempo?
— Porque...

Eu usei a jaqueta vermelha. Uma brincadeira entre minha irmã e eu enquanto meu pai planejava mortes.

Mas tudo é inacreditável demais, que sou a filha que sobrou, nada além de um disfarce. Que sentir algo por Col me tornaria dispensável.

Tão inacreditável quanto o fato de que duas horas atrás Col estava me beijando, e agora acha que o traí.

Algo endurece em minha garganta.

— Meu pai não podia correr o risco de me avisar antes. Se vocês me pegassem tentando fugir, talvez desconfiassem do que ia acontecer.

Col olha para a fogueira.

— Ou talvez você quisesse que as coisas acontecessem exatamente como aconteceram.

— Como assim?

— O tempo todo que você passou lá em casa, Rafia, não parecia você mesma. Parecia alguém de quem eu poderia ser amigo. Você ganhou minha confiança. E, quando o ataque começou, você nos tirou do perigo na hora certa. — Col olha para a escuridão ao nosso redor. — E agora estamos aqui, sozinhos, a cem cliques do exército de minha cidade.

— Col, a ideia de me ajudar a fugir foi *sua*! Você me mostrou aquelas jaquetas de bungee jump no telhado.

Ele se afasta do fogo, a expressão pétrea.

A lógica não importa. Ele não confia mais em mim.

— Seu pai — começa ele, e então dá uma cusparada no fogo. — Ele quer que essa guerra acabe logo, não é? É bem mais fácil se você me levar até ele. Um refém, para que o restante da cidade se entregue. Uma marionete para colocar no comando de Victoria.

— Nunca. — Estendo o braço e pego sua mão. — Eu soube do ataque *dois minutos* antes de vocês. Tudo que preparei era só caso algo desse errado. E jamais considerei que ele pudesse...

Matar sua mãe. Sua avó.

Destruir sua casa.

Incendiar sua cidade.

Col tira a mão da minha, e meu coração se parte um pouco.

Só tenho uma maneira de convencê-lo.

Aponto dois dedos, e o punhal pulsátil salta de meu cinto. Flutuando no ar, trêmulo e ansioso, apontado direto para seu rosto.

Pronto para matar.

— Col. Se eu realmente quisesse levá-lo a meu pai, acha que precisaria te *enganar*?

Ele encara o punhal, como se não se importasse com o que pode acontecer depois. Como se estivesse me desafiando a transformá-lo em nada.

Então ele responde:

— Não gaste a bateria à toa. Esqueci o carregador.

Fecho o punho, e o punhal cai no chão.

Minha camisola está fria e úmida, com alguns espinhos dos cactos ainda presos a ela. Tudo que sobrou dos jardins da Casa Palafox. Aquela selva, cheia de vida. Aquelas borboletas.

Ficamos sentados em silêncio até eu reunir coragem para perguntar...

— Ainda temos uma aliança? Ou você acha que matei sua família?

Ele fica em silêncio, pensando. Gotas de chuva pingam das árvores, a madeira úmida na fogueira estala baixinho.

Não posso ficar sentada aqui, então me aproximo dele no escudo. Mas não sei como fazer isso. Como tocar alguém assim. Não sei de nada.

Quando minha mão trêmula encosta em seu ombro, ele se afasta. Um soluço faz seu corpo estremecer.

— Deve ter *alguma* coisa que eu poderia ter feito para impedir isso. Mas só piorei as coisas confiando em você.

— Isso não é sua culpa, Col. — O mantra de minha irmã.

— Eu deveria ter *forçado* minha mãe a me ouvir...

— Não é culpa dela também. É dele. É sempre culpa dele.

Col começa a tremer, então o aproximo do fogo. Minhas calças de exercício se mantiveram secas mesmo com a chuva, mas as roupas dele ainda estão molhadas.

Ergo os olhos. Sem estrelas, sem lua, sem aeronaves. Só a escuridão abafada de uma cidade destruída.

Tem fumaça demais para que qualquer um veja nossa fogueira mirrada. Pego o último punhado de gravetos e jogo nas chamas, que sibilam como um gato molhado e irritado.

— Eles devem achar que estamos mortos — diz Col. — É melhor a gente deixar que continuem pensando assim.

Olho para ele através da fogueira. É uma boa ideia, mas tem um problema.

Rafi ainda está em casa, em segurança. Quando meu pai tiver certeza de que morri, vai revelá-la ao mundo — e Col vai saber que sou uma impostora, sempre fui, enviada para fazer sua família baixar a guarda.

Ele vai saber que menti para ele esse tempo todo.

Mas não posso contar a verdade sobre mim mesma hoje. Seu mundo já foi abalado o bastante.

— Boa ideia — comento.

— Se seu pai achar que estou morto, não vai me procurar. A gente vai conseguir viajar com mais facilidade sem ninguém nos perseguindo.

— Viajar? Para onde vamos, afinal? Tem alguém que possa te proteger?

— Não quero proteção. Quero vingança.

Uma onda de exaustão me domina. Col ainda não entendeu que, contra meu pai, não há como vencer.

— Escute, Col. Não importa o tipo de armamento ou exército que tenha sobrado em Victoria, não vai ser o bastante para derrotá-lo. Você só vai conseguir que mais pessoas sejam mortas.

— Eu sei.

— As outras primeiras famílias também não vão ajudar. Vão ficar com pena de você, colocar um embargo em Shreve por um tempo. Alguém talvez ofereça asilo, contanto que você fique de bico calado. Mas nenhuma cidade vai arriscar entrar em guerra direta com ele.

— Então vou procurar as pessoas que não têm cidades. Que sempre o odiaram. E que já têm o próprio exército.

Eu balanço a cabeça, sem entender.

— E quem seriam elas?

Col se afasta do fogo e abre um sorriso cínico.

— Vou me juntar aos rebeldes.

EXAGERO

Na manhã seguinte, observo Col dormir.

Ele está todo encolhido. A fogueira se apagou, e minhas roupas, mãos e mente cheiram a fuligem. Ainda assim, o céu está azul, por fim limpo da fumaça do ataque a Victoria.

É estranho, mas mesmo depois de tudo que aconteceu, ainda estou pensando em nosso beijo. Foi meu primeiro beijo de verdade. E o olhar de Col...

Ele nunca mais vai me olhar daquele jeito. Nem vai confiar em mim. Não quando descobrir que eu estava no centro dos planos de meu pai contra sua família.

Col nem sabe meu nome verdadeiro. E toda vez que penso em contar a verdade a ele, lembro de Sensei Noriko, o que me cala de imediato.

Ainda assim, teremos que falar sobre isso em breve, antes que a Rafi real apareça nos feeds.

— Vamos caçar um coelho — decide Col quando acorda.

— Boa ideia. — Encontrar os rebeldes pode demorar, e estou morrendo de fome.

Bebemos água da chuva, guardamos os poucos equipamentos que temos e vamos caminhando até o limite da floresta. Deixamos a prancha no sol, com os painéis solares abertos.

Col me guia ao longo da divisa entre árvores e pradaria, o arco de caça em mãos. Nos mantemos à sombra da floresta, observando a grama alta, iluminada pelo sol.

— Tem dois tipos de coelhos aqui — explica ele, de algum modo ainda soando como um guia turístico. — Os com orelhas pequenas são coelhos-dos-vulcões. Não têm carne suficiente, nem valem a pena o trabalho.

— Coelhos-dos-*vulcões*? Sério?

Col dá de ombros.

— A natureza não se importa com nomes. Estamos atrás dos coelhos normais, de orelhas grandes.

— Certo. Mas isso é com você. Meu punhal não lida com coelhos.

— Lento demais?

Dou uma risada.

— Ele consegue quebrar a barreira do som. Mas é um exagero, a não ser que você saiba cozinhar névoa de coelho.

Ele lança um olhar para o punhal.

— Mas pra *que* exatamente serve esse troço?

— Para quando pessoas tentam me matar. Se preciso sair de algum lugar, ele abre um buraco na parede. Se preciso me esconder, ele transforma móveis em nuvens de poeira.

— Não me espanta que Jefa o tenha escondido. — Os olhos de Col vão do punhal para mim. — Como você sabe tanto sobre armas antigas?

Não tenho resposta para isso a não ser a verdade.

— Eu sei *tudo* sobre *todas* as armas, Col. Sou treinada para matar desde que tenho sete anos.

Ele me encara.

— Você disse *sete*?

— Sete anos de idade, isso mesmo.

E percebo em seus olhos... a forma como ele me vê mudou.

Col soube de imediato que eu não era a socialite temperamental dos posts de Rafi. Ele gostou de mim porque eu era inesperada, alguém que enganou o mundo inteiro. Mas agora vê algo mais profundo — a assassina treinada em mim —, e está começando a ficar assustado.

— Depois que eu me juntar aos rebeldes, para onde você vai? — pergunta, do nada.

Fico olhando para ele, sem entender.

— Como assim?

— De jeito nenhum os rebeldes vão confiar em você, Rafi. Por causa de quem você é.

— Por causa de quem *eu* sou? Sua família está em guerra com eles há anos!

— Mas eles nunca tentaram me matar.

Inspiro devagar. Quando fui dormir ontem à noite, fiquei pensando nisso. Col quer se juntar às pessoas que atacaram meu comboio há apenas duas semanas.

— Talvez estivessem esperando o momento certo. Você tem *certeza* de que quer se juntar a eles, Col?

Ele dá de ombros.

— Não vai ser fácil fazê-los confiar em mim. Mas devem ter soldados victorianos por aí, ainda leais a minha família, ainda dispostos a lutar. Os rebeldes e eu podemos nos ajudar mutuamente.

Sem Col, não tenho para onde ir... só para casa.

— Mas nós concordamos em ser aliados — argumento.

Ele se afasta, envergonhado.

— Isso foi quando eu ainda achava que nossos pais queriam que a gente se casasse. Isso é sério demais. Os rebeldes vão acreditar que odeio seu pai, Rafi, por causa do que ele fez com minha família. Mas por que eles confiariam em *você*?

— Porque eu não... — Não sou Rafi. Mas não consigo dizer as palavras.

Não sei o que vai acontecer quando eu revelar esse segredo. Será que eu sequer existo além dessa mentira?

— Porque você não é só uma avoada qualquer, e sim uma assassina treinada? — Col balança a cabeça. — Só mais um motivo para não deixá-la se aproximar.

— Mas eu não... — Até pensar nisso me deixar tonta. — Eu realmente não...

Col ergue a mão, pedindo silêncio. Está observando a floresta, e eu ouço um levíssimo farfalhar de folhas.

— Onça — sussurra ele.

Fecho a boca, aliviada. Um predador parece menos perigoso do que contar a verdade.

— Os Enferrujados quase exterminaram os grandes felinos — conta ele, baixinho. — Mas eles estão por toda parte agora.

— Então a gente pode comer um?

Col me olha, magoado.

— Jura?

— O quê? Estamos passando fome!

— Pessoas não comem felinos, Rafi. Como pode não saber disso?

Dou de ombros. Meu pai come o que quiser, esteja no menu ou não. Esteja na lista de animais protegidos ou não.

— Vamos segui-la — explica Col. — Provavelmente está caçando algo que a gente *pode* comer.

Abrimos caminho pelo limite da floresta. Col se move em silêncio total, mas eu sou desajeitada e barulhenta. Fui treinada para lutar em salões de baile, corredores apertados, escadas, mas não na natureza.

Col para, e o arco se desdobra em suas mãos. Os polímeros de nanotecnologia se abrem como asas, a corda se esticando totalmente. Ele observa a planície, seguindo algo que não consigo ver.

Quando mudo a tela ótica para a visão de calor, uma mancha branca surge contra as pedras aquecidas pelo sol. As orelhas do coelho se erguem como duas antenas.

Na floresta mais fresca à direita, a curva sinuosa da onça espreita em um galho. Está nos observando, provavelmente tentando decidir se somos uma ameaça.

Quão perigosos são os grandes felinos? Sei que em teoria a natureza pode ser fatal, mas nenhum animal é pior que um assassino com um rifle automático.

Então me lembro da cobra, invisível e quase silenciosa, e sinto um tremor.

Ao meu lado, Col prepara uma flecha, depois fica ali parado por segundos intermináveis.

Quando ele atira, é tudo um único movimento — puxar a corda, fazer a mira, soltar a flecha. Ela voa por entre a grama alta, e um instante depois o coelho explode em ação, as patas traseiras riscando o solo. Mas é como um inseto preso, bater as asas não leva a lugar algum.

Quando Col corre à frente, eu me viro para checar a onça, o punhal a postos. Mas o felino já está sumindo por entre as árvores, gracioso e tranquilo.

Desligo a visão noturna e alcanço Col quando ele está quebrando o pescoço do coelho. Ele segura o corpo flácido pelas orelhas, com uma expressão de satisfação no rosto.

— Não tenho nada com que esfolá-lo — comenta. — Essa arma corta como uma faca normal?

— Não é tão afiada quando está desligada, mas sim.

Col olha para o céu.

— Acha que podemos acender uma fogueira?

Fecho os olhos e tento ouvir algo. Ontem à noite, fomos dormir com estrondos a distância — explosões, tiros, satélites suborbitais entrando na atmosfera. Mas hoje está silencioso, o que significa que os victorianos ou foram derrotados ou estão se escondendo.

Meu pai deve achar que estamos mortos, ou que estou seguindo para as ruínas a pé, desejando ser resgatada. Ele não tem motivo para procurar por mim tão longe da costa.

E meu estômago está roncando.

— Acho que sim — respondo. — A não ser que prefira comer o coelho cru.

CONFISSÃO

— Isso está incrível, Col.

O coelho está realmente muito bom. É mais difícil de mastigar que a carne de laboratório, mas o sabor é mais intenso. Até o cheiro enquanto cozinhava me deixava com fome: fumaça e carne torrada.

Só queria que tivéssemos sal. E que eu não tivesse queimado a língua na primeira mordida.

— *La faim est la meilleure sauce* — diz Col.

Mais francês, mas encaro isso como uma oportunidade. Talvez contar aos poucos a verdade sobre mim mesma não seja tão difícil.

— Não sei o que você quis dizer, Col.

Na metade da mordida, ele olha para mim. Seus dedos brilham, gordurentos, e sua camisa está manchada do sangue do coelho.

— "Fome é o melhor tempero"? Nunca ouviu isso antes?

— Não o ditado... Não sei francês. Estava fingindo.

Ele dá uma risada.

— Por favor, Rafi. Assisti a suas apresentações em Montré. Você é praticamente fluente.

— Na verdade, não — insisto. — A questão é que estudar francês o impede de aprender a matar os outros.

Col, pensativo, continua a mastigar.

— Não sei por que você está dizendo isso, mas já te vi falar. Nenhum cirano é tão bom assim. *Tu parle français.*

Talvez essa seja uma má ideia, revelar minhas mentiras para fazê-lo confiar em mim. Mas elas são tudo que tenho. Minhas mentiras são as únicas coisas que são verdadeiramente minhas.

Apenas conte a ele.

Essa era a voz de Rafi em minha cabeça? Ou a minha?

E se contar a verdade a Col o condenar, como aconteceu com Sensei Noriko?

Conte tudo a ele.

— Tem duas de mim — sussurro.

O mundo dá uma cambalhota, mas de alguma maneira permanece inteiro.

Col assente.

— Eu sei. A Rafi dos feeds e a Rafi da vida real.

Engulo em seco.

— Também. Mas quero dizer literalmente.

Ele me olha com pena.

— Acho que sei o que você quis dizer.

— Acho que não sabe, Col. — Estou começando a ficar com raiva. Isso já é difícil o bastante sem que ele fique agindo que nem um avoado. — Tem *duas* de mim. Tenho uma irmã gêmea.

Ele ainda não entende.

— Ela é real — continuo. — Uma outra pessoa.

Col afasta o olhar de novo, pensativo. Ele arranca mais um naco de carne da coxa do coelho. Engole. Larga o osso na fogueira.

Por fim, ele estende as mãos, pedindo calma.

— Tudo bem.

— Só isso? Tudo bem?

— Eu entendo.

Fico olhando para ele.

— Entende *o quê?*

— Como deve ser sua vida. Sua mãe morta antes de você ser concebida. Tutores em vez de escolas normais. Uma bolha de drones e guarda-costas ao seu redor. E no centro de tudo, um pai como *ele*.

Eu me engasgo com a raiva. Não tenho ideia do que ele está falando.

— E é só o começo — continua Col. — Minha mãe me contou sobre os escaneamentos de seu corpo, Rafi, sobre o que seus professores devem ter feito com você. E aprender a usar essa *abominação*.

Ele indica o punhal pulsátil ao meu lado.

— O que isso tem a ver com a minha irmã? — pergunto, entre dentes.

Col desvia o olhar, como se estivesse envergonhado de novo.

— Crescer sob ameaças constantes, sem poder caminhar pela própria cidade. Aquela poeira te observando. Nenhuma privacidade, mas sempre só. Deve mexer com a cabeça.

— Puta merda — reclamo. — Você acha que Rafi é algum tipo de *ilusão*?

— Quero deixar claro que *você* usou essa palavra, não... — Ele olha para mim, franzindo a testa. — Espere. O nome dela também é Rafi?

— *Sim*. Quero dizer, não... O meu é que não é!

Levanto a cabeça para o céu e grito, o que provavelmente não me ajuda a parecer menos maluca. Mas não tem como voltar atrás agora.

— Meu nome é Frey! Nós somos duas pessoas *diferentes* e por isso temos nomes diferentes! É ela que você viu nos feeds. A que sabe falar francês e criar vestidos. A que é inteligente e engraçada e que sabe qual garfo usar!

Jogo a coxa do coelho na fogueira, que estala com a gordura.

— Eu sou a bárbara! A que não sabe de nada além de morte e armas antigas. A que é boba o bastante para se apaixonar por um avoado mimado e metido que nem *você*!

Meu desabafo morre de súbito. Minha garganta dói de gritar. E estou ouvindo um zumbido em minha cabeça.

— Rafi — começa Col, baixinho. — Tudo bem.

— Eu não sou Rafi. E nada está bem.

Ele segura minha mão com gentileza, e a vontade de gritar diminui um pouco.

Mas o zumbido continua em minha cabeça.

Porque não está vindo de meu cérebro. Está no mundo real.

Uma sombra passa acima de nós, e finalmente reconheço o som.

— Carro voador — digo. — Corra para a floresta.

FOGO AMIGO

Não estou vendo o carro no céu, só a fumaça de nossa fogueira.

Levada pelo vento vindo da costa, a coluna se afasta para o oeste, um aviso que grita *Venha nos pegar*.

A fome me deixou boba.

Saio correndo a fim de me esconder na floresta, chamando o punhal pulsátil para minhas mãos.

Col está correndo de volta para onde deixamos a prancha carregando. Mas os painéis solares estão abertos — ele vai levar trinta segundos antes de poder voar.

Quando chego às árvores, o carro voador entra em meu campo de visão com um rugido. As hélices de decolagem levantam folhas, terra e cinzas de nossa fogueira, um furacão. Por um momento não consigo enxergar ou respirar.

Ergo os olhos quando o redemoinho acaba. O carro voador está fazendo uma curva fechada — eles me viram. A camuflagem de minha pele é configurada para Shreve, em seus tons de cinza e preto.

É um veículo de exploração, em formato de prato, muito menor que os carros que me levaram até Victoria. A equipe é de três soldados, mas é armado com dois pesados canhões cinéticos. De jeito algum meu punhal atravessa a blindagem.

Um dos canhões está apontado para mim. O outro gira na direção da floresta, procurando Col.

Largo o punhal e ergo as mãos bem alto.

— Esperem! — grito contra o rugido das hélices. — Sou eu!

Eles não podem abrir fogo; Col e eu estamos usando roupas de civil. Os homens de meu pai ainda devem estar procurando Rafi.

O cano do canhão se alinha com meus olhos até eu estar encarando um negrume total. Conheço sua capacidade — munição de tungstênio sólido, quinze centímetros, atingindo velocidade Mach 4.

As árvores atrás de mim virariam serragem. Só o que restaria de mim é vapor com toques de DNA.

A nave continua pairando por mais um momento, poeira girando ao meu redor, e minha mente parece estar a mil cliques de distância. Como se eu estivesse observando um sonho.

Então uma voz estala pelos alto-falantes.

— Senhorita Rafia. Por favor, se proteja.

Eles querem que eu me abaixe para que possam abrir fogo na floresta. Acham que Col correu porque estava me mantendo prisioneira.

— Não — grito, me movendo para o lado, me colocando na frente do canhão que está a sua procura. — Não atirem!

A nave balança, incerta. A equipe não está me ouvindo, não com o som do motor.

Uma escotilha se abre no fundo da nave, e dois soldados saltam na grama. Eles rolam para absorver o impacto da queda e se levantam já com os rifles apontados.

Mas não para mim.

Fico na frente deles de novo, tentando gritar por cima do som das hélices.

— Parem! Ele é amigo!

Um deles me olha, confuso, baixando a arma, mas o outro ainda aponta para a floresta. A tela do rifle brilha com um alvo.

Corro direto para o redemoinho abaixo do carro voador, e o homem hesita só por um segundo...

Meu punho acerta seu queixo. Eu arranco o rifle de suas mãos, girando para dar uma coronhada no rosto da outra soldado, que cai no chão enquanto o companheiro ainda tropeça. Dou um chute na lateral de seu joelho, algo estala, e ele cai, aos gritos.

Giro o rifle de novo, com força, acertando sua têmpora. Alguns segundos depois, nenhum deles se move.

O carro está bem acima de nós. Os canhões ainda apontam para as árvores.

Com um gesto meu, o punhal pulsátil se ergue do chão e voa pela escotilha em um padrão espiral. Talvez não acerte o piloto com força total.

A aeronave começa a engasgar, balançando em cima de mim, como um peão perdendo força. Prestes a cair.

Este não foi um de meus melhores planos.

Eu me jogo no chão entre os soldados desmaiados, os braços cobrindo a cabeça, olhos fechados. A tempestade continua ao meu redor, depois se afasta, então olho para cima.

O carro voador está debandando em círculos em direção às árvores. Galhos inteiros desaparecem entre as hélices, cuspindo fragmentos de madeira e folhas picotadas. O carro acerta um tronco grosso e antigo. Uma das hélices baixa sobre uma árvore jovem, e o motor fica preso, o metal gemendo com a força.

As outras três hélices continuaram a girar, virando o carro de cabeça para baixo no chão. Folhas e terra são expelidas, como por um gêiser.

Com um último ronco metálico, a máquina fica em silêncio.

Fico de pé, limpando os olhos, os ouvidos zumbindo no silêncio.

A soldado ao meu lado geme. Pego as braçadeiras de plástico de seu cinto e prendo os pulsos dos dois, roubo os kits médicos, depois penduro um dos rifles no ombro.

Estou me aproximando do carro caído quando ouço um grito vindo de cima.

— Rafi!

Eu me viro e vejo Col na prancha voadora. Seus olhos estão arregalados com a destruição ao meu redor.

— Não podia apenas *fugir*?

— Tinha que impedi-los de atirar em você. De nada. — Dou uma olhada nos soldados presos e baixo a voz. — E meu nome é Frey.

— Ah, certo, claro — responde ele, em seu novo tom de "Rafi é doida". — Mas é melhor a gente sair daqui.

Aponto para o carro voador caído.

— Melhor vermos como está o piloto antes.

Sem contar que meu punhal está lá dentro também.

TRANSMISSÃO

O carro voador está tombado entre as árvores, de cabeça para baixo e inclinado contra um tronco caído. As hélices estão imóveis, estalando enquanto esfriam.

A escotilha está na parte de cima agora. Subo na prancha de Col para que ele me deixe ali. Ainda há folhas caindo no chão ao nosso redor. Pelo menos uma dezena de árvores foi danificada.

A camuflagem do carro voador não está em melhor condição. Fica mudando de padronagens aleatoriamente, de tons de verde floresta para azul-céu, passando pelo padrão de multidão.

Pulo para a lataria do veículo, vou me arrastando até a escotilha e enfio a cabeça lá dentro.

— .Olá?

Sem resposta.

— Sou eu, a primeira filha Rafia. Não atire!

— Então esse *é* seu nome — comenta Col.

— Explico depois. — Entrego o rifle para ele e entro.

As luzes do interior do veículo estão apagadas, e só o que vejo é uma confusão de cabos, equipamento e espuma antifogo. Em alguns pontos, o punhal destruiu tudo menos a fuselagem blindada.

A maior parte da cabine está na escuridão. Meus olhos demoram a se ajustar.

— Tem alguém aqui?

Nada ainda. Mas escuto um *ping, ping, ping*.

Nunca estive dentro de um veículo tão pequeno. É tipo metade de um dos closets de Rafi. Enquanto me arrasto, algo arranha meu joelho — um retângulo pequeno de plástico afiado.

Uma tela portátil. Adaptada para uso militar, com uma antena de satélite para ter sinal fora da cidade.

Ligo o aparelho — um feed de notícias de casa aparece. Imagens de guerra que não quero ver, mas o brilho da tela ilumina o espaço apertado.

O piloto está na frente, ainda preso ao assento. Está pendurado de cabeça para baixo, inconsciente.

Então percebo de onde vem o som de pingos — do sangue escorrendo de sua testa. Pode ser só um corte... ou pode ser uma concussão, seu cérebro inchando dentro do crânio. O cheiro de ferro domina minha cabeça.

Estico a mão para o painel de controle e ligo as luzes.

O piloto não desperta.

Se eu o soltar, ele vai cair e bater a cabeça na fuselagem. Mas não posso deixá-lo aqui desse jeito.

Porém, o mais importante primeiro. Meu punhal está em algum lugar dessa confusão. Estendo a mão, torcendo para que ele possa me ver no brilho da tela.

Ouço um arranhar, como um rato entre fios, e o metal quente da faca surge em minha mão.

A lâmina está amassada por ter quicado de um lado para o outro dentro do carro, mas o punhal ainda funciona. Estou mais preocupada com a bateria, que pisca em amarelo.

Saio da cabine e entrego a tela para Col.

— O piloto está machucado, talvez seja grave. Quanto a prancha carregou?

— Não muito. A gente talvez consiga seguir uns cem cliques antes de ter que recarregar.

— É o suficiente. Vou ligar o sinal de socorro da nave. Fique pronto para *correr*.

— Por quê? — pergunta Col.

— Porque, quando o sinal for disparado, o reforço vai chegar!

Ele respira fundo devagar.

— Quero dizer, por que chamar ajuda? Esse piloto é parte de um exército que acabou de matar minha família.

Fico encarando Col e, por um momento, entendo o que ele vê quando olha para mim, treinada para matar desde os sete anos. Aquela escuridão em seus olhos também deve existir nos meus.

Mas soldados com o uniforme de Shreve passaram minha vida inteira protegendo a mim e a minha irmã.

— Col. Você já ouviu falar em *Apenas seguindo ordens*?

— Sim. É uma antiga frase dos Enferrujados que significa *Uma péssima desculpa para crimes de guerra*.

— Então a gente vai deixar ele aqui para morrer? — Indico os outros dois. — Quer atirar neles também? Eles me reconheceram. Isso estraga seu plano de ficarmos escondidos, não?

— Boa ideia. — Col olha para o rifle nas mãos. Ainda está em modo de tiro, a tela brilhando.

Ele ergue a arma, apontando direto para os soldados amarrados a sessenta metros.

— Col.

Talvez eu pudesse impedi-lo, mas meus reflexos não funcionam. Todos aqueles incríveis cálculos de batalha em minha cabeça se recusam a surgir.

Col é um problema que não posso solucionar com os punhos. Então digo:

— Isso é exatamente o que meu pai faria.

Ele hesita, depois solta um palavrão baixinho e abaixa o rifle.

— Pode ligar o sinal. Vou ficar a postos.

— Você vai me agradecer. — Eu ainda vejo o assassino à noite. Suas pernas, paradas, depois que meu punhal destruiu todo o resto dele.

Entro no carro de novo, tentando ignorar o cheiro de sangue do piloto.

Agora que as luzes estão acesas, vejo um kit médico preso à parte de baixo do assento. Passo um pouco de spray na testa do piloto, o que me faz sentir melhor.

O sinal de emergência é um interruptor no painel de controle. Ele começa a piscar em vermelho quanto o aciono.

Correndo para fora da escotilha, grito:

— Vamos!

— Espere. — Col está olhando algo em suas mãos.

A tela. Os sons baixos do feed de notícias. Música triunfante, um anunciante exuberante.

— Mas que merda é essa, Col? — Subo na prancha atrás dele. — A gente tem que ir *agora*!

— Mas eles acabaram de falar... — Ele ergue o rosto, me encara, como se não me reconhecesse. — Puta merda — diz. — Tem duas de você.

REVELADA

Não temos tempo para conversar, não com o sinal de socorro apitando.

Seguimos na prancha a toda, ficando abaixo das copas, costurando por entre troncos e galhos. Cada vez mais para o interior, em direção às montanhas e aos rebeldes.

Eu me pergunto o que vai acontecer quando chegarmos lá. Col tinha razão; os rebeldes não deixariam a Primeira Filha Rafia se juntar a eles, nem em um milhão de anos.

Mas Frey? Talvez ela tenha algo a oferecer.

Não sei de mais nada.

Col está tão confuso quanto eu. Quando paramos para descansar, ele não fala muito, nem me olha nos olhos. E me lembro do que Rafi sempre me disse... *Isso não é normal.*

Ela queria dizer que meu pai estava errado por me esconder. Que eu não merecia ter minha existência apagada. Mas as palavras de minha irmã também me ensinaram que eu era anormal.

Deve ser assim que Col me vê agora — como algum tipo de aberração. Como uma criança perdida na floresta e criada por lobos. Estranha e trágica. Provavelmente perigosa.

É claro que o mundo inteiro é perigoso agora.

Quando carros voadores brilham a distância, nos forçando a procurar abrigo, sempre são nas cores de Shreve, não de Victoria. Meu pai venceu. Os únicos sinais de resistência são fiapos de fumaça no horizonte.

Também não ajuda que a comida de meu kit de fuga já tenha acabado. Há coelhos espalhados por toda a floresta, mas não podemos arriscar acender outra fogueira. Então estamos com fome, exaustos, e Col toda hora quer voltar atrás. Está procurando alguma coisa, mas não me diz o que é.

Ele não confia mais em mim.

Pensei que, quando descobrisse meu segredo, entenderia como posso ser uma boa aliada. Mas, em vez disso, ele não tem ideia de quem sou.

A prancha está quase sem bateria quando Col finalmente encontra um lugar perfeito para pousarmos, uma clareira extensa, com bastante sol.

Desdobramos os painéis solares e sentamos sob uma árvore. Vamos ficar presos aqui por um tempo. Nada a fazer além de falar sobre o que fazer a seguir.

Mas, em vez disso, Col pega a tela portátil.

— Nem precisa confirmar — aviso. — O que você viu é verdade. Tem outra eu em Shreve. A Rafi verdadeira.

Ele liga a tela mesmo assim, encarando-a por um momento.

— O que não entendo — responde ele — é por que o exército inteiro de Shreve não veio em peso nos procurar. Aqueles soldados lá atrás viram você.

Dou de ombros.

— Talvez ninguém tenha acreditado neles? O exército não sabe que há duas de mim.

— Duas de você — murmura Col para a tela, depois ergue os olhos. — Como eles te esconderam assim esse tempo todo?

Levo um momento para responder. Contar esse segredo dói tanto quando arrancar um dente. Mas preciso que Col entenda a verdade sobre mim.

— Há corredores secretos na casa de meu pai para meu uso exclusivo. Limusines com compartimentos escondidos, suítes privativas em todos os salões e hotéis. Só umas dez pessoas já viram Rafi e eu juntas.

— Mas *por quê*?

— Para mantê-la em segurança. Ela só aparece em lugares onde confiamos nos presentes. Em qualquer momento que ela tenha que enfrentar uma multidão de aleatórios, dar discursos em público, comparecer a cerimônias, sair para dançar em boates... sempre sou eu no lugar dela.

— Tanto trabalho... — Col baixa os olhos para a tela de novo. — Então ele ama mesmo sua irmã, não ama?

— É mais que isso. Ele perdeu nosso irmão para os sequestradores, e meu pai odeia perder.

Por um momento, Col parece enojado.

— E a gente achando que estaríamos em segurança tendo você sob nosso teto.

— Não estavam.

Col não responde.

— Você pode me culpar por tudo. — Preciso dizer isso em voz alta, para que não fique ecoando em minha mente para sempre. — Por perder sua casa. Sua família. Tudo isso aconteceu por *minha* causa.

Talvez eu espere que Col discorde. Mas ele não diz uma palavra. Então continuo:

— Eu não sabia como avisá-los. Eu nunca tive que contar isso tudo para ninguém antes. Em casa, nunca tive ninguém com que eu *pudesse* falar sobre isso, sem que a pessoa fosse... — Minha voz falha. Não é o momento certo de falar sobre a Sensei Noriko, sobre como saber meu segredo pode ser fatal. — Realmente não achei que ele fosse me sacrificar.

— Sua irmã parece tão feliz. — Ele ainda está com os olhos grudados na tela.

Meu estômago dá um nó.

— Rafi sabe interpretar bem. Não importa o quê.

— Mas ela deve achar que você está morta. E mesmo assim está *sorrindo*.

Ele ergue a tela para mim.

Eu viro o rosto. Não quero ver Rafi fingindo ser a filha triunfante e engenhosa. Ou pensar em como ela está se sentindo agora.

Prefiro imaginar o escândalo que ela fez quando meu pai contou que eu estava morta. Espero que ela tenha batido nele, mesmo que não consiga dar um bom soco.

Col aumenta o volume, e o som baixíssimo da multidão e da música marcial enche o ar. Ele estreita os olhos, olhando de mim para a tela, como se estivesse comparando nossos rostos.

Eu me levanto e saio caminhando.

O mundo está girando ao meu redor. Escapei de meu pai, mas perdi todo o resto: minha casa, minha irmã, minha cidade. Meu único aliado não sabe o que pensar de mim.

O que devo fazer agora? Começar meu próprio exército?

Era bem mais fácil ser um segredo. Só ter que me preocupar com meia vida.

Um rugido enche o ar, e quase me jogo no chão em busca de abrigo. Mas é só o vento correndo pelas folhas.

Col escolheu bem essa clareira. Aqui o sol chega aos painéis da prancha, mas qualquer veículo teria que passar bem acima de nós para nos ver.

Mas é estranho como essa clareira é comprida e estreita. Uma linha reta demais para ser natural.

Eu me ajoelho para investigar e encontro uma camada de permaconcreto abaixo de uma cobertura fina de folhas e terra. Então é por isso que nenhuma árvore cresce aqui. Era algum tipo de construção dos Enferrujados.

Penso em meu tutor de estratégia militar explicando que as aeronaves antigas não flutuavam — precisavam de "passarelas" para decolar e pousar. A clareira tem pelo menos um quilômetro de comprimento, um típico desperdício Enferrujado de espaço.

Mas, se alguma aeronave pousava aqui, deve haver algum tipo de ruína por perto.

Volto até onde Col está.

— Você sabe se tem algum...

— Preciso mandar uma mensagem para meu irmão. — Ele mostra a tela portátil. — Para avisar que estou vivo. Posso usar isso?

Respiro fundo, lembrando que Col tem coisas mais importantes para se preocupar do que eu. Também adoraria avisar minha irmã de que estou bem.

— Sinto muito, Col, mas essa tela é tecnologia militar de Shreve. Se usá-la para mandar uma mensagem, eles vão nos encontrar.

Ele solta um palavrão, apertando a tela.

— Mas ela está travada nos feeds de sua cidade. Que são todos estúpidos! Estão dizendo que minha mãe ameaçou você. Como se destruir minha casa tivesse sido algum tipo de *missão de resgate*.

— Não tem nenhuma lógica, Col. Não é assim que as coisas funcionam por lá.

Ele suspira.

— Eu sei. Passamos meses estudando sua cidade. Os feeds de notícia só seguem ordens.

— É mais que isso. As pessoas de Shreve têm medo de meu pai, mas *amam* Rafi. Por uma noite inteira, todos acharam que ela estava morta, que *ele* era tudo que havia sobrado. Estão tão felizes que ela sobreviveu que vão acreditar em qualquer coisa.

— Foi o que nossa equipe de psicólogos disse. — Col ergue os olhos da tela. — Todos em Shreve sabem que ele é um assassino. Mas, quando Rafi está ao seu lado, ele também é um *pai*. Ela é o que o faz humano.

Tenho que me afastar. Aquela verdade vive em meus ossos, mas nunca ouvi ninguém a pronunciar em voz alta antes.

— Então e se todos descobrirem que tem *outra* Rafi? — continua Col. — Uma filha que ele jogou fora? Com mil ossos remendados por ter sido treinada para matar?

Eu me lembro do olhar de pena no rosto de Aribella quando ela me contou sobre os scans corporais.

Não é normal.

Mas Col está animado.

— Ele não vai mais ser um pai. Poderíamos derrubá-lo. Mostrar a todos que ele é... — Ele hesita. — Você está bem?

Balanço a cabeça. É difícil respirar.

Quando Rafi vai a uma festa, milhares de pessoas observam e comentam o que ela veste, com quem ela conversa. Quantos olhos se fixariam em mim se eu contasse a bizarra verdade sobre nós?

Milhões.

Eu derreteria. Desaparecia por fim.

— É só que jamais contei esse segredo a ninguém, Col. E você está falando em contar para o mundo todo.

— Ah. Eu não tinha pensado... — Ele se interrompe, levanta e segura meus ombros. O mundo fica um pouco mais firme. — O segredo é seu, você decide como contar. Não eu.

As palavras se repetem em minha mente — uma, duas vezes — até eu compreendê-las.

É uma promessa de não me jogar fora.

Respiro fundo, devagar.

— Por que você se importa, Col? Depois de todas as minhas mentiras? Depois de tudo que meu pai lhe fez?

— É complicado.

Ergo os olhos para Col. Ele quer dizer que ainda tem algo entre nós? Mesmo depois de tudo que aconteceu?

— Se você contar a verdade ao público, isso vai fazer mal a seu pai.

— Eu *quero* fazer mal a ele.

Quando digo as palavras, o familiar êxtase me atinge — o fervor do combate. Um zumbido em minhas veias, mas agora nada tem a ver com lutar.

Pela primeira vez na vida, tenho outra arma que não meus punhos.

A verdade sobre mim tem poder.

— Quando você estiver pronta, vou ajudá-la a contar a verdade para todo mundo — assegura Col. — Eu não estava certo sobre Rafi. Mas nós dois ainda temos uma aliança, Frey.

Eu o encaro. Essa é a primeira vez que usou meu nome verdadeiro. É a primeira vez que *qualquer pessoa* me chama pelo nome porque *eu* o ofereci.

O que me faz perguntar...

— Uma aliança? É só isso que temos?

Ele desvia o olhar.

— Isso também é complicado.

Sinto uma onda repentina de raiva.

— *É claro* que é complicado, Col! Você é filho de uma primeira família culta, e eu sou uma aberração que se escondeu em passagens secretas a vida toda. Uma máquina de matar! A filha de...

— Não é isso, Frey. Preciso te contar uma coisa sobre aquele beijo.

Dou um passo para trás.

— Como assim?

Ele hesita um segundo, balança a cabeça.

— Primeiro, tenho que te mostrar por que estamos aqui.

BUNKER

Ele me leva para o final da clareira.

— Isso era um antigo aeroporto de Enferrujados.

Eu penso em sua longa e confusa busca pelo lugar perfeito para recarregar a prancha.

— Então você estava procurando este lugar?

Col assente, indicando a passarela com um gesto.

— Escolhemos o ponto porque não é preciso equipamento de navegação para encontrá-lo. O pedaço sem árvores é óbvio do ar.

— Escolheram para quê?

Col não responde, só continua a me guiar por entre as árvores no final da clareira.

Está fresco aqui, apesar do sol de meio-dia. Quando ligo minha visão de calor por um momento, vários animaizinhos correm ao nosso redor. Nenhum é grande o bastante para ser perigoso, mas, quando volto à visão normal, mantenho a mão no punhal.

— Cuidado onde pisa — avisa ele. Uma ladeira íngreme surgiu a nossa frente.

Descemos no que parece ser uma cratera, só que os quatro lados são estranhamente retos, e crateras não são quadradas.

— Mais ruínas?

— A fundação de uma torre, parte do aeroporto. — Col perde o equilíbrio ao pisar em uma pedra solta, mas se ajeita. — Todo o metal foi retirado um século atrás.

— Mas ainda tem algo de valor aqui embaixo?

Ele olha para trás com um sorriso, depois continua.

As paredes da cratera são antigas e estão caindo aos pedaços; não é uma descida muito segura. Mas me dá tempo para pensar.

O que isso tudo tem a ver com nosso beijo?

O que ele quis dizer com *É complicado*?

No fundo da cratera o chão retangular é plano, mais ou menos do tamanho do salão de baile dos Palafox. As árvores aqui embaixo são altas e finas, como se tentassem se esticar para alcançar a luz.

Col está procurando alguma coisa.

— Eles só me trouxeram aqui uma vez, há dois anos. Então pode demorar um pouquinho...

Ele para, bate o pé no chão.

Um som oco ecoa.

Levamos cinco minutos para limpar a porta, que está coberta de galhos e folhas caídas. É feita de algum tipo de camoplástico.

— Nenhum metal. — Col espalma a mão direita na fechadura. O plástico acende, despertando. — Nos certificamos de que este lugar fosse totalmente inútil para os restituidores.

A porta de abre com um suspiro, revelando um quadrado vazio e escuro. Um cheiro de guardado sai dali, uma mistura de dessecante e nanos antimofo.

— Luzes — diz Col para a câmara.

Ele sorri de novo quando elas obedecem.

— Cuidado — avisa. — A escada pode estar bamba.

O bunker, como Col o chama, é mais ou menos do tamanho da piscina particular de meu pai.

O teto é baixo, feito do mesmo plástico da porta. Uma dezena de colunas sustentam o peso da floresta acima de nós. São feitas de madeira de verdade, nada de metal.

Este lugar foi bem escondido.

Prateleiras ocupam todas as paredes, cheias de caixas plásticas. Cada uma exibe uma impressão de mão como na porta externa.

— Meu palpite é que só Palafox podem abrir.

— E algumas pessoas em que confiamos — admite Col. Ele está avaliando os rótulos das caixas, que estão escritas em algum tipo de código.

— Então foi isso que sua mãe quis dizer? — pergunto. — Quando disse que tinha algumas surpresas para meu pai.

— Em parte, sim.

Minha testa se franze.

— Mas você ouviu isso de Yandre, que ouviu de sua mãe durante a festa. E você já sabia desse lugar havia dois anos.

Col dá de ombros.

— Bem, *Frey*, eu talvez tenha mentido para você algumas vezes.

Ergo as mãos, aceitando a derrota.

— É justo.

Ele tira uma das caixas da prateleira. O plástico identifica sua mão e se abre, revelando uma arma desmontada em uma espuma de proteção.

— Me diz o que é isso.

Eu me ajoelho ao lado da caixa e ergo o tambor. É feita de cerâmica espacial. Leve como papelão, forte como blindagem militar.

— É uma pistola esferomach de plasma. Vinte megabars, bateria de tiro único a hidrogênio. Ímãs orgânicos de manganês, que não aparecem em detectores de metal.

— Isso tudo está escrito na caixa, Frey. Mas o que *significa*?

— É uma arma que atira anéis de plasma. Derruba carros voadores. — Dou uma olhada no cômodo e em todas as prateleiras. — Ou prédios, se tiver várias.

— Pode acreditar, nós temos. — Col olha para mim. — Você acha que os rebeldes estariam interessados?

— Eles ficariam felicíssimos. O problema deles sempre foi a falta de veículos ou armamento pesados. — Dou de ombros. — É o preço de viver na selva.

Col se reclina, com um sorriso satisfeito.

— Se vocês tinham todas essas coisas... — começo. — Então por que não lutaram contra os rebeldes sozinhos? Por que meteram meu pai no meio?

— Porque quando você ataca os rebeldes, eles simplesmente desaparecem de volta na mata. — Col pega o tambor da arma de minha mão. — Derrubá-los de vez significa fazer coisas que não queríamos fazer. Como usar essas armas em seres humanos.

— O que meu pai ficou mais que feliz em fazer por vocês.

Col assente.

— Minha família se preocupa muito com aparências. Mas alguém precisa fazer o trabalho sujo mesmo assim.

Ele não está me mostrando tudo isso só para provar que os rebeldes o receberiam bem. Este lugar tem alguma coisa a ver com nós dois.

Eu me sento de pernas cruzadas ao seu lado no chão de cimento frio.

— Por que estamos aqui, Col?

— Quero que você entenda minha família. — Ele mostra as muitas caixas nas paredes. — É *isso* que somos.

Cada uma dessas armas pode derrubar um prédio voador, uma dezena delas é capaz de derrubar um arranha-céu. Col pode ficar horrorizado com o meu punhal pulsátil, mas sua família esconde poder de fogo o bastante para destruir uma cidade inteira.

— Vocês, Palafox... — começo. — São como Rafi do lado de fora. Mas por dentro... são como *eu*.

Col fala baixinho, mas suas palavras são claras:

— Você precisa entender, Frey. Victoria é uma cidade pequena. Para nos proteger, temos que fazer coisas que não queremos. Jamais quis te enganar.

Fico encarando-o.

— Quando, exatamente?

— Cada segundo desde que nos conhecemos, Frey. — Ele respira fundo. — Sempre soube que você era prisioneira em nossa casa. Minha mãe e eu tínhamos um plano para você, e eu me fingir de inocente era parte dele.

— O quê? — Minhas mãos estão tremendo.

— O beijo foi parte do plano também.

REVIDE

Posso ouvir as palavras que Col acabou de dizer. Elas se repetem sem parar em minha cabeça, como uma gravação.

Mas elas não fazem sentido.

Ele está me observando, esperando uma resposta.

— Você *sabia* que eu era refém?

Ele assente.

— A ideia foi minha.

Olho para além dele. As fileiras de armas se estendem ao infinito.

Não consigo respirar.

— Seu pai é um monstro — continua ele. — Ele sempre seria um perigo para nossa cidade. Mas pensamos que você, sua herdeira, poderia ser diferente.

— Eu não sou a herdeira — consigo falar. — Ela é.

— É claro. Mas pensamos que receberíamos a verdadeira Rafi. Então decidimos descobrir tudo sobre ela. — Ele se reclina enquanto fala, e percebo uma coisa horrível: ele está usando a voz de guia turístico. — Quando começamos as negociações com seu pai, enviamos câmeras para cobrir a cidade. Sempre que uma de vocês aparecia em público, elas mediam o pulso, pressão sanguínea, atividade eletrodérmica.

Encaro Col com a sensação de que minha pele está sendo arrancada pouco a pouco.

— Ao mesmo tempo — continua —, fizemos análises psicológicas de todas as gravações que encontramos, desde quando vocês eram pequenas. Estudamos seus movimentos oculares, microgestos, entonações vocais.

Balanço a cabeça.

— E o que tudo isso disse a vocês?

— Que você começou a desmoronar quando tinha sete anos.

— Sete? — Perco a voz. — Quando comecei a treinar?

— Exatamente.

— O que você quer dizer com *desmoronar*?

— Às vezes você estava confiante, segura de si. Outras vezes, agia como alguém sobrecarregada por um trauma constante. Nossa equipe de psicólogos concluiu que você sofria de um distúrbio de personalidade. Nunca ocorreu a eles que fossem *duas pessoas*.

— Uma sã e uma louca. — Fecho as mãos em punhos para impedir que tremam.

— Essa não é uma forma útil de falar, Frey.

— Sério? — Não consigo encará-lo. — Como *você* chamaria?

— O que eles fizeram com você foi brutal. Os ossos quebrados, ter que se esconder todos esses anos, sem amigos, com *ele* como pai.

— Então não são apenas os ossos, *eu* também quebrei.

Col pega minha mão e a estica com carinho.

— Frey. Você é a saudável.

Eu o encaro.

— Quê?

— Quando nossa equipe me explicou o trauma psicológico, eles se concentraram em algo chamado ansiedade da língua estrangeira. Pessoas que falam uma segunda língua, mesmo que fluentemente, tem cacoetes na gramática que aparecem quando estão nervosas, ou quando estão tendo uma crise psicológica. Quando Rafia fala francês, ela se entrega.

Começo a dizer que é impossível. Que Rafi é a confiante. A decidida e exigente. Mas então ouço a voz dela em minha mente.

Isso não é normal.

E se ela não estava falando de mim?

— Eu acho o seguinte — diz Col. — Ela teve que assistir a tudo isso: você ser brutalizada, escondida. E não pôde te proteger, sua irmãzinha.

— Não. É meu trabalho protegê-*la*.

— Exatamente. *Você tinha um propósito, Frey.* Quando o assassino tentou matar Rafia, você foi capaz de salvá-la. — Ele desvia o olhar. — Mas ela jamais conseguiu te salvar.

Minha mente volta para aquele dia. O que Rafi me disse depois...

Só fiquei lá, gritando.

O tempo todo. Só não em voz alta.

Eu me viro para Col, uma onda de raiva me dominando.

— Então você sabia que Rafi estava doente? E achou que era uma boa ideia *fazê-la de refém*?

— Para tirá-la de perto dele! Para mostrar a ela como é viver com uma família normal, em uma cidade normal! — Col estende as mãos. — Seu pai não vai viver para sempre, e ela é a herdeira. Pensamos que, se eu pudesse fazer uma aliança com Rafia, poderíamos mudar Shreve um dia, sem precisar de guerras.

Uma aliança. Meu coração para.

— Sua avó — digo. — Naquele primeiro dia, quando ela pediu que você passeasse comigo...

Ele baixa os olhos.

— Abuela nunca foi muito sutil.

— E a história do arco?

— Uma forma de levá-la até o monastério, onde você ficaria segura conversando comigo. Onde eu poderia me aproximar de você.

Algo duro está engasgado em minha garganta. Não consigo respirar.

Ele é a primeira pessoa que beijei.

E estava fingindo.

Col segura minhas mãos.

— Mas você era tão diferente do que pensei, Frey. Eu só não sabia *o motivo*.

Eu me afasto e me levanto rápido demais. Minha cabeça gira, e estico a mão para me equilibrar, mas toco de leve em uma das caixas de plástico cheias de morte.

Ele ainda está falando.

— Quando eu te beijei, isso foi de verdade.

Não importa o que ele diz agora.

Sua mãe, sua avó... estavam todas conspirando com Col, esse tempo todo. Rindo pelas minhas costas enquanto eu pensava que ele realmente era meu amigo.

Sou uma anormal, de uma família de anormais. Só tenho um propósito na vida.

— Tenho que voltar para casa. Minha irmã está doente, preciso salvá-la.

Minha cabeça ainda está girando quando sigo pelo corredor às pressas, prateleiras cheias de armas dos dois lados. Col chama meu nome, mas não ligo, não posso confiar nele.

Meus pés alcançam a escada, que balança com meu peso enquanto subo até os cheiros de floresta e vida.

Tenho que voltar para Shreve... agora. Minha irmã não tem ninguém além de mim, e ela acha que estou morta.

— Frey! — grita Col lá embaixo.

Dizer meu nome a ele foi um erro. Abrir mão de minha irmã, de minha casa, por ele foi loucura.

Eu me ergo e saio, inspirando o ar fresco. Galhos escuros cortam o céu em mil pedaços.

— Não se mova! — Vem uma voz das árvores. — Não queremos machucá-la, mas vamos fazer isso se for preciso.

CAPTURA

Há quatro deles.

Ajoelhados nas bordas da cratera, rifles erguidos, estou cercada. Seus trajes de tocaia ficam invisíveis na floresta, mas brilham com a liberação do calor corporal.

Tudo que vejo é raiva e traição. Jogo meu punhal em um arco amplo que vai destruí-los por completo. Ele rosna em pulsação máxima por um milissegundo...

Então engasga e cai entre as folhas, paralisado.

A bateria morreu.

E é o que vai acontecer comigo também. Eles devem ter achado que joguei o punhal em rendição.

— Mãos ao alto — exige um deles.

Eu obedeço, procurando algum tipo de arma no chão da floresta. Só galhos, folhas, pedras. Nada que vá se equiparar a quatro rifles apontados para mim.

— Sabemos que está com Col Palafox — grita a líder. — Entregue-o para nós... *agora*.

Ergo os olhos para ela. Como sabem que Col está aqui?

Então ouço alguém vindo correndo pela escada atrás de mim.

— Fique aí! — resmungo.

— Zura? — grita ele.

— Col! — responde ela. — *¡Estás vivo!*

Ela desce correndo pela borda da cratera. Quando seu traje estremece e muda de camuflagem de floresta para uniforme de combate, percebo duas coisas:

Um: Ela é uma Especial, modificada cirurgicamente além de qualquer soldado normal. Nenhum outro tipo de humano conseguiria descer essa cratera tão elegantemente. Especiais eram a força-tarefa mais letal do regime Perfeito: músculos melhorados, reflexos agilizados, ossos reforçados com metalforte. As mentes eram transformadas em algo duro e gélido, os rostos, em uma beleza angelical e terrível.

No começo da libertação, a cirurgia Especial era ilegal. Mas parece que tudo é permitido agora.

Dois: Ela não está usando as cores de Shreve, e sim o azul-claro do exército victoriano.

Atrás de mim, Col surge da escada.

Quando a Especial corre pelo terreno irregular, ela tira o capuz do traje. Tem cabelo escuro, e a cirurgia a fez quase assustadoramente bela. Col corre para encontrá-la, e eles se abraçam, sorrindo e dando risadas. O espanhol que trocam é rápido demais para que eu compreenda qualquer coisa.

Olho para os outros três soldados. Estão descendo com a mesma habilidade, todos com a graça inumana e inquietante dos Especiais. Só um mantém o rifle apontado para mim. Eles parecem um pouco cansados, como se estivessem fugindo desde o ataque.

Concluo que não vão atirar se eu baixar as mãos.

Parte de mim não liga. Tenho muita coisa na mente — a doença de minha irmã, Col saber que eu era refém, seu beijo falso.

De repente cada fratura antiga em meus ossos dói, como se tudo que há de errado em mim queimasse. Sinto a cicatriz acima do olho e a sujeira no rosto. Nada parece sólido ou real, nem mesmo a floresta sob meus pés.

Quero meu punhal, mas ele caiu em algum lugar entre as folhas.

Meus pés se movem lentamente na direção da arma, então me abaixo, procurando de joelhos. Procurando a única coisa em que ainda confio.

Ali está, o metal frio em minha mão.

Quando ergo a faca no ar, um dos soldados aparece, pronto para atirar.

— *Não!* — grita Col entre as árvores estreitas.

O homem hesita, e segundos depois Col está ao meu lado, colocando-se entre mim e a mira do rifle.

— *¡Esta es mi amiga!*

Meu cérebro gira com as palavras meio compreendidas.

Minha amiga.

Mais espanhol é trocado ao meu redor, explicações e confusões.

Fico ajoelhada ali, encarando o punhal. O que os soldados fariam se eu fosse embora? Eu poderia pegar a prancha de Col e voar para casa, salvar minha irmã.

Ou será que ele deixaria que atirassem em mim?

— Frey. — Col se ajoelha a minha frente. — Tudo bem. Eles são victorianos.

— Estou vendo.

Ele está tão contente.

— Mas estão recebendo ordens do carticifra!

Balanço a cabeça. É como se ele estivesse falando francês.

Col se acalma e segura meus ombros. Ele se aproxima, falando devagar e com cuidado.

— Eles acham que minha mãe ainda está viva.

Zura, ao que parece, é a mulher que ensinou Col a atirar com arco e flecha.

Ela e os outros são a Guarda da Casa Victoriana, soldados de elite que estavam em patrulha quando as forças de meu pai os traíram.

— Em um minuto, estávamos caçando rebeldes juntos — explica Zura, com seu sotaque espanhol. — No seguinte, começaram a atirar em nós. Escapamos, mas não conseguimos encontrar outras unidades victorianas. E então...

Ela pausa, me olhando com desconfiança. Posso estar suja e bagunçada, mas ainda uso o rosto de minha irmã.

Col ordenou que eles não me perguntassem por que pareço tanto com *la princesa Rafia*. Devem achar que sou uma soldada modificada cirurgicamente para uma missão secreta.

— Vocês podem falar na frente de Frey — diz ele. — Eu confio nela.

— Frey — repete Zura devagar. — Sim, senhor. Algumas horas atrás, recebemos uma mensagem da cartilha.

Col se vira para mim.

— A carticifra é a chave para o exército victoriano. Ela envia mensagens escondidas pelos feeds globais que só nossas forças conseguem ler. Só existe uma cartilha, e minha mãe a mantém consigo *o tempo todo*. Ela deve ter escapado naquela noite!

— Col — falo, baixinho —, isso é ótimo.

A raiva em minhas veias sufocou, mas nada veio para substituí-la. É como se houvesse uma pilha em meu coração, que está gasta depois de tanto medo e fúria e traição. Não consigo sentir nada.

Só quero voltar para casa e salvar minha irmã.

— As ordens que recebemos tinham um código a ser transmitido — continua Zura. — O código ligou o rastreador de sua prancha voadora. Não acreditamos quando recebemos o sinal!

— Jefa colocou um rastreador em minha prancha? — Col balança a cabeça, rindo. — Ela sempre disse que nunca faria isso.

— Agradeça aos santos por ela tê-lo feito — diz Zura. — E ela devia ser a única a saber disso. O que significa que *tem* que estar viva.

Col respira fundo. Por um momento, ele parece quase angustiado, como se essa nova esperança fosse demais para suportar.

Estico o braço e pego sua mão.

— Nunca subestime sua mãe, Col. Pode acreditar em mim nessa.

Minha voz soa amarga, mas sinto um peso sair de mim. Talvez uma desgraça que parecia minha culpa não tenha acontecido de verdade.

— Vocês sabem onde a carticifra está? — Col pergunta a Zura.

Ela balança a cabeça.

— Só recebemos uma localização, bem no meio das montanhas, para levar você. Sua mãe deve estar lá.

Col se vira para mim, os olhos brilhantes.

— Frey, ela está viva.

Ele está esperando que eu fique feliz, que nossa aliança volte ao que era. Como se não tivesse acabado de me dizer que estava brincando com minhas emoções desde o primeiro momento que cheguei em sua casa.

Eu estava enganando os Palafox também. Mas jamais menti para Col sobre meus sentimentos.

Algo surge em meu cérebro, e me viro para Zura.

— Quantas pessoas sobraram no exército victoriano?

— Você precisaria da carticifra para ter essa informação. Mas estávamos preparados para uma guerrilha caso Shreve nos atacasse. Deve haver dezenas de unidades ainda por aí.

— Então por que não tem ninguém aqui a essa altura? — pergunto.

Os dois me encaram.

Eu indico a porta escondida atrás de nós.

— Esse bunker tem armamentos suficientes para destruir uma cidade inteira. Por que Aribella ainda não mandou ninguém para pegar essas armas?

Col parece surpreso por um momento. Como se eu tivesse dito que sua mãe está morta de novo.

— Imagino que eles simplesmente ainda não chegaram. Faz poucas horas desde que recebemos nossas ordens. Mas Frey tem razão. É melhor levarmos o que conseguirmos carregar.

— É claro. — Col se levanta, espantando minhas dúvidas. — Estamos desperdiçando luz. Vamos carregar o carro e dar o fora daqui.

Os Especiais entram em ação de imediato, dois descendo para o bunker enquanto Zura se volta para o carro voador, que está esperando mais à frente na clareira.

Quando não a sigo, Col hesita.

— Frey, você vem?

Eu respiro fundo.

Dez minutos atrás eu queria voar para casa e salvar minha irmã. Deixar os Palafox e sua sofisticação e hipocrisia para sempre.

Mas não tenho um plano, nem comida ou água, nem qualquer chance de vencer o exército de Shreve inteiro.

E aqui tenho aliados. Tenho Col.

Ou pelo menos eu achava que sim.

— Você não pode mais mentir para mim — digo. — Não pode usar perfis psicológicos ou polígrafos ou scanners. Não me trate como se fosse tentar me enganar ou me consertar ou me controlar. Tudo bem?

— Prometo. E quero te pedir uma coisa também. — Ele para um momento e tenta escolher as palavras com cuidado. — Daqui pra frente, Frey, me mostre quem você realmente é.

— É claro — digo.

Mas uma impostora é exatamente quem eu sou.

FEED DE NOTÍCIAS

O carro dos soldados Especiais é um veículo de ataque leve, o revestimento de camuflagem no modo floresta. É rápido e tem muito poder de fogo, mas a lataria está amassada e marcada. Não sei quanto mais ele consegue voar sem precisar de consertos e uma recarga de bateria.

É melhor que os Palafox tenham uma fábrica escondida em algum lugar, com painéis solares do tamanho de campos de futebol.

Está apertado no carro. Seis pessoas em um veículo feito para quatro, além de uma prancha voadora e oito pistolas de plasma — o máximo que conseguimos acomodar. Dois dos Especiais estão agachados na traseira do carro, abrindo mão dos assentos para mim e Col.

Estamos comendo espagbol, comida de acampamento autoaquecida que meu pai não permite que se aproxime de sua cabana de caça. Mas a fome realmente é o melhor tempero, e está delicioso. Ainda melhor é a água potável disponível no veículo.

As montanhas ficam a uma hora de distância, mas parece uma eternidade. A cada poucos minutos temos que nos esconder entre as árvores toda vez que o radar faz um *bip*.

Ir tão devagar assim foi tedioso na prancha de Col. Apertada nesse carrinho meio quebrado, está me deixando doente. Uma das hélices está danificada, então o carro voa em um ângulo estranho e trêmulo.

Mas Col parece mais esperançoso do que esteve desde que viu sua casa se transformar em uma coluna de fumaça.

Sua mãe pode estar viva. Ele tem um bunker cheio de armas, um exército preparado para a guerrilha. Talvez os Palafox ainda tenham uma chance nessa briga.

Talvez ainda possam atingir meu pai. Talvez juntos possamos salvar Rafi.

Eu me pergunto o que ela está fazendo agora. Será que está em uma varanda, sorrindo e acenando para a multidão? Gritando com meu pai? Chorando no quarto, achando que estou morta?

Será que ela está mesmo perturbada?

Parece loucura, diagnosticar alguém a partir de filmagens. Equipes de guerra psicológica não são médicos, afinal. Rafi parecia tão feliz quando me ligou para fazermos meu vestido. Como se estivesse sorrindo o tempo todo.

É claro que ela também estava sorrindo naquela varanda, meia hora atrás, achando que morri.

Talvez eu não seja a única impostora na família.

Estamos seguindo para oeste, e o sol esquenta o carro com o lento passar da tarde.

Os Especiais deram a Col um conjunto de uniformes de batalha. A camuflagem faz ele parecer mais velho e mais cansado. Ainda estou com minhas roupas suadas e ensanguentadas.

Ele observa a tela portátil a sua frente, absorvendo cada gota de informação sobre a guerra.

— Parece uma invasão lenta por enquanto. — Ele me conta. — Não há tropas em Victoria. Mas os feeds e a interface da cidade estão sob o controle de Shreve.

— Eles vão espalhar a poeira espiã em breve — aviso. — Aí não precisam de soldados.

— Pelo menos as outras cidades cortaram relações comerciais — revela Col. — Prometeram nunca comprar o metal das ruínas roubadas por seu pai.

— Não importa — falo. — Ele mesmo pode usar o metal ele. Quer que Shreve seja a maior cidade do mundo.

Col solta um palavrão em espanhol, e os soldados olham para ele, depois para mim. Todos exibem aquela cirurgia antiquada dos Especiais — uma beleza gélida que me faz tremer.

Ainda não confiam em mim. É claro: sou exatamente igual à filha do inimigo. Foi só quando Col soltou uma reclamação em espanhol que eles me deixaram carregar o punhal pulsátil.

— Ninguém está falando de entrar em guerra para nos libertar — comenta Col. — Todos aqueles tratados...

Ele se interrompe. Os soldados se ajeitam.

Na tela aparecem três rostos jovens. O texto nos diz seus nomes. No meio está Teo Palafox.

Ele se parece com o irmão mais velho, mas a pele é mais escura e os olhos são cinza-claro. Ele tem uma expressão entediada, como se fosse uma criancinha forçada a ficar parada para a foto escolar.

Col faz um gesto, e o volume aumenta.

... em algum momento da noite passada. A Escola de Genebra está conduzindo as investigações em conjunto com o Consórcio Warden. As autoridades temem que os desaparecimentos inexplicados tenham relação com o ataque à cidade de...

Col faz outro gesto, o som morre, e sua cabeça cai nas almofadas no assento. Ninguém diz nada. Os soldados estão imóveis, a não ser pela mão de Zura no manche.

— Pegaram ele — murmura Col. — E dois amigos. Eu *conheço* aqueles meninos.

Estico a mão do banco traseiro, querendo tocar seu ombro. Mas não sei o que sou no momento.

Outra guerrilheira? A garota que ele beijou?

Ou novamente a impostora, a agente de meu pai em sua casa?

Espero até o rosto de Teo sumir da tela, então seguro o braço de Col gentilmente.

— Sinto muito.

— Você disse que ele estava *em segurança*. — Sua voz falha. — Que as outras cidades não deixariam isso acontecer, não na escola.

Quero discutir, dizer que não faz sentido. Que nenhum menino de 14 anos é uma ameaça tão grande a ponto de meu pai arriscar a represália do mundo todo.

Mas Teo Palafox está desaparecido.

— Eu estava errada — admito.

Meu pai cria a própria realidade. Às vezes com pesadelos.

ESTRATÉGIA

— Estamos quase no ponto de encontro.

A voz de Zura me acorda com um susto, e levo um momento para lembrar onde estou.

O sol de fim de tarde entra oblíquo pelas janelas do carro voador lotado. O ar tem cheiro de espagbol e café instantâneo. Meu ombro está doendo de ficar encostada no cinto de segurança.

Col parece exausto, como se não tivesse dormido.

— Vamos descer a dez cliques de distância. Quero me aproximar a pé.

Zura franze a testa, mas não questiona a ordem.

— Você acha que é uma armadilha? — pergunto.

— Seu pai esteve um passo à frente desde o início — responde Col. — Até sabermos quem está com a carticifra, não confio em nada que não vir com os próprios olhos.

— Faz sentido.

Ele vira o rosto, a expressão dura.

Col chorou quando pensou que Aribella estava morta. Mas não derramou uma lágrima pelo irmão desaparecido. Talvez não possa chorar na frente de seus soldados.

Zura manobra o carro em uma garganta estreita, onde um riacho alimenta um círculo de árvores. Por alguns segundos, vamos para a frente e para trás, arrancando galhos com as hélices.

Já estou enjoada da viagem, e não precisamos do espaço para pousar. Este último balanço me dá vontade de vomitar ou de socar alguém.

Depois de mais um minuto de estômago embrulhado, estamos finalmente no chão. Quando minha escotilha se abre, pulo com gratidão para o chão firme.

As pedras escorregam sob meus pés, a grama rala sobe pelas paredes da garganta, e o pôr do sol pinta as montanhas distantes de cor-de-rosa e laranja.

Inspiro o ar fresco várias vezes.

Enquanto Col e Zura trocam ideias, os soldados escondem o carro sob os galhos partidos — por isso nossa descida enjoativa. Vou ajudá-los, feliz por qualquer coisa que estique meus músculos doloridos.

É difícil não encarar os soldados, eles se movem com uma rapidez e uma graça tão estranhas.

Depois de dias longos de treinamento, eu costumava desejar fazer a cirurgia para ficar mais forte, mais rápida. Mas agora vejo por que meu pai jamais permitiu. Esses soldados parecem quase inumanos, tão velozes e inquietos quanto insetos.

— Então... descendo por essa garganta, depois para norte? — pergunta Col. A projeção de um mapa flutua entre ele e Zura, passagens por entre as montanhas marcadas em vermelho.

— Correto. — Zura aponta para um cume na tela. — Vamos precisar nos esconder. Um ou dois rifles de assalto aqui em cima.

— Uma pistola de plasma.

Ela para e olha para ele. A beleza cruel de seu rosto cirurgicamente alterado demonstra que não está feliz.

— Caso um carro voador venha em nossa direção — explica Col.

Ainda, sem resposta.

É então que me dou conta; eles foram treinados para não questionar as ordens do herdeiro Palafox.

— Col — chamo. — Uma pistola de plasma pode derrubar uma montanha. Não quer uma apontada para você, mesmo por alguém que esteja do seu lado.

Ele pensa nisso por um momento, como se houvesse o que questionar, depois assente.

— Rifles, então. Mas você vai ficar do meu lado, Frey. Pode carregar uma pistola de plasma só por via das dúvidas.

— Senhor, duvido que ela tenha o treinamento ne... — começa Zura.

— Podemos confiar no julgamento dela — interrompe Col. E ponto final.

Seguimos quando a noite cai.

Col e eu estamos usando trajes de tocaia emprestados. O meu é do tamanho errado, está apertado demais e continua quente, mesmo com o frio noturno do deserto. Dez segundos depois de me vestir, já sinto o traje grudento.

Isso me faz pensar se Especiais suam.

Fico observando a camuflagem se ajustar, adotando a padronagem de marrons pintalgados do deserto.

Zura colocou dois dos soldados de guarda. Eles sobem pela lateral da montanha, desaparecendo na escuridão dos penhascos. O último fica com o carro.

Está tudo silencioso enquanto caminhamos, nossos trajes escurecendo tão gradualmente quanto o céu. Col está carregando sua prancha e o arco, Zura, um rifle, e eu tenho a pistola de plasma e meu punhal.

— Que mistura estranha de armamentos — comento. — Não consigo dizer se estamos caçando dinossauros ou coelhos.

Com isso consigo fazer Col dar um sorriso.

— Ainda tenho algumas flechas explosivas caso a gente encontre um tiranossauro rex.

— Temos rifles extra, senhor. — Zura suspira. — Quando o ensinei a atirar com o arco, nunca achei que traria um para a guerra.

Col dá de ombros.

— Talvez a gente tenha que matar alguém sem fazer barulho.

Essas palavras acabam com a conversa; um lembrete de que esse não é um passeio de caça.

Um momento depois, Zura nos faz parar.

— Só para vocês dois não se assustarem, tem um animal pequeno à frente. Provavelmente é só um coelho.

Os Especiais devem ter visão noturna e, ao que parece, melhor que a minha, porque não vejo absolutamente nada adiante.

— Vá verificar — diz Col. — Vamos esperar.

— Mas é só...

— Vai verificar.

Zura concorda e segue pela escuridão.

— Espero que seja um coelho-dos-vulcões — comento. — Ainda quero ver um desses.

Col sorri, apoiando a prancha no chão.

— Não são tão legais quanto o nome sugere.

Quero que ele continue sorrindo, mas não parece certo fazer piada. Essa é a primeira vez que estamos sozinhos desde que descobrimos que seu irmão desapareceu.

— Col, tenho certeza de que Teo está...

— Não foi por isso que mandei Zura seguir à frente. — Ele se vira para mim. — Você precisa se preparar. Provavelmente é minha mãe com a carticifra, ou pelo menos é o que espero.

— Claro. Espero que sim também.

— Você só precisa saber que estou do seu lado, não importa o que ela disser.

Fico olhando para ele por um segundo, meu cérebro cansado absorvendo aquilo devagar. Mas finalmente compreendo.

Os rebeldes me receberiam bem, com meu treinamento de combate e meus muitos segredos familiares. Mas quando Aribella descobrir a verdade sobre mim, quando souber como enganei sua família, ela pode ter uma opinião diferente.

E, no fim, é ela quem comanda esses soldados, não Col.

Então me dou conta de algo incrível. O irmão está desaparecido, e Col está preocupado... comigo.

— Vou ficar bem.

— Não tenha tanta certeza. — Ele olha para a escuridão à frente. — Você nunca viu minha mãe irritada.

— Acredite, nem quero.

— É só ficar calma quando ela começar — aconselha ele. — Vou fazer com que veja quem você realmente é.

— Col. — Por um segundo não consigo dizer mais nada. Suas palavras são demais. *Quem você realmente é.*

— Tudo bem? — pergunta.

— É só que... ninguém me vê como eu realmente sou. Não é permitido. Durante minha vida inteira eu tive que me certificar de que isso não acontecesse.

— Isso não é mais verdade. — Ele coloca a mão em meu ombro. — De agora em diante, você é Frey. Não precisa mais mentir.

Ao meu redor, o deserto brilha com lágrimas. Não faz sentido. É Col quem está com o irmão desaparecido, a cidade dominada, a casa destruída em cinzas e fumaça...

E sou eu que estou chorando.

Ele está ocupado pensando em como me defender da fúria de Aribella.

Antes de hoje, só uma pessoa no mundo me defendeu. Eu sempre só tive uma aliada, uma amiga. Dois parece mais do que eu mereço.

— Você estava falando sério, lá no bunker? — pergunto. — Que nosso beijo foi de verdade?

Ele deixa a prancha no chão e me puxa para perto, nossos corpos apertados um contra o outro. O uniforme parece uma camada líquida entre nós.

— Eu não estou fingindo nada agora — diz ele.

— Mas, se não fosse por mim, você estaria...

— Em uma cratera fumegante. Ou capturado por aquele carro.

Apoio a orelha em seu peito, ouvindo sua voz.

— E, mesmo se eu tivesse sobrevivido a tudo isso, Frey, eu estaria sozinho agora.

Quando ele engole, sinto o movimento de sua garganta.

— Você não está sozinho, Col. Estou aqui com você.

— Eu sei. — Ele se afasta um pouco. — E vou fazer Jefa entender o quanto você significa para mim.

Ele respira fundo, prestes a falar mais, quando um som surge da escuridão. É Zura voltando.

Ela está correndo.

— Fujam! — grita ela. — Não era um coelho!

MINAS SALTADORAS

Com minha visão noturna, consigo ver algo seguindo Zura.
 Vários algos.
 São do tamanho de coelhos, mas os pulos são bem mais longos que os de qualquer criatura viva. E não acho que coelhos andem em bandos de centenas...
 ... ou cacem humanos.
 Col sobe na prancha e grita:
 — Vamos!
 Eu pulo ao seu lado enquanto a prancha se ergue no ar. Ela começa a se mover, seguindo a descida da encosta, levantando pedriscos com as hélices.
 Com duas pessoas a bordo, nossa velocidade máxima não é muito alta. Zura está correndo quase pareada a nós, as pernas cirurgicamente melhoradas dando passos inumanamente longos.
 Quando olho para trás, vejo que aquelas coisas estão se aproximando.
 Parecem mais sapos de uma perna só que coelhos, as cabeças envoltas em revestimento camuflado que imita pedras. O pé de metal é afiado e brilha toda vez que dá impulso para outro pulo.

Não tenho ideia do que vai acontecer se nos alcançarem.

Uma sequência de estalos vem de cima; os Especiais estão atirando do topo dos penhascos.

Uma das máquinas saltadoras é atingida e capota para o lado, até bater na lateral da garganta e explodir com um pulso de luz cegante.

A onda de choque nos atinge um segundo depois, nos derrubando da prancha. Capotamos pelas margens arenosas.

Quando me levanto, sinto gosto de sangue na boca.

A explosão permanece em minha visão noturna; mal consigo ver Col, de joelhos mais à frente.

Zura para, derrapando, e o ajuda a se levantar. A prancha está logo adiante, deslizando até parar, sem ninguém para dirigi-la.

Pulo na prancha e olho para trás em busca de nossos perseguidores. Meu punhal pulsátil pode derrubar dois ou três, mas não dezenas.

— Mas que *merda* são essas coisas? — grito.

Zura ergue Col e o coloca na prancha.

— Minas saltadoras.

Meus professores não me falaram disso.

Seguimos de novo. Se ao menos houvesse apenas um de nós na prancha, talvez fosse possível subir além da capacidade de pulo das minas. Mas não vou me voluntariar para descer.

O fogo amigo continua vindo dos penhascos. Dois grupos de minas se afastam e seguem naquela direção, para caçar os Especiais que tentam nos proteger.

A Especial que ficou no carro deve ter ouvido a explosão. Espero que ela consiga dirigir e atirar ao mesmo tempo — o armamento do veículo seria bem útil no momento.

Tenho a pistola de plasma, mas não sei qual o diâmetro do tiro. Ou se o coice vai me derrubar da prancha. Ou se os anéis de plasma são brilhantes o suficiente para ver do espaço, o que traria o exército inteiro de Shreve direto para nós.

A confiança de Col em meu julgamento talvez tenha sido um erro.
Eu aperto o gatilho principal.
A arma começa a zumbir, a bateria de hidrogênio aquecendo. Dou uma olhada para trás, vendo que umas vinte minas ainda nos perseguem. As outras foram atrás dos Especiais.

Quanto antes eu atirar, mais seguros todos ficaremos.

— Atenção para mudança de peso! — grito no ouvido de Col.

— O que você vai...?

Pulo da prancha, derrapando na terra até parar. A luz indicadora da pistola fica verde.

Apoio o peso no ombro, me preparando para o impacto, e miro no grupo de minas saltadoras que se aproxima de mim.

E atiro...

Uma esferomach de plasma se derrama da arma, como um anel de fumaça feito de eletricidade e fogo.

Ela corta o deserto, iluminando as montanhas ao redor como um sol. As minas saltadoras no caminho estalam e desaparecem.

O anel de plasma segue seu rumo. Minas capotam umas nas outras em seu rastro, atraídas pela súbita coluna de turbulência.

Mirei alto o bastante para que o anel de plasma não derrubasse uma montanha, então ele simplesmente explode na atmosfera, um anjo raivoso de fogo.

Ainda sobraram umas dez minas pulando em minha direção. Mas tiros de rifle vêm dos Especiais lá em cima, derrubando uma, duas...

Eu largo a pistola de plasma quente e gasta. Puxo o punhal.

— *Frey!*

Col deu a volta na prancha, pronto para me buscar. Mas Zura pula na frente dele e desvia a prancha para longe.

— Espere! — grita ele, mas é o herdeiro da Casa Palafox, e Zura é mais forte e está determinada a salvá-lo. A prancha faz uma curva meio torta e voa para longe.

Só um guarda-costas fazendo seu trabalho, imagino.

Eu me viro para encarar as minas saltadoras.

Só sobraram oito vindo para mim. Mas lá em cima nos penhascos, mais uma dezena alcançaram os soldados. Uma mina se ergue acima de um deles e explode no ar.

Ele cai.

O outro soldado segue atirando. Mais minas caem no chão e tremelicam.

Quantas meu punhal vai conseguir derrubar?

Duas? Três?

Muito adiante, Col está invisível no traje de tocaia, mas o braço de Zura aparece como uma mancha brilhante de calor corporal. Ela foi atingida, seu traje se rasgou.

Outra explosão no penhasco. Os tiros morrem.

Estou sozinha agora. Só o que posso fazer é correr.

Então, da escuridão, outro som: hélices de decolagem.

O carro voador surge em minha linha de visão, os motores parecem uma constelação brilhando no céu negro.

Desligo a visão noturna bem a tempo: as armas do veículo disparam em um crescente cegante, dardos destruindo o deserto atrás de mim. Quando o carro voa a um metro de minha cabeça, a força das hélices me faz sair rolando.

Um momento depois, as minas que estavam me perseguindo estão destruídas por completo. O carro para na garganta estreita.

— Não! — Eu levanto e começo a acenar. — Não pare!

As minas saltadoras que estavam nos penhascos acima pulam de volta.

Elas atingem o carro voador como granizo explosivo, destruindo a lataria. Um motor é danificado, pedaços tórridos voando em todas as direções.

Eu me jogo no chão e cubro a cabeça.

O carro se inclina, atinge o chão, racha ao meio. Duas das hélices ainda estão girando, fazendo o que sobrou do veículo derrapar lateralmente na direção da garganta. O carro capota, a munição ardente estalando e explodindo na queda.

Eu me levanto, surpresa e surda.

Sobraram exatamente duas minas.

E elas me encontraram.

Pulam por entre a fumaça e os escombros fumegantes, a vinte metros de distância e se aproximando.

Libero meu punhal.

Ele atinge a primeira, que explode e desvia minha arma, atingindo a segunda mina de raspão.

A mina tropeça e rola pelo chão, caindo bem aos meus pés.

Olho para baixo, só esperando que ela exploda.

GESTOS

Respiro uma vez. Duas.

Nada acontece.

O pé da mina saltadora se finca no chão, tentando fazê-la se mover de novo, mas a máquina só consegue girar para a frente e para trás, como uma tartaruga virada.

Está danificada demais para perceber que está bem ao lado de um alvo.

Fico ali parada, imóvel, contando mais dez respirações.

Então, bem devagar, faço meu traje de tocaia fechar completamente, deixando só meus olhos visíveis.

Não tem nada aqui.

Mas... o que acontece quando a mina decidir que está quebrada de vez? Será que entra em modo de autodestruição?

O pé finalmente consegue dar impulso na terra, e a mina rola, batendo em meu calcanhar. Finjo ser uma árvore.

Cada pequena batida faz meu coração dar um pulo.

Então ouço algo pior: passos.

— Frey?

— Pare — rosno. — Não se mova.

— O que você... — Uma pausa. — Ah.

Zura está alguns metros atrás de mim.

Agora somos duas. Ótimo.

— Fique longe — sussurro.

O único jeito de sair dessa situação é tentar me afastar o mais devagar possível e torcer para a mina estar danificada demais para nos perceber.

Eu escorrego um dos pés pela terra.

— Frey — chama Zura, baixinho. — Espere.

Congelo de novo. Faço um movimento mínimo para questioná-la.

— Não se mexa. Você pode detonar a mina.

Jura? Então o plano é ficarmos nós duas paradas aqui até morrermos de fome?

A mina se sacode mais uma vez, batendo no meu tornozelo de novo. Não arrisco nem sussurrar minha pergunta.

Então algo voa pelo ar, acertando o chão dez metros adiante. Uma flecha.

O *clanc* sem jeito soa a meus pés de novo e a mina se ergue do chão. Ela vai balançando em direção à flecha por alguns metros, depois para de novo.

Outra flecha passa zunindo, se enterrando no solo ainda mais longe.

A mina vai bamboleando com uma lerdeza dolorosa, um animal ferido. Mas, a cada metro, a probabilidade de ela me matar diminui.

Uma terceira flecha a atrai ainda mais além.

Vejo meu punhal flutuando a distância. Tiro uma das luvas e faço um sinal para Col parar de gastar suas flechas.

Mando o punhal se aproximar da mina, depois o ligo em força total.

A mina ouve o rugido da arma e explode. O abalo me derruba, me fazendo cair nos braços de Zura.

— Você está bem? — pergunta ela.

— Ótima. — Pisco para afastar a claridade dos olhos, então chamo o punhal para minha mão. — Mas é melhor você verificar seus soldados.

— Já fiz isso — responde ela.

Eu me viro para encará-la. Está machucada, uma perna sangrando, encarando a tela portátil com uma expressão soturna.

— Dois trajes enviando sinais vitais nulos. Sem batimentos cardíacos, sem eletrocardiografias. — Ela baixa os olhos para a garganta lá embaixo, onde ainda há o brilho do fogo. — E nenhum sinal de Samon.

A compreensão me atinge com lentidão; só sobramos nós três.

Col se aproxima na prancha, encarando a tela portátil sem expressão. A cada passo dessa batalha, soldados se colocaram em risco para protegê-lo.

Começo a entender como a bolha constante de segurança pesa em Rafi; como ver eu me machucar tantas vezes para protegê-la deve ter sido difícil.

— Você tinha razão, Col — digo. — Era uma armadilha.

— Não, foi só azar. — Zura fecha o punho para desligar a tela. — Ninguém coloca uma armadilha a oito cliques de distância. Eles não teriam como saber de que direção viríamos.

— Então que *merda* era aquela? — pergunto.

— É o último truque dos rebeldes — explica ela. — Campos minados que se movem aleatoriamente, se fixando em um lugar novo a cada dia.

— Rebeldes — sussurra Col. — Quanto tempo até eles aparecerem?

— Não temos como saber. É possível que recebamos visitas de Shreve também, depois desses fogos de artifício. Temos que seguir.

Fico olhando para os dois.

— Tá. Mas para *onde*?

Por um momento, nos encaramos, cobertos de poeira e iluminados pelas chamas do carro voador incendiado.

— Para onde as ordens nos mandaram ir? — sugere Zura.

Balanço a cabeça.

— A gente vai se esconder a oito cliques de distância dessa *fogueira*?

Col se acalma, faz uma expressão determinada.

— Não temos outra opção.

PONTO DE ENCONTRO

Nós nos movemos rápido — Zura correndo, eu e Col na prancha.

Não há motivo para sermos furtivos agora. Quem quer que estivesse nos esperando no ponto de encontro ouviu as explosões. Ou se escondeu ou fugiu.

Só espero que não comecem a atirar assim que nos virem correndo.

Também tento não pensar no caminho que estamos seguindo... nos afastando da rebelião de que Col queria fazer parte ontem, na direção de uma mulher que provavelmente vai querer me matar.

Em nossa velocidade frenética, oito quilômetros não levam muito tempo nem parecem muito longe dos escombros atrás de nós. Mas logo Zura, sem fôlego, nos manda parar.

— Logo depois daquela colina.

Col desce da prancha.

— Vamos andando, devagar. Sem armas.

— Armas? — questiono. Nosso poder de fogo coletivo se reduziu a um rifle, algumas granadas, um punhal pulsátil e um arco.

Enquanto escalamos a face da colina, dou uma olhada para trás. Não há veículos no céu nem marcas de calor. Só colunas de fumaça escondendo faixas de estrelas.

Talvez quando as pessoas veem explosões de pistolas de plasma decidam investigar com cautela.

Subimos devagar, só com os olhos expostos pelos trajes. Nosso destino não parece muita coisa daqui. Só uma pedra horizontal vazia, do tamanho perfeito para aterrissar um carro voador.

— Alguma coisa? — pergunta Col.

Zura balança a cabeça.

— Vou dar uma volta.

— Não temos tempo — argumenta Col. — Temos que fazer contato antes que alguém comece a xeretar por aqui.

Ele puxa o traje e revela rosto, depois fica de pé bem à vista.

— ¡Hola! — grita.

Sem resposta.

— *Soy Col Palafox.¿Hay alguien ahí?*

Nada além de ecos.

Ele espera um momento, depois suspira.

— Melhor descermos.

Pelo menos estamos no lugar certo.

Há pegadas na terra, algumas embalagens de comida largadas. Uma pilha de pedras em um canto sugere que alguém limpou a área.

Mas nada de tecnologia, nada para detectar nossa chegada ou avisar quem quer que esteja com a carticifra.

Pelo menos também não tem minas saltadoras.

Col fica andando de um lado para outro.

— Eles fugiram quando a gente começou a atirar. Provavelmente acharam que vinha um exército pra cima deles!

— Pistolas de plasma têm esse efeito — comenta Zura, me olhando. — Não é minha primeira escolha ao lidar com minas.

— Minha primeira escolha era *fugir* — retruco. — Mas aí alguém sumiu com nossa única prancha voadora!

— Meu trabalho é proteger o herdeiro, não...

— Chega — interrompe Col. — Estamos aqui agora. O que exatamente suas ordens diziam, Zura?

— Procurar o sinal de sua prancha. Encontrar você, depois me apresentar neste ponto. — Ela dá de ombros. — Não havia plano B caso ninguém estivesse por perto.

— Certo. Então eles vão escolher outro ponto para o encontro. Quanto tempo até enviarem esse sinal?

— Não importa, senhor. Nosso receptor está no fundo de um penhasco.

Por um momento, Col parece uma criança perdida. Então se recompõe.

— Precisamos encontrar outra unidade victoriana. Como faremos isso?

Zura balança a cabeça.

— O que sobrou de nossas forças está escondido, tentando *não* ser encontrado. Só vão receber ordens da carticifra. É assim que nosso sistema funciona.

— Então voltamos para o bunker — decide Col. — Mais cedo ou mais tarde, alguém vai aparecer para pegar as armas.

— A pé? Por território inimigo? — pergunta Zura. — Não cabem três em sua prancha. E já encontramos um campo de minas saltadoras!

Col suspira. Ele se machucou na queda da prancha, o rosto está sujo e marcado pelo suor.

— Não temos escolha.

— Col — chamo, baixinho. — Vamos dormir um pouco. Talvez alguém apareça amanhã.

Pela primeira vez, Zura concorda comigo.

— Estamos cansados demais para enfrentar outra batalha, senhor.

— É claro — concorda Col, depois faz uma careta. — Acho que não vamos ter nada para comer.

É aí que me ocorre que voltamos à estaca zero. Não temos comida, água, nem lenha para queimar.

É como se o mundo quisesse me matar de fome.

Zura tem algumas boas notícias: não precisamos dormir nos trajes de tocaia suados. Graças à engenhosa tecnologia militar victoriana, eles se combinam para criar uma barraca.

O problema é que tudo que estou vestindo embaixo de meu traje é uma camisola rasgada e shorts de dormir. Minha calça de ginástica está no fundo do penhasco, em chamas, assim como nossa comida e nosso receptor.

E esfria à noite nas montanhas.

Enquanto Zura monta a barraca, fico encolhida na pedra, abraçando as pernas para me aquecer. A selva parece infinita ao meu redor, uma escuridão sem limites.

O mundo inteiro parece sem limites agora. Nada de treinamento de combate pela manhã, nunca mais. Sem cafés com os Palafox enquanto finjo ser Rafi. Sem fingimentos.

Só eu e meus aliados — e as coisas no escuro que querem nos matar.

A liberdade pode ser bem assustadora.

Fico pensando no que Rafi está fazendo agora. Está sendo uma boa filha, discursando para apoiar as tropas? Ou está batendo de frente com nosso pai o tempo todo?

Talvez parte dela também se sinta livre, sem irmã mais nova para tomar seu lugar sempre que as coisas ficam interessantes. Ela sentia inveja de mim quando eu dançava nas pistas, cumprimentando multidões cheias de amor; resolvia os problemas com meus punhos.

Talvez ela esteja mais feliz agora, sendo os dois gumes da faca.

Será que ela sente tanto minha falta quanto eu a dela?

Um ponto vermelho surge na escuridão, Col usando a visão laser do arco de caça como lanterna.

Como se ele lesse os pensamentos sombrios em minha mente, Col se senta ao meu lado e abraça meus ombros. Aqui fora, até as menores coisas fazem diferença. Comida. Segurança. Calor.

O corpo dele junto ao meu faz tudo que nos divide — nossas famílias em guerra, nossas mentiras — parecer menos importante.

— Você me prometeu um exército — digo. — E não ganhei nem uma calça.

Ele me abraça com mais força, e o tremor no interior de meus ossos finalmente para.

— Uniformes são a parte fácil — argumenta ele. — Estou mais preocupado com a parte do exército. Quando tudo isso começou, nós tínhamos três mil soldados e duzentos veículos. Teremos sorte se tiver sobrado um quarto disso por aí.

Não respondo. Cinquenta veículos de guerra contra meu pai não são nada.

Col me abraça de novo.

— Quando Zura pulou na prancha e deixou você sozinha com as minas, eu não pude impedi-la.

— Eu entendo, Col. O trabalho dela é te proteger. Que nem eu com minha irmã.

— Bem, tirando que ela foi voluntária para a missão.

Certo. Pessoas normais escolhem seu trabalho.

Parece que isso só complicaria as coisas, ter que decidir. Nascer para proteger minha irmã sempre me soou como destino.

— Você não escolheu ser o primogênito.

— Não. Mas eu poderia ter fugido e me tornado um caçador fodão. Jefa ia adorar.

Eu me afasto e olho para ele.

— Espero que ela esteja bem, Col. Mesmo que me odeie.

Ele balança a cabeça.

— É difícil odiar alguém que luta ao seu lado.

Fecho os olhos e vejo esta guerra contra meu pai se estendendo a nossa frente. Fugir, lutar, talvez por anos. Dormindo na selva, com fome e com medo.

Mas também tenho isso, o corpo de Col ao lado do meu.

Eu o beijo.

Ele me beija.

Todas aquelas explosões uma hora atrás entorpeceram meus sentidos, mas agora sinto tudo de novo. A pedra dura sob nós. O peso das mãos dele em meus ombros. O cheiro de chuva refrescando o ar do deserto.

Os lábios de Col estão secos, marcados pela sede e pelo frio. Nossa respiração se acelera, superficial e trêmula na boca. Ele aperta minha camisa emprestada, a gentileza se desfazendo na escuridão.

Então, entre beijos — a dança delicada de sua língua como se dissesse meu nome —, murmuro um pensamento perdido.

— Minha irmã.

Col se afasta, confuso.

— Desculpe — lamento. — Mas pensar nela, sozinha, com ele. Enquanto estou aqui, com você. Segura.

Col me abraça de novo.

— Estou preocupado com Rafi também.

— Temos que mandar uma mensagem para ela. Minha irmã precisa saber que estou viva. Que vou buscá-la.

— Vamos levá-la até uma cidade. Você vai poder contar tudo para os feeds.

Estremeço.

— Isso só avisaria meu pai. Não estou pronta para contar a todo mundo.

— Então vamos pensar em outra coisa. — Ele me beija de novo. — Vamos salvar sua irmã.

— E seu irmão também — completo.

Vamos lutar lado a lado, talvez por um longo tempo. Essa guerra parece infinita, e estamos somente no começo.

Nós nos beijamos de novo, o som de nossos lábios tão suave quanto sussurros na noite.

PEDRA

Zura termina e nos chama para dormir.

Ela fundiu as smartfibras dos trajes, fazendo uma barraca que mal comporta nós três. O revestimento camuflado reflete um negrume total na escuridão.

Parte de meu cérebro registra que é estranho dividir uma barraca com Col e um de seus soldados. Mas a maior parte está cansada demais, destruída demais, para se importar. E preciso fazer xixi.

— Já volto — aviso.

Zura suspira.

— Você deveria ter feito isso no traje.

Fico a encarando, confusa.

— Quê?

— Na natureza, nada é mais importante que água. O traje coleta suor e urina, e os filtra até virarem água potável. O gosto é estranho, mas os purificadores funcionam quase perfeitamente.

— Quase? Não, obrigada. — Dou as costas e sigo para a escuridão.

— Cuidado com as cobras! — avisa ela.

Certo. Desertos são cheios de cobras, não são?

Com sorte, nesse frio, elas estarão dormindo ou hibernando, ou sei lá o que cobras fazem. Mas, como sempre, criaturas de sangue frio não aparecem em minha visão de calor, então não posso ter certeza.

A natureza é uma bosta às vezes.

Não demoro muito, mas, quando volto, Col e Zura já dormiram. Fiquei no meio.

Ótimo.

Pelo menos não está frio dentro da barraca. Os trajes são opacos ao infravermelho, o isolamento quase perfeito. Zura avisou que com o calor de três pessoas as coisas ficarão bem quentes pela manhã. Por mim, tudo bem.

Quando deito, sinto uma pedra bem no meio das costas. Está embaixo do chão da tenda, do tamanho de uma maçã, presa ao chão. Tentei deslocá-la por cima do tecido da barraca, mas sem sucesso.

Fico deitada, tentando dormir, mas a pedra é grande demais para ignorar.

Será que Zura não a viu? Ou será que a deixou ali de propósito?

Fico pensando se o restante do exército victoriano vai ter a mesma opinião sobre mim. Se tudo que virem for Rafia, a primeira filha do inimigo, mesmo depois de eu explicar quem realmente sou.

Talvez alianças sejam bobagem. Talvez fosse melhor eu continuar como um exército de um só. Eu poderia voltar para Shreve, entrar na casa de meu pai às escondidas e tirar minha irmã de lá...

Ou talvez seja só essa *maldita pedra* nas costas.

Eu me sento e abro o selo da barraca. O ar do deserto entra, um sopro gelado em minha pele.

Col se remexe, um murmúrio de reclamação nos lábios.

O frio do lado de fora é brutal depois da quentura da barraca. A areia gelada gruda nos joelhos e mãos, como cristais de gelo.

Enfio um braço por baixo da barraca.

Com os dedos esticados, consigo alcançá-la. Mas está meio enterrada, e levo um bom minuto girando-a até conseguir movê-la.

Tem algo no buraco...

Um papel dobrado.

Eu puxo e encaro o papel sob o luar.

Está coberto de marcações em código, como nas caixas das armas no bunker dos Palafox. Mas aqui foi escrito à mão, às pressas e sem jeito.

Enfio a cabeça na barraca e sussurro:

— Col.

Ele não responde. Aperto seu calcanhar nu com minha mão gelada.

Col desperta devagar, me encarando confuso e irritado.

Balanço o papel.

— Alguém deixou um recado.

Ele pisca, confuso, e finalmente se levanta.

Um sopro de vento entra na barraca, fazendo Zura despertar com um susto, já pegando o rifle.

— Relaxe — peço.

Col rasteja até ficar meio fora da barraca, sob as estrelas. Quando lhe entrego o papel, ele arregala os olhos.

— É código de batalha victoriano — diz.

— Você consegue ler?

— Diz: "Fique aqui. Vamos voltar logo". — Col aperta os olhos e continua. — Depois: "Me deixe o sinal para eu saber que é você. E cuidado: esse lugar está cheio de escorpiões."

Eu me endireito.

— Escorpiões? Que ótimo.

— Melhor que ótimo. — Col ergue os olhos. — Esta é a letra de meu irmão.

CHUVA

Na manhã seguinte, chove.

Está frio e horrível, e nos amontoamos na barraca. Tudo que podemos fazer é esperar.

Depois de achar o recado ontem à noite, fizemos uma espiral de pedras no meio da área de aterrissagem. É o símbolo de um herói ficcional que Col e Teo fingiam ser quando eram pequenos — o "sinal" que Teo mencionou.

De algum modo, ele está bem.

Enquanto esperamos, Zura conta histórias sobre batalhas contra rebeldes, da época em que eles eram os inimigos, não meu pai. Quando ela fica sem assunto, Col conta sobre seu irmãozinho, que foi expulso do primeiro colégio interno por desrespeitar o toque de recolher, e do segundo por pagar outros alunos para fazerem seus trabalhos.

Quando chega minha hora de entretê-los, Zura me encara com expectativa. Ela ainda quer saber a história por trás do meu rosto.

— Você pode confiar totalmente em Zura — assegura Col. — Mas você decide.

Eu hesito. Minha história é algo que tenho que me acostumar a contar, se um dia vamos espalhá-la para o mundo inteiro. E vou ter que explicar tudo para Aribella, se quiser que ela veja meu valor como aliada na guerra.

Gosto de estar ligada a Col pelos segredos que dividimos. Quando todo mundo souber a verdade sobre mim, as coisas entre nós não serão mais as mesmas.

Sou egoísta com ele e com meus segredos.

— Ainda não. Tudo bem?

Col aperta minha mão.

— É claro.

— Mal posso esperar — diz Zura.

O dia esquenta lentamente, mas a chuva não para.

— É melhor desmontar a barraca — diz Zura por volta do meio-dia. — Os trajes vão coletar mais água se estiverem esticados.

— Melhor que beber nosso suor — comento.

Col concorda.

Saímos na tempestade e ficamos encharcados e enlameados em segundos. Mas, quando paro de tremer, a sensação da água fresca na pele é gloriosa.

Col e eu ficamos lado a lado, bebendo água nas mãos em concha, esfregando os dois dias de viagem da pele. Tomar banho de chuva juntos parece quase normal, como se fosse uma viagem de férias, e não uma guerra.

— Queria ter sabão — comenta ele.

Zura desvia os olhos da barraca, tira uma bolacha azul de um bolso do uniforme e joga para Col. Ele esfrega a pastilha entre as mãos, criando uma espuma azul.

Quando ele me passa o sabão, o cheiro é exatamente igual ao do material que usam para limpar as cozinhas na casa de meu pai. Isso me faz lembrar de brincar de pique-esconde com minha irmã depois que os funcionários iam para casa. Também me faz lembrar de ter uma cozinha inteira, cheia de comida.

— Alguma coisa comestível nesses bolsos? — pergunto para Zura.

— Só isso. — Ela mostra um potinho com um pó. — Você esfrega na carne crua e mata os parasitas. É mais seguro que cozinhar com fogo.

— Que delícia! — Olho para Col. — Sua tecnologia militar me dá medo.

— A sua explodiu minha casa.

— Ah, eu não quis... — começo a me desculpar, mas Col abre um sorriso.

— Meu irmão está bem, Frey. Posso fazer piada agora.

— Claro. Só me avise quando for fazer uma da próxima vez. — Devolvo o sabão.

Seu sorriso desaparece.

— Será que Abuela...

Ele não termina a frase, mas o vejo avaliando as muitas camadas de tudo que perdeu. Mesmo que Teo esteja bem, sua casa ainda está destruída. Sua cidade, conquistada.

Mudo de assunto gentilmente.

— Como você acha que Teo voltou da Europa? O rosto dele está em todos os feeds. Não é como se ele pudesse simplesmente comprar uma passagem suborbital.

— Minha mãe deve ter mandado alguém para buscá-lo.

— Por que pegar dois amigos também?

— Para impressionar? — sugere. — Você viu os feeds. As cidades estão pressionando o embargo.

— É, acho que parece coisa de Aribella.

Col dá de ombros.

— Tenho certeza de que ela avisou os pais dos meninos.

Eu não. Mais uma vez, penso que devo ficar nas boas graças de Aribella assim que possível.

— Aposto que o recado foi ideia dela também — completa Col. — Ela sabia que eu reconheceria a letra de Teo.

— Mensagens dentro de mensagens — falo baixinho.

Mas me parece arriscado, deixar tanto para o acaso. Se Zura tivesse armado a barraca em outro lugar, não teríamos nem visto o recado.

Meu estômago ronca.

— Aquele pó de parasita está começando a soar apetitoso — comento. — Coelhos saem na chuva?

Col dá de ombros.

— Nunca pensei nisso.

— Espere. Tem alguma coisa sobre natureza que *você não sabe*?

— Não caço na chuva. Molha minhas penas.

Por um momento, imagino Col como uma grande ave de rapina. Então percebo...

— Ah, as das flechas.

Ele ri, como se fosse uma piada e não meu cérebro desligando por um segundo. Depois de tudo que aconteceu, Col ainda acha que sou engraçada.

— Desertos não são secos, teoricamente?

— É raro chover no deserto. Mas, quando acontece, a precipitação pode ser torrencial.

— Torrencial — ecoo. — Que vocabulário de guia turístico.

Ele se aproxima.

— Nós, guias, conhecemos todas as melhores palavras.

Um vento fresco atravessa o campo. A água corre sobre meus pés, a chuva gira e se inclina ao nosso redor.

A gente vai se beijar de novo.

— Senhor? — Ouvimos a voz de Zura. — Alguém está se aproximando!

Ergo os olhos para o céu, piscando a água do rosto. Esse som... não é o vento.

São hélices.

— Rápido, Col. Temos que... — Mas não sei bem o que podemos fazer.

Não temos onde nos esconder. Col e eu estamos seminus, nossos trajes de tocaia fundidos em uma lona.

O carro voador surge à vista, descendo sobre nós em um vento furioso. As seis hélices dividem a água, como um vendaval.

Zura sai correndo em busca do rifle, Col pega o arco. Mas nossas armas não vão derrubar um carro blindado.

Chamo meu punhal, mas ele não me vê em meio à tempestade. E não lembro onde o deixei. Beijos demais, paranoia de menos.

Estamos indefesos.

Mas, quando o carro pousa na área aberta, percebo que não é um veículo de guerra. É uma limusine de luxo, preta e brilhosa.

Do mesmo tipo que meu pai usa.

Caio de joelhos na lama.

— Não.

As portas se abrem para cima, como grandes asas, protegendo os ocupantes da chuva.

E eles saem, como conquistadores no novo mundo.

Teo Palafox e seus dois amigos.

TEO PALAFOX

— Dá pra *não* sujar os bancos de lama? O carro é alugado.

Encaro Srin. Ela parece ter 12 anos, mas é da mesma turma de Teo na escola chique. Então, ou ela é mais velha do que parece ou é algum gênio.

Eu me sento com um esborrachar úmido. Os olhos cinzentos de Srin me encaram por baixo da franja reta. Tudo nela é geométrico e preciso, seja o uniforme escolar ou as sobrancelhas arqueadas. Mas, como um aviso silencioso, seu mindinho esquerdo foi alterado para parecer uma cobra minúscula.

O banco de couro se move sob meu peso, adaptando-se a meu corpo. Depois de duas noites dormindo no chão, isso parece um colchão de plumas.

— Vocês alugaram uma limusine para entrar em uma zona de guerra? — pergunta Col.

— Não somos idiotas — responde Srin. — Fizemos seguro.

Os três estavam sentados no banco traseiro — Teo, Srin e Heron. Todos usam os uniformes, suéteres e calças azul-marinho com camisas lilás. Heron exibe uma expressão confusa e parece meio desarrumado, como se tivesse dormido com a roupa do colégio.

A luz rosa-clara da limusine brilha nas taças de champanhe penduradas. Há um balde de gelo ao meu lado.

Col se afunda no banco confortável.

— Mas por que vocês estão em uma limusine? Por que não há *soldados* com vocês?

Um minuto antes, quando Teo saiu correndo para abraçar o irmão mais velho na chuva, ele parecia um garotinho. É mais magro que Col, o rosto mais redondo e mais franco.

Mas agora ele cruza os braços, sério.

— Eu queria testar o sistema primeiro. Me certificar de que a carticifra não estava danificada antes de encontrar qualquer um pessoalmente.

Col fica encarando o irmão.

— Eu sabia que você estava em algum lugar — explica Teo. — Então tinha que te encontrar primeiro. Porque você poderia *provar* quem é, usando nosso sinal.

— Não queríamos nos enfiar em uma armadilha — comenta Srin.

— Espere — diz Col. — *Você* está com a carticifra? Por que Jefa não está lidando com isso?

Teo o encara do outro lado do carro.

— Mamá? — pergunta ele, baixinho. — Ela morreu.

— Mas... ela está sempre com a cartilha!

Teo balança a cabeça.

— Ela me deu quando fui passar as férias em casa. Para levar de volta à escola.

Col afunda no banco.

Seguro sua mão, meu cérebro a toda. É por isso que ninguém foi buscar as armas da família no bunker. Por isso que nossa recepção foi um recado embaixo de uma pedra. Por isso que estamos neste carro ridículo.

Porque um garoto de 14 anos está no comando do exército victoriano.

Aribella Palafox está morta.

— Sinto muito, Col. — Teo parece um menininho de novo. — Achei que ela havia te contado sobre isso, que você *saberia* que era eu.

A mão de Col está fria na minha, seus olhos vítreos.

Ele começa a falar devagar:

— Isso significa que ela achava que algo assim poderia acontecer. Jefa tinha um plano. Talvez ela tenha conseguido escapar!

— Col — diz Teo. — Eu estava falando com ela quando o míssil caiu.

Silêncio total com exceção da chuva. Quero falar algo, mas não tenho força nos pulmões. A limusine parece encolher, nos pressionando.

Teo leva um minuto para continuar:

— Quando ela me deu a carticifra, achei que fosse só Jefa sendo Jefa. Dando uma lição sobre responsabilidade. Deixei a cartilha embaixo da cama.

Ele encara a janela molhada.

— Então tudo ficou louco. Era de manhã cedo, ainda estava escuro, e de repente um barulho nos acordou.

— A gente achou que fosse o alarme de incêndio — explicou Heron.

— Eu tinha esquecido totalmente — diz Teo. — Mas a carticifra estava ali, debaixo de meu colchão, berrando e piscando. Então mando uma mensagem para Jefa e ela atende na hora, mesmo estando no meio da noite aqui em casa. Ela diz que nossas ruínas estão sendo atacadas, mas que está tudo sob controle. Só que Col estava sendo idiota.

A mão dele treme junto à minha.

— O quê?

— Ela disse que você deveria manter Rafia na linha, mas que tinha se rebelado. O rastreador de sua prancha dizia que você estava nos subúrbios da cidade. Você estava ajudando ela a fugir.

— Teo me olha, desconfiado.

Eu o encaro. Ele é só mais uma pessoa para quem tenho que me explicar. Mais uma pessoa que me culpa por tudo que deu errado.

— E você tem *certeza* de que ela ainda estava em casa? — implora Col.

A voz do irmão fica baixa.

— De repente ouço um alarme no fundo, e ela fica quieta. Não respondia quando eu perguntei o que estava acontecendo. Então ela falou: *Te amo*. E veio um zumbido.

Ele se recosta no assento.

Heron abraça Teo.

— A gente achou que ela havia desligado ou perdido o sinal. Mas, quando abrimos os feeds... estavam mostrando as imagens sem parar.

Fecho os olhos por um momento, e vejo o míssil atingir a Casa Palafox. A coluna de fumaça preta, as cinzas se espalhando ao vento.

— Foi por isso que decidimos desaparecer — diz Srin. — Era a única maneira de contra-atacar.

Todos olham para ela.

— Espere — diz Col. — Quer dizer que não foi Jefa que mandou buscarem vocês?

— Não. Foi minha ideia. — O sorriso soturno de Srin parece louco na luz suave da limusine. — Máximo dano de reputação para o inimigo. Bagunçamos o quarto para fazer parecer que lutamos com os sequestradores. Até deixamos um pouco de sangue.

Ela ergue a mão. Na luz rosada da limusine, vejo pequenas cicatrizes nas pontas dos dedos.

Col a encara de olhos arregalados.

— Suas famílias *sabem* que vocês estão bem?

— Só minha irmã — responde Srin. — Ela alugou a limusine cujo revestimento de couro sua amiga sem calças está estragando. Byanca também alterou a rota de nosso jato de carga. Levou a noite toda para atravessar o oceano, mas ninguém espera que riquinhos viajem assim.

— Mas seus pais...

— Estamos lidando com um monstro — interrompe Srin. — Sacrifícios são necessários.

Teo se inclina para a frente.

— Ela tem razão, Col. Isso vai causar problemas para ele. Você viu os feeds.

— Mas todo mundo acha que vocês foram sequestrados — argumenta Col para os outros dois adolescentes. — Talvez mortos!

— *Essa é a ideia!* — grita Teo. — Por que a gente deveria se importar com os sentimentos deles, Col? As outras primeiras famílias assistiram a nossa casa ser destruída, nossa mãe ser morta, nossa cidade ser dominada, e nenhuma delas fez nada! Eles que fiquem com medo!

Há um momento de silêncio atônito no carro, zumbindo com a chuva abafada e os ecos da raiva de Teo.

Então Heron ergue a mão.

— Na verdade, eu só vim junto para ter certeza de que Theo não faria nada idiota. E posso deixar claro que ninguém disse *nada* sobre zonas de guerra?

— Não dizia "zona de guerra" no mapa — resmunga Teo.

Col solta um palavrão, baixinho.

— Falando em guerra, senhor — diz Zura, do lado de fora da porta da limusine. — Agora que temos um transporte, talvez fosse bom sairmos do território dos rebeldes.

Por um momento, Col parece perdido. Ele teve o mundo virado de cabeça para baixo duas vezes nos últimos dias. Talvez três, já perdi a conta. Mas ele compreende que estava se enganando.

Sua mãe morreu.

Respiro fundo para me acalmar.

— Col, talvez fosse bom levar as crianças para um lugar seguro.

— *Crianças?* — reclama Srin.

— Certo. Recolha o acampamento — ordena Col para Zura, depois vira para o irmão menor. — Podemos chamar um veículo militar victoriano para nos dar cobertura. Me passe a carticifra.

Teo encara o irmão, desafiador, o rosto ainda vermelho de gritar.

Então ele olha para mim.

— Só depois que você me disser o que *ela* está fazendo aqui.

CONFIE EM MIM

Todos estão me encarando.

Até Zura hesita, parada do lado de fora da porta, como se tivesse esperado tempo demais por essa história para sair agora.

— Você é ela, não é? — pergunta Teo. — Rafia.

— Só que enlameada e sem calças — completa Srin.

Heron se inclina para a frente.

— E é por isso que a outra Rafia, a que aparece nos feeds, ainda não deu nenhuma entrevista... Ela é uma impostora!

Ainda parece cedo demais. Grave demais. Perigoso demais.

Mas não posso fugir da verdade.

— É o contrário. Eu é que sou a impostora.

Os três ficam em silêncio por um momento.

Deixo que absorvam a informação, por eles e por mim.

É assustador ter pessoas que não conheço me olhando, surpresas, vendo quem realmente sou. É como se o chão estivesse se movendo sob nossos pés. Como se fôssemos desaparecer amanhã.

Eu gostaria de estar vestida.

— Coisa estranha — diz Zura. — Vou guardar as coisas.

Ela se vira e desaparece na chuva.

— Não acredito. — Srin olha para Col. — Se essa menina fosse uma impostora, nossa segurança teria percebido as cirurgias. Quero dizer, é incrível, mas uma verificação rápida do DNA...

— Verificamos o DNA — interrompe Col, depois fica em silêncio.

Ele quer que eu mesma conte a verdade.

Então começo a falar.

— Sou irmã de Rafia, nascida vinte e seis minutos depois. — Ouço a chuva cair por um minuto. — Sua dublê. Sua segurança. Sua gêmea idêntica.

Sua única amiga.

A única que pode salvá-la.

— Fui um truque para enganar sua família, Teo. Porque, diferente da Rafia de verdade, eu era uma coisa de que meu pai podia se desfazer.

Ele me encara. Espero ver ódio em seus olhos, ou outro grito do fundo da alma quando perceber tudo que lhe custei.

Mas só o que ele diz é...

— Qual seu nome?

— Frey. — A palavra sai de meus lábios em um sussurro.

Sua expressão muda, e percebo como ele se parece com Aribella.

Porque ele tem pena de mim. Como ela.

Pena não era o que eu estava esperando.

— Meu irmão estaria lá quando o míssil caiu se não fosse por você, não é?

— Imagino que sim.

— Obrigado, Frey — agradece ele, baixinho.

Uma camada de culpa sai de meus ombros.

Col se inclina para a frente.

— Heron, Srin, vocês têm que manter isso em segredo quando voltarem para casa. O que vai ser o mais rápido possível.

Srin olha para ele por um momento, depois começa a rir.

— Ficou burro, Col? Não podemos mantê-la em segredo. Imagine os danos à reputação de Shreve!

Heron olha para ela.

— Jura, cara? Isso é *tão* pior que sequestrar nós dois?

— *Muito* pior. Você é só um colega de quarto que ficou no caminho. Eu sou uma garota qualquer da aula de propaganda do Teo. — Srin aponta para mim. — Mas Frey é sangue do sangue dele, e foi sacrificada pelo próprio pai para começar uma guerra!

— Pare — interrompe Col. — Isso não é a aula de propaganda, Srin. Essa história não é sua, e não será você a contá-la.

— Mas você não *pode* mandar a gente para casa! — Srin vira para mim, implorando. — Quando as pessoas nos virem de volta com nossas famílias, a raiva vai passar. Perderemos força. Tudo vai voltar ao normal!

Normal... Ouço a palavra na voz de minha irmã.

— É isso que todo mundo quer — continua. — Fingir que as coisas estão bem. Mas Frey... você pode *forçá-los* a prestar atenção.

Tento responder, mas não consigo.

Eu e Col usando minha história contra meu pai era uma coisa. Mas ouvir uma estranha planejar e calcular como me usar... faz eu me sentir uma impostora de novo.

Col coloca a mão em meu ombro, e o mundo fica um pouco mais firme.

— Vocês dois vão para casa — diz ele.

— Sério? — Srin sorri docemente. — Limusine, quem está no comando de sua operação?

— Você, General Srin — responde o veículo.

— E você não vai a lugar algum a não ser que eu mande?

— Correto, General.

Ficamos em um impasse por um momento, mas então Teo toma uma decisão.

— Srin, meu irmão tem razão. Vocês podem fazer mais por nós em casa. Contem a todos o que aconteceu naquela noite, como a gente fugiu por medo de não estar em segurança. Não deixem que esqueçam de Victoria. Sejam o rosto da resistência!

— *Acho* que isso parece meio borbulhante — murmura Srin. — Um banho também não seria ruim.

— Idem — concorda Heron.

Ele parece mesmo disposto a voltar para a escola, mas Srin desistiu muito fácil. Fico me perguntando se está guardando outro truque na manga.

Teo olha para mim, depois para o irmão.

— Col, você confia mesmo nela?

— Frey salvou minha vida mais de uma vez. Ela lutou ao lado dos nossos soldados. E ela é a única pessoa no mundo que odeia o pai tanto quanto nós.

— Com a exceção de Rafi — sussurro.

— Certo, Frey. — Teo estende a mão. — Se Col confia em você, eu também confio. Bem-vinda ao Alto Comando Victoriano.

— Também conhecido como *minha* limusine — resmunga Srin.

Apertamos as mãos.

— Certo — diz Col. — Agora pode me passar a carticifra?

Teo suspira, puxando uma valise de baixo do banco. Parece bastante com a preferida de Rafi — couro de jacaré, ferragens de cobre, fechadura com escâner de retina.

Ele equilibra a pasta no colo e pisca para abri-la.

— Não deixe o poder subir à cabeça, irmão. — Teo puxa uma placa de metal do tamanho de uma tela portátil. — E cuidado. Esse troço é escandaloso. Envia o sinal até para satélites. Então, se não quer ser visto, melhor enviar as ordens em trânsito ou em algum lugar com vários sinais aleatórios. Tipo uma cidade.

— Saquei. — Col pega a carticifra, solene.

Ao erguê-la, uma luz pisca em seu rosto, e ele se encolhe quando o aparelho tira uma amostra de pele para testar seu DNA.

Um momento depois, o aparelho anuncia:

— Você tem o comando, Col Palafox.

Sua expressão muda; a exaustão, o pesar e a tristeza se suavizam. Ele parece alguém pronto para se vingar.

Teo só parece aliviado por abrir mão da responsabilidade. Ele abre a mala aberta para mim.

— Quer umas roupas, Frey? Devem caber em você.

Olho para os três fugitivos em seus uniformes escolares, as camisas lilás brilhando na luz suave da limusine, e balanço a cabeça.

— Vou usar o traje de tocaia mesmo.

Heron ergue uma sobrancelha.

— Não parece muito confortável.

— Não é. — Abro um sorriso cansado para ele. — Mas você nunca sabe quando uma batalha vai te alcançar.

FINGINDO

A limusine decola com um rugido, as janelas embaçando quando o veículo atravessa a chuva. Mas, um minuto depois, cruzamos a barreira de nuvens e entramos no sol. As sombras giram no chão do carro quando viramos para oeste, nos afastando das montanhas, de Victoria e de Shreve.

Quase esqueci que voar pode ser uma experiência de luxo. O assento é confortável mesmo no traje úmido, e a limusine viaja com tanta estabilidade quanto as da frota de meu pai.

Também tem comida. Mandioca e croquetes de queijo trufado. Bolinhos crocantes recheados de pato e molho de pimenta. Tudo feito com calor de verdade, os pratos saem pelando dos painéis nas laterais do carro.

— Quer um espumante pra acompanhar? — pergunta Srin.

Ela provavelmente está sendo sarcástica, mas nem ligo.

— Tem água?

— Acabou ontem à noite. Heron usou o estoque para tomar banho.

— Eu mal chamaria aquilo de banho — retruca ele. — Mais um banho de gato.

— Esse negócio não capta água da chuva? — Zura olha com cara feia para os controles do carro, que está em piloto automático.

— Tem água nas bexigas de seu traje, Frey.

— Ótimo. Mas a gente tem mesmo que chamar de *bexigas*?

Encontro o canudo perto do ombro, tiro a ponta do gancho e o coloco nos lábios. O gosto da água é normal o bastante.

— Hum... temperatura corporal.

Pelo menos não é meu suor purificado, ou coisa pior. Mas depois de alguns dias sentindo sede, percebo o motivo de usarem esses trajes. A parte mais perigosa da natureza não são cobras ou escorpiões. É a fome e a sede.

Sem contar as minas saltadoras.

Col também deve estar morrendo de fome, mas não está comendo. Seus olhos estão fixos na tela da carticifra.

Talvez planejar uma guerra seja mais fácil do que pensar na mãe ainda em casa quando o míssil caiu. Ou no irmão assistindo à cena repetidas vezes nos feeds, impotente para mudar qualquer coisa.

Eu deveria dizer algo para reconfortá-lo, mas não sei o quê. Minha mãe foi morta antes de eu nascer. Ela sempre foi só uma imagem em uma tela, um rosto em que Rafi e eu encontrávamos partes de nós mesmas. Seu sorriso, sempre como o nosso, suas mãos esbeltas conforme crescíamos.

Então, de certa forma, eu nunca poderia perdê-la.

A única coisa que consigo pensar em perguntar a Col é:

— Já decidiu para onde vai levá-los?

— Conseguimos chegar a Paz antes de escurecer. Poeira espiã é proibida lá, e o conselho odeia Shreve. É o lugar perfeito para enviar ordens. — Col se vira para o irmão. — O que restou do exército? A carticifra não está me dizendo.

Teo tira os olhos da comida.

— Não sei. Toda vez que uma unidade transmite, aumenta a chance de ser encontrada. Não pedi uma contagem.

Col franze a testa.

— Então o que os soldados estão fazendo esse tempo todo?

— Enviamos uma ordem geral para se esconderem — diz Srin.
— Falei para Teo que a gente deveria coordenar alguns ataques, mas ele ficou com medinho.
— Não, foi esperto. — Col olha para Zura. — Mas agora precisamos descobrir o tamanho de nosso exército. Qual a maneira mais segura de fazer isso?
— Marcar um ponto de encontro e chamar todo mundo. Assim veremos ao vivo o que temos à disposição.

Os olhos de Col brilham.

— Já até sei o lugar.

Ele se volta para a carticifra. A tela é mais ou menos do tamanho de uma bola de futebol. Em meio à nuvem mutável de dados consigo identificar um mapa das montanhas, algumas cidades brilhantes e um ponto móvel que deve ser nosso carro.

— Aliás, Comandante Supremo — diz Srin —, a gente não mandou um veículo de ataque leve para encontrar você? Estranhamente, ele desapareceu.

Col não olha para ela.

— Foi destruído em combate. Encontramos um campo de minas saltadoras.

— Minas? Vocês estavam *andando*?

— Sim. E vocês trouxeram uma limusine alugada para território rebelde.

— Mas pelo menos a gente não *perdeu* ela — retruca Srin.

Col não responde, mas vejo que Zura está se segurando para não responder, considerando se essa amiga de Teo da aula de propaganda é alguém que ela pode estapear.

Então resolvo me meter, falando devagar e com clareza:

— Srin, os soldados que estavam naquele carro lutaram com bravura, mas foram mortos. É assim que guerras funcionam: pessoas morrem. E é por isso que estamos levando vocês para casa.

Seus olhos faíscam, como se ela quisesse discutir, mas Heron toca seu braço. Ela se afunda no assento e resmunga:

— Ainda assim, é *minha* limusine.

Ficamos em silêncio, e Zura dá um mínimo aceno de agradecimento em minha direção.

Col ainda está concentrado na tela, agitando as mãos. Ele parece incerto, como uma criança aprendendo a usar gestos de interface pela primeira vez.

De repente é difícil acreditar que ele está mesmo liderando um exército, ou o que sobrou de um. Como uma guerrilha pode ser liderada por um menino de 17 anos, usando algo que parece um vídeo game?

Durante minha vida toda achei que era a única impostora. Que todas as outras pessoas tinham certeza de que eram reais de uma maneira que jamais compreendi. Mas e se todos também estão fingindo?

Talvez ninguém saiba quem é de verdade.

CONTROLE

O sol está se pondo quando vemos o oceano Pacífico.

Estamos cansados e entediados depois de tantas horas no carro. Os feeds não noticiam nada de novo, só repetem o ultraje sobre o desaparecimento de Teo e seus amigos. Não há notícias reais sobre Victoria. Os repórteres de outras cidades foram expulsos, os locais, silenciados.

A cidade inteira foi apagada. Dezenas de milhares de feeds — sobre política, fofocas, música e maquiagem — foram todos apagados da interface global.

Srin tinha razão; Rafi não apareceu em público desde aquele primeiro dia da guerra. Todo mundo percebeu que ela não está sendo uma boa filha; todos dizem que, dessa vez, meu pai foi longe demais, fazendo até a própria filha se voltar contra ele.

Eu amo que Rafi esteja resistindo porque acha que ele me matou com aquele míssil. Mas odeio que ela ache que estou morta.

Tenho que falar com ela de alguma maneira, mesmo que isso alerte meu pai de que ainda estou por aí.

Col finalmente tira dos feeds de notícias, sintonizando um documentário sobre a praga branca. Todos assistimos, fascinados e cabisbaixos.

A praga é uma orquídea artificial que os Enferrujados criaram três séculos atrás. Ela matou quase todo o restante da vida vegetal do planeta, dominando fazendas, campos e plantações. Cortar, queimar e envenenar a praga não adiantou. Só as antigas florestas eram fortes o bastante para resistir.

— Os cientistas Enferrujados criaram pássaros que comiam a praga — completa Col, sério. — Mas eles só faziam espalhar as sementes com as fezes.

Eu me pergunto por que ele está tão obcecado com essa planta. Talvez seja porque as pessoas achavam que ela era invencível, até que um esforço global a controlou.

Ou talvez ele tenha começado a admirar coisas que não podem ser destruídas, não importa o quanto se tente.

Nas planícies ocidentais abaixo de nós, as flores cobrem os campos, como neve fresca. Mas a cidade de Paz fica na ilha Baja, protegida por uma barreira de água salgada.

Quando a noite chega, cruzamos o estreito azul e calmo e pousamos longe da cidade, ao lado de uma linha de trem. A estação silenciosa fica entre uma fileira de casas simples com jardins e muros baixos de pedra.

Eu me lembro de meu pai rindo de Paz, a cidade sem primeira família, onde todos são felizes. Como se fosse uma coisa horrível.

Saímos aos tropeços do carro para a plataforma da estação a fim esticar as pernas.

— Você quer que a gente pegue o *trem*? — reclama Srin. — Não é uma entrada muito dramática.

— Talvez discrição seja o melhor — argumenta Heron. — Fingir o próprio sequestro parece meio ilegal.

— Só digam que vocês fugiram — diz Col. — Que temeram pela própria segurança. Digam aos guardas de Paz que estão pedindo asilo... os três.

— Espere — pede Teo. — Os *três*?

— Sim. — Col cruza os braços. — Você vai ficar mais seguro aqui do que em uma guerrilha. E vai conseguir mais exposição que seus amigos. Você tinha razão: alguém precisa ser o rosto de Victoria. Mas deveria ser *você*, Teo.

— Nem pensar. — Teo fecha os punhos. — Não vou ser a mascote de sua guerra, Col.

— Você não entende como é perigoso. Eu já estaria morto se não fossem Frey e Zura.

— Mais um motivo para você aceitar minha ajuda também! — reclama Teo. Ele olha para mim. — *Você* não concorda que eu deveria me esconder, certo, Frey?

Por um momento, não sei o que dizer. Não quero discutir com Col, mas não consigo imaginar como seria ser deixada de lado. O único motivo que tenho para viver sempre foi treinar, lutar e proteger quem amo.

Foi o que me manteve sã enquanto todos os meus ossos eram quebrados. Como posso tirar isso de Teo?

— Você talvez fique mais seguro conosco — respondo.

Col me encara, incrédulo.

— Como assim?

Levo um segundo para entender o que quero dizer, mas então me viro para ele e seguro suas mãos.

— Minha irmã ainda não deu entrevistas. Qual você acha que é o motivo?

Ele dá de ombros.

— Porque está com raiva de seu pai? Porque acredita que você morreu?

— Não, Col. — Eu me aproximo e falo mais baixo. — Foi o que você me contou no bunker: Rafi está desmoronando desde que tem sete anos, porque tudo que podia fazer era apertar mãos e fazer discursos, sem poder me proteger. Quando o assassino surgiu, eu pude salvá-la, mas ela jamais conseguiu *me* salvar.

Col me encara.

— Mas Teo só tem 14 anos. Tenho que protegê-lo.

— Exatamente. O que significa deixar que *ele* proteja *você*.

Ele balança a cabeça.

— Não entendo...

— Você não tem escolha — interrompe Srin.

Col se vira para encará-la.

— *Dá* pra ficar *fora* disso?

— Limusine — chama ela calmamente —, trave as portas.

Ao nosso lado, as imensas asas da limusine se fecham. Então a luz azul do perímetro de segurança ilumina a plataforma da estação.

— O negócio é o seguinte. — Srin ajeita o suéter da escola, como se fosse fazer um discurso. — Você pode levar Teo de volta para a guerra, em minha limusine. Ou você pode ficar aqui, sem transporte, esperando os guardas de Paz pegarem vocês.

— Guardas? Não estamos infringindo nenhuma lei.

Srin sorri.

— Vocês são combatentes registrados em uma cidade neutra, equipados com rifles, granadas e trajes de tocaia.

— Hum, senhor? — interrompe Zura. — Tecnicamente isso tudo é verdade.

— Mas Paz está do nosso lado! — reclama Col.

— Extraoficialmente, sim — responde Srin. — Mas uma vez que haja uma queixa, eles vão seguir as regras da neutralidade e mantê-los presos enquanto a guerra durar. Paz não vai se arriscar a entrar numa briga com um maníaco atirador de mísseis!

Col suspira.

— E quem vai dar queixa?

— Limusine. Transmitir em trinta segundos.

— Sim, General Srin — responde o veículo.

Heron balança a cabeça.

— Confie em mim. Não pense que é um blefe.

— É só ignorá-la — digo. — Mas deixe seu irmão participar.

— Acabei de perder minha mãe... *de novo*. — A voz de Col está tremendo. — Não posso perdê-lo também.

— Ele também não pode te perder. Vocês precisam um do outro agora.

— Vinte segundos — avisa Srin.

Col inspira devagar, os olhos fechados.

Lágrimas escorrem por seu rosto. Imagino no que está pensando: o míssil atingindo sua casa, mil vezes, sem parar.

— Lutem juntos — peço.

— Dez segundos.

— Tá bom! — O grito de Col ecoa pela estação vazia. — Tá bom.

— Cancele a ordem, limusine — diz Srin calmamente. — Transfira o controle do aluguel para Teo Palafox. E compre passagens para mim e Heron no próximo trem para a cidade.

— É claro, General Srin. Foi um prazer servi-la.

NOVO DIA

Passamos a noite no extremo sul da ilha Baja, em um mar de painéis solares do tamanho de cartas de baralho.

Nossa limusine está quase sem carga, e as baterias principais de Paz estão enterradas sob nós, então nos conectamos para recarregar durante a noite antes de seguirmos até o ponto de encontro que Col escolheu para o que restou do exército victoriano.

Durmo com ele sob as estrelas. A brisa do oceano é fresca, e nos abraçamos para nos esquentar. No meio da noite sinto que ele está chorando. Tremores silenciosos cortam seu corpo, as últimas esperanças de rever a mãe morrendo nas batidas de seu coração.

Tento reconfortá-lo com sussurros, sem saber se eles se perdem no rugido das ondas. É melhor que pensar em Rafi, sozinha no quarto — sozinha no luto, sem um amigo sequer que soubesse que tinha uma irmã.

Quando finalmente o sol nasce, o campo de painéis solares se move ao nosso redor. Cada painel tem seis pernas, desenhadas para que se mova e adapte conforme a necessidade. Agora estão todos se inclinando ao mesmo tempo em direção ao brilho avermelhado no leste, como flores esperando o sol.

Um dos painéis se enfiou em meu traje amassado, procurando mais luz. Eu o coloco no chão com cuidado.

Ajeitando o traje, me dou conta de que ele me serve melhor agora. Está se adaptando à forma de meu corpo. Ou talvez seja porque me livrei da camisola que usava por baixo. O peso do orvalho coletado durante a noite é reconfortante.

Com água e com meu punhal, consigo sobreviver em qualquer lugar.

Eu me ajoelho ao lado de Col.

— Está acordado?

Um resmungo sai de seus lábios, e me aproximo para beijá-lo. Os olhos de Col se abrem, assustados.

— Frey?

— Esperando outra pessoa?

Ele sorri e se senta. As pequenas máquinas ao nosso redor se afastam de sua sombra. O sol está incendiando o horizonte, transformando o bando de painéis solares em um mar rubi.

Paramos para ver a alvorada; o sol se erguendo, a luz ondulando pelos painéis que bebem sua energia, o mundo variando do carmim ao laranja.

— Olhe! — exclama Col. — Você está linda.

— Como assim? — pergunto, olhando para baixo.

Meu traje está no modo camuflagem, imitando os painéis solares ao nosso redor. Eu brilho como um vitral, mil reflexos da aurora refletidos no corpo.

Col me beija, e ficamos ali até o cheiro açucarado de doce e café transbordar das portas abertas da limusine.

Teo e Zura estão tomando o café da manhã no carro.

As roupas de Teo parecem ainda mais amarrotadas, mas o uniforme de Zura segue impecável.

Ela não perde tempo.

— Bom dia, senhor. As unidades devem estar chegando ao ponto de encontro agora. Estamos com a bateria totalmente carregada.

— Então vamos para o sul — decide Col, bebendo um gole de café. — Quer fazer as honras, irmãozinho?

— Limusine, siga para o destino programado — ordena Teo, todo feliz, e as hélices começam a girar.

Sorrio para ele. Srin só lhe deu o controle da limusine para se certificar de que Col manteria a palavra, mas isso também dá a Teo um papel na luta contra meu pai.

Enquanto o carro decola, olho pela janela.

Dessa altura, os painéis solares brilham como um mar iluminado e ondulante. O sol já nasceu totalmente, os vermelhos e laranja se dissolvendo no céu azul.

— Tem alguma coisa acontecendo — diz Col do outro lado. — Na cidade.

Eu estreito os olhos contra o sol.

Uma frota de carros voadores está surgindo do centro de Paz. Eles giram no ar, se espalhando em todas as direções como fogos de artifício. Zura se aproxima da janela.

— Parece um padrão de busca.

— Alguma coisa a ver com a gente? — pergunta Col.

— Limusine — chama Teo. — Feed de notícias padrão.

Uma tela ocupa o centro da cabine.

No início só temos as imagens de carros voadores da guarda, e o espanhol é rápido demais para mim. Mas, então, a tela é preenchida pelo rosto sorridente e triunfante de Srin. Heron está de pé atrás dela, parecendo meio envergonhado.

— Opa — digo. — Alguém pode traduzir?

Col suspira.

— Ela está contando que seu pai os sequestrou. E que escaparam de um modo espetacular.

— Eu *sabia* que ela não ia contar a verdade — diz Teo. — Não é dramático o suficiente!

Balanço a cabeça.

— Então os guardas estão procurando por sequestradores. Essa coisa vai mais rápido que isso?

— Limusine? — chama Teo. — Velocidade máxima, por favor.

— Já estamos viajando à velocidade máxima dentro dos limites de segurança, senhor.

— É, mas a gente quer *sair* dos limites de segurança. É, hum, uma emergência médica?

— Alterando trajeto — diz o carro. — O hospital mais próximo fica...

— Não volte! — grita ele. — Eu preciso de meus... remédios! Que só existem em nosso destino! Por favor, vá até lá na maior velocidade possível!

A limusine pensa nisso por um momento.

— Será necessário pagar uma taxa extra de riscos a...

— Só coloque na conta!

O zumbido das hélices fica mais agudo.

— Carros alugados — suspira Zura.

Ergo as mãos, pedindo calma.

— O que os guardas de Paz podem fazer com a gente? Não sequestramos Srin e Heron.

— Eles vão encontrar nossas armas — responde Zura. — E, quando a limusine abrir o histórico, vão saber que passamos a noite passada roubando energia da cidade. Terão que nos apreender.

Teo se recosta.

— Sim, essa seria uma situação ruim *se* a gente estivesse num carro voador blindado. Mas eles não vão estar procurando sequestradores em uma limusine alu...

— Perdão, senhor — interrompe a limusine. — Estamos sendo parados por ordens oficiais do departamento de polícia de Paz.

As hélices reduzem a velocidade de novo.

Col suspira.

— Você dizia?

GUARDAS

— Pode ignorar isso? — tenta Teo. — Continue em direção... a meus remédios muito importantes?

— Não posso ignorar ordens da polícia local — responde a limusine.

— Quem entra em uma guerra numa limusine alugada! — grita Col, frustrado.

— Col — digo. — Precisamos de um carro de verdade. Essa é nossa única chance.

Ele balança a cabeça.

— Se atacarmos Paz, teremos menos um aliado.

— Eles nunca vão saber que fomos nós, senhor. — Zura se afasta da janela e faz alguns gestos, então seu traje de tocaia muda a camuflagem para o preto e cinza do padrão de combate de Shreve.

Minha cabeça começa a girar. *Disso* eu entendo.

Uma impostora foi o que nasci para ser.

De repente, sei como pegar os guardas de surpresa, atrapalhar meu pai e conseguir o que quero mais que tudo.

— Eu roubo o carro para você — aviso. — Só me deixe falar.

A limusine pousa quando chegamos à costa do continente.

Quando as portas se abrem, uma brisa fresca do mar enche a cabine. Esses penhascos dão para o mar de Baja, que brilha no sol da manhã. Gaivotas gritam ao nosso redor por um momento, mas logo fogem com o rugido das hélices.

O carro da guarda para a dez metros de distância. Tem metade do tamanho da limusine, sem blindagem ou armamento pesado, um veículo feito para ser rápido e fazer curvas ligeiras.

Três guardas saltam, parecendo entediados a princípio, como se não esperassem encontrar nada terrível no carro sofisticado. Mas, então, percebem a lama nos para-choques, as marcas da chuva do dia anterior. Um deles apoia a mão no coldre da arma de choque.

Quando saio para a luz, eles ficam confusos.

Configurei meu traje para repetir a padronagem de meia hora atrás — a alvorada de cores fortes capturada por infinitos painéis solares. Parece algo que Rafi criaria, um macacão justo para uma festa *avant-garde*.

Todos os meus anos de fingimento se infiltram nos músculos de meu corpo e rosto.

— Bom dia, policiais — digo na minha melhor voz Rafi. — Ou já é de tarde? Espero que estejam aqui para prender minha ressaca. Acabei de sair da festa mais *extenuante* de sua *linda* cidade.

Ninguém responde.

Rafi nunca veio a Paz, cidade que meu pai odeia por causa do governo progressista e eleito. Ela não viaja sem guarda-costas nem fala com aleatórios.

— Senhora — finalmente diz um deles. — Estamos autorizados a verificar todos os...

— Fiquem à vontade. — Indico a limusine com um gesto. — Mas, por favor, não apreendam minha cafeteira. Preciso dela desesperadamente.

— Hum, obrigado.

Quando passa por mim, ele me encara, incrédulo. Meu sorriso é perfeitamente Rafi.

Então Teo enfia a cabeça para fora, surpreendendo o guarda. No mesmo momento, Zura sai de um pulo do teto da limusine, o traje na camuflagem de Shreve.

Seu salto a deixa perto da guarda entre mim e o carro de patrulha e, com um chute no estômago, Zura derruba a mulher.

Dou um golpe nos rins do homem ao meu lado. Ele tropeça, e o prendo em um mata-leão até que desaba no chão.

Giro para ver o último guarda caindo sob os golpes de Zura.

Ela se vira para nós, sorrindo.

— Bem, isso foi mais fácil que...

Um arco de luz surge do carro da guarda, e Zura cai, tremendo. Tem um canhão de choque no teto do carro.

Meu punhal surge em minhas mãos, e eu o atiro na direção do veículo. O canhão explode com uma chuva de fragmentos de metal e eletricidade.

O punhal retorna para mim, quente e faiscante.

Col e Teo saem da limusine, correndo para o carro dos guardas. Teo está carregando suas malas, e Col, o rifle e o arco.

Fico a postos com o punhal. Não vejo outras surpresas presas ao carro, mas, se a inteligência artificial pode disparar um canhão de choque nas pessoas, deve ser esperta o bastante para pilotar sozinha.

Talvez esteja transmitindo informações para a base, aguardando ordens...

Vejo uma antena na porta traseira do carro e mando o punhal transformá-la em uma chuva de flocos de metal.

Teo se ajoelha ao lado de Zura. Col entra no carro. Um momento depois, fagulhas voam das portas da cabine. Tchauzinho, inteligência artificial.

Teo está correndo de volta em minha direção, uma granada do cinto de Zura nas mãos.

— Mas pra que isso?

— Limusine! — ordena ele, girando a granada para a configuração mais lenta. — Desligue supressão de incêndio para verificação de segurança. Trave as portas, por favor.

— Sim, senhor — responde o carro.

Quando as portas começam a se fechar, Teo joga a granada lá dentro.

— O que você está...

— O carro sabe que estou no comando, que vim por vontade própria. E o ponto de encontro está no registro de localização. — Teo engole em seco. — Limusine, vá dar um passeio acima do mar. Siga para o meio do mar de Baja.

— Sem ninguém a bordo, senhor?

— Vá logo!

Teo e eu ficamos assistindo enquanto o veículo se ergue no ar. Quando o carro ultrapassa o limite da costa, o menino segura minha mão.

— Cinco, quatro, três...

A limusine dá um pinote no ar, jatos de chamas explodindo das janelas. O carro começa a girar, caindo como uma folha, deixando uma trilha de fumaça e fogo.

Mal ouço quando bate na água, por conta do som das ondas no penhasco.

— Tadinha da limusine — lamenta Teo, triste.

— Vamos! — grita Col.

Damos meia-volta e corremos.

Ele arrastou Zura para a parte de trás do carro. Ela está inconsciente, e a camuflagem do traje pisca em cores aleatórias.

— Ela está respirando? — pergunto, pulando no banco traseiro.

— A guarda de Paz só usa munição não letal — explica Col. — Mas dê uma olhada nos sinais vitais no pulso do traje!

— Todos verdes — avisa Teo. — Tem um kit de primeiros socorros aí, por acaso?

— Deixem ela dormir — digo. — É a forma mais segura de se recuperar de um choque.

Olho para Paz, tentando ver se alguém vem em nossa direção. Nada, por enquanto.

Col se arrasta para a cabine, onde os restos do módulo de IA ainda soltam fumaça. Ele começa a ligar e desligar vários interruptores, até as hélices começarem a girar.

— Melhor vocês se segurarem aí atrás — aconselha ele. — Não sei dirigir sem uma IA, e esse carro vai decolar que nem um coelho-dos-vulcões.

VOO

O carro dos guardas decola com um solavanco, me pressionando contra o assento.

Depois da viagem tranquila na limusine, é como estar de volta à prancha voadora. Fazemos uma curva fechada de embrulhar o estômago, seguindo para sul ao longo da costa.

— Meu radar não funciona! — grita Col.

— Ah, era isso, então? — Dou uma olhada para a antena quebrada na porta traseira. — Foi mal.

— Tem alguém nos seguindo? — pergunta Col.

— Ainda não — responde Teo, prendendo o cinto de segurança de Zura. — Desde quando você sabe dirigir um carro voador, Col?

— Eu estava praticando. — Ele baixa a voz um pouco. — Num simulador.

— *Num o quê?* — grita o irmão.

— Eu consigo decolar e voar sem problemas. Pousar é a parte mais complicada. Contanto que Zura acorde antes de o combustível acabar, vamos ficar bem.

O carro dá um solavanco para a esquerda, inclinando-se para o continente por longos segundos até Col voltar ao controle.

— A gente vai morrer! — berra Teo.

— Foi só o vento do oceano — retruca Col, de mau humor. Sua mão direita está pálida de apertar o câmbio com força.

Estendo o braço e toco de leve os músculos retesados de seu ombro.

— Você está indo muito bem.

— Isso é igualzinho ao simulador... — Ele me dá uma olhada rápida e sorri. — Só dá mais enjoo.

O carro pula mais uma vez, depois afunda por um terrível momento na direção dos penhascos. Col luta com o câmbio até estarmos nivelados de novo.

— Será que a gente pode desviar do vento do oceano? — pergunto.

— Tenho que seguir a costa. Não sei como me guiar sem ser assim.

— Então a gente nem sabe pra onde tá indo?! — grita Teo.

— A carticifra tem um mapa — lembro. — Vou te guiando.

— Certo — concorda Col, e gira o câmbio para a esquerda. — Obrigado.

Deixamos os penhascos da costa, depois seguimos pelas florestas tropicais e, por fim, atravessamos um deserto coberto de pontos de praga branca. O ar ao nosso redor se estabiliza.

Tiro a mão do braço de Col, respiro fundo.

Finalmente posso pensar no que fiz em Paz.

Mostrei meu rosto — o rosto de Rafi — para guardas em busca de sequestradores. E, logo antes de serem atacados, viram Teo surgindo de minha limusine. De modo algum isso não vai chegar aos feeds, mesmo em Shreve.

Eu disse a minha irmã que estou viva.

Hoje à noite, ela não vai dormir pensando que ficará sozinha para sempre. Ela vai saber que estou bem. Vai saber que vou atrás dela.

Meu pai também vai concluir que era eu, é claro. E que estou do lado dos Palafox. Mas por mim tudo bem.

Vou atrás dele também.

Os outros guardas de Paz não nos seguem.

Não posso culpá-los. Derrubamos três policiais usando um punhal pulsátil e um Especial — um ataque nível militar.

Talvez Paz também não queira derrubar um carro com a primeira filha de Shreve. Eles sabem o que aconteceu com a última cidade que deixou meu pai irritado.

Depois de uma hora voando, Teo reclama:

— Tô com saudades da limusine. Tinha comida e o café era bem melhor. E a gente podia assistir aos feeds quando ficava entediado.

— Você está *entediado*? — resmunga Col. Seu punho ainda está grudado ao câmbio.

Meus olhos estão colados na carticifra. Nosso pontinho azul brilhante segue para o sul, em direção ao ponto de encontro. A essa altura, o que sobrou do exército victoriano já deve estar lá nos esperando.

Em vez de fugirmos e sermos caçados, logo nós é que estaremos na caça.

— A vista é legal — diz Teo. — Mas eu preferia ver os feeds atacando o pai da Frey. Ele foi de criminoso de guerra a sequestrador e ladrão de carro!

— Paz não tem um exército de verdade — digo. — Meu pai não liga para eles. Mas essa é a primeira vez que Rafi fez parte de algo como um sequestro. Vai parecer que ele está transformando minha irmã em uma criminosa de guerra também. Isso vai pegar mal para ele em casa.

Col me dá uma olhada.

— Mas não vai pegar mal para ela também?

— Só a longo prazo. Mas pelo menos ela vai saber que estou viva.

O fundo do carro toca o topo das árvores da floresta tropical, e nos assustamos. A ideia é voar baixo e não chamar atenção. Carros da guarda não têm camuflagem.

Fico me perguntando se o exército de Shreve está procurando por nós. Meu pai sabe que sou um perigo para ele. Mas será que ele quer que os militares descubram seu segredo mais antigo?

Um gemido vem do banco traseiro.

— Zura! — diz Teo. — Que bom que você acordou.

Eu me viro e olho para ela. Está com a cabeça apoiada nas mãos, o lindo rosto pálido.

— O que houve?

— Canhão de choque — explico. — O carro a atingiu depois que você derrubou os guardas.

— Estou de saco cheio de carros com cérebro. — Ela olha pela janela para as árvores passando embaixo de nós. — A gente escapou, pelo visto.

— Não ficamos *totalmente* indefesos sem você, sabe — comenta Col.

— Imagino que não, senhor. — Um sorrisinho surge no rosto dela. — Qual a distância até o ponto de encontro?

— Oito horas, mais tempo de recarga. — Col se vira para olhar a Especial. — Você acha que, hum, consegue dirigir? Ainda não aprendi a pousar.

Zura inspira devagar.

— Sorte que acordei, então.

CRATERA

É início da noite quando finalmente nos aproximamos do ponto de encontro.

Estamos bem ao sul do continente, voando entre montanhas enevoadas. A cabine não pressurizada está gelada, e Zura distribui remédios contra enjoo.

Col e o irmão estão no banco de trás; eu, no carona, ao lado de Zura, entediada e com a bunda quadrada de ficar o dia todo sentada.

As nuvens se abrem, revelando uma imensa montanha à frente. O cume fica mais de mil metros acima de nós, o topo plano e salpicado de neve brilhante.

— A Montanha Branca — diz Zura.

Col se inclina para a frente.

— Você nunca viu um coelho-dos-vulcões... então te arrumei um vulcão.

— Obrigada. É... impressionante.

Quando nos aproximamos, o pôr do sol reflete no pico. Nunca vi neve assim tão ao sul. Nem uma montanha tão alta.

O carro começa a voar montanha acima.

— Espere, a gente vai *entrar* aí? — pergunto.

— Na caldeira, sim — diz Col. — É alto demais para drones de reconhecimento. Podemos usar a carticifra sem sermos rastreados, as laterais da cratera vão controlar a dispersão do sinal. E tem uma geleira de água fresca!

— É superfrio e difícil de chegar — bufa Teo. — Pode admitir que você só queria uma base secreta dentro de um vulcão.

— Desde pequeno — responde Col. — Mas dentro da caldeira é quente, e tem meio clique de comprimento. Dá para estacionar cem carros lá dentro!

— Vamos torcer para encontrarmos isso mesmo — comenta Zura.

Col se estica e segura minha mão. Seu olhar parece aguçado pela animação.

Então vejo uma névoa subindo do topo da caldeira, como uma panela de água prestes a ferver.

— Espere. É *quente* lá dentro? O vulcão está morto, né?

— Não está extinto — explica Col. — Mas não entra em erupção há noventa anos.

— Bem, isso me deixa mais tranquila.

Chegamos à beirada da caldeira, e uma cratera imensa se abre abaixo de nós. Nuvens de vapor escondem tudo lá dentro. Os penhascos internos são de pedra, quentes demais para acumular neve.

O ar ascendente nos atinge conforme descemos, e o carro balança. Vejo sinais de um acampamento em meio à névoa — carros voadores, barracas, painéis solares em um planalto. Soldados correm para entrar em formação quando nos aproximamos.

Col tem mesmo um exército.

Ver seus rostos nos observando me faz sentir como se alguém pressionasse meu peito. Logo todos nesse exército vão saber meu segredo.

— Frey — chama Zura gentilmente. — Talvez seja melhor usar isso aí.

Ela indica o compartimento em frente a meu assento. Está cheio de equipamentos de guarda — algemas, sinalizadores, um kit de primeiros socorros... e uma máscara para resgates em incêndios. Ela só cobre minha boca e queixo, mas será o suficiente para o exército de Col não ficar me encarando desde o momento que pousarmos.

— Obrigada.

Ela dá de ombros.

— Não quero levar um tiro por andar com uma sequestradora por aí.

É verdade: meu encontro com os guardas de Paz provavelmente foi noticiado por todos os feeds. O mundo pensa que Rafi sequestrou o segundo filho dos Palafox.

Ótimo.

Configuro meu traje para as cores do exército victoriano, só para deixar claro de que lado estou.

Nos ventos turbulentos da caldeira, a aterrissagem é difícil, os freios de pouso raspam a rocha. A névoa ferve nas hélices, e sinto o calor do vulcão mesmo dentro do carro.

Mas não é por isso que estou suando.

Um esquadrão de soldados em uniformes victorianos se aproxima, os rifles apontados. Parecem mais confusos que hostis; talvez porque estejamos em um carro de guarda de uma cidade a dois mil cliques de distância.

Mas, quando Col surge da porta traseira, todos comemoram.

— Senhor! — Um soldado se aproxima, fazendo uma saudação. Mal parece mais velho que Col. — Que bom ver o senhor!

— Igualmente. — Col lhe dá um tapa no ombro.

Os gritos de comemoração redobram quando Teo sai do carro também.

Enquanto estão distraídos, desço para o chão, o rosto escondido pela máscara. Mais soldados se aproximam, uns trinta, talvez.

Alguns me olham com curiosidade, mas a maioria se reúne em torno dos irmãos Palafox.

Então uma oficial olha direto para mim.

— Você é ela, não é? — pergunta.

— Hum... — É uma pergunta difícil de responder, quando metade do tempo nem sei quem sou. — Depende?

Ela assente devagar.

— Operações Secretas, entendo. Mas, só para você saber, ouvimos alguns boatos por aqui. Sobre uma de nossas unidades. Eles responderam a um sinal de emergência no primeiro dia da guerra.

Faço uma careta de confusão.

— Um sinal?

— Acontece que era um carro de Shreve caído. O estranho era que tinha dois soldados amarrados lá dentro.

— Também ouvi essa — diz outro soldado, se aproximando de mim. — Havia guardas hostis se aproximando, então tiveram que fugir. Mas pegaram os dois soldados amarrados para transportar para uma cidade neutra. É aí que o negócio fica estranho. No caminho todo, os dois prisioneiros não paravam de falar de quem derrubou o carro deles. Alguém com um punhal, que era igualzinha... Bem, igualzinha a *você*, dona.

— E a história do que aconteceu em Paz hoje — continua a primeira. — Teo sendo sequestrado por uma certa primeira filha. Mas cá está ele, totalmente em segurança, com você.

Ela sorri para mim, estende a mão e aperta a minha.

— Então, seja lá o que você esteja fazendo, obrigada por isso.

O outro soldado pisca para mim.

— Fazer aquela avoada parecer uma sequestradora? Fenomenal!

Outros ouviram, e as pessoas começam a prestar atenção em mim. Noto que Col está de olho.

Esperando que eu diga alguma coisa.

Essa é minha chance de resolver isso, afinal. Eu agarro a máscara e a arranco de uma só vez.

Os olhos dos soldados se arregalam, e um solta um assobio baixo.

— Cuspida e escarrada — diz.

Outros me circundam, e ouço a história ser repetida; o carro, Teo, minha irmã. Esse pequeno exército passou a maior parte do dia aqui, sem nada para fazer a não ser trocar histórias de batalha. Agora já devem ter ouvido todas as versões dessa fábula épica.

Col sobe no trem de pouso do carro e balança os braços, pedindo silêncio.

— Pessoal! Para vocês saberem, essa é Frey. Ela pode parecer uma deles, mas está do nosso lado. Ela salvou minha vida!

Todos os olhos se voltam para mim, e por um momento é como sair no sol de meio-dia. Tenho certeza de que podem ver todos os meus segredos, tudo que já pensei ou senti.

É claro que esses soldados não têm ideia de quem realmente sou. Devem achar que sou alguma espiã cirurgicamente alterada para parecer Rafi. Todos precisam de uma boa história sobre como venceram, e é isso que vou dar a eles.

Então a coisa mais estranha acontece... eles começam a aplaudir.

Tive uma vida inteira de aplausos. Pessoas batiam palmas para meu pai enquanto eu me posicionava obedientemente ao seu lado no palco. Para Rafi, quando eu fazia seus discursos frente audiências de aleatórios.

Mas esses são para mim, Frey.

De repente dezenas de pessoas sabem meu nome. E, de alguma forma, toda a atenção não parece um punhal pulsátil me desfazendo em pó.

Permaneço ali, firme e real.

Visível.

Deve haver uma parte de mim que sempre desejou isso. Porque agora quero que todos saibam meu nome, minha história. Finalmente não tenho medo de que possam desaparecer amanhã se souberem demais.

Porque eles são um exército, não um tutor sem sorte.

Col desce do carro e me puxa para um abraço.

— Obrigada pela apresentação — sussurro.

— Não queria que ninguém arrumasse problemas. — Ele se afasta, dá de ombros. — E eles precisam de um herói agora.

Essa palavra me faz cair na gargalhada. Só poder dizer meu nome é o bastante.

— Que charme. Você vai ser um bom líder, Col.

— Preciso ser. — Seu sorriso permanece firme no rosto. — Acabei de falar com o oficial no comando aqui. Três veículos de carga, dois carros e seis naves de ataque leve.

Fico encarando-o.

— Só?

Ele assente.

— Onze carros. Contando comigo, com você e com meu irmão, o exército de Victoria tem 67 pessoas.

ALTO COMANDO

— A boa notícia é que temos uma geleira — diz o Dr. Leyva. — Pelas minhas contas, temos água pelos próximos três milhões de anos.

Uma risada tristonha corre a mesa.

O Alto Comando Victoriano está reunido em uma barraca quente e úmida do tamanho do closet de minha irmã. A mesa é a plataforma de salto que pegamos emprestada de um dos veículos. Cabemos nós sete, mas não temos o que colocar nela a não ser um projetor de tela e uma cafeteira.

Chegamos à Montanha Branca há dois dias, mas ainda estamos tentando imaginar como lutar contra meu pai com um exército tão reduzido.

— Comida é outra história — continua Leyva. — Temos rações para seis dias, se racionarmos. O que *algumas pessoas* prefeririam não fazer.

Ele indica a própria barriga, nos fazendo sorrir.

Todo mundo aqui adora o Dr. Leyva. Ele era um grande cientista em Victoria, e o apresentador de um feed sobre ciência e comida que a cidade inteira acompanhava. Ele não era militar, mas, nas horas de caos do início da guerra, pegou seu kit de primeiros socorros, chamou uma unidade victoriana e veio até aqui pronto para servir sua cidade.

Col compartilha um olhar infeliz com o irmão menor. Teo foi contra essa história de vulcão desde o início.

— Uma das cidades neutras vai nos ajudar — diz Col. — Seis dias é o bastante para pensarmos em alguma coisa.

— Também é tempo suficiente para a poeira tomar nossa cidade — argumenta o Dr. Leyva. — Os cidadãos já a notaram no ar. O que significa que estão começando a tomar cuidado com o que dizem, o que leem, até com o que pensam. Uma mudança vai se abater sobre nossos cidadãos.

— O que podemos fazer para impedir isso? — pergunta Col.

Leyva dá de ombros.

— Me dê um cômodo e eu consigo tirar a poeira espiã dele por uma hora ou algo assim. Mas uma vez que está no ar, a poeira se multiplica. Volta, como mofo.

— Não podemos defender cada centímetro de ar em Victoria — argumenta Zura. — Somos um exército de guerrilha, temos que *atacar*. Sabotar a grade de energia de Shreve. Acertar as fábricas, tornar esta guerra tão complicada que não valha a pena nos ocupar.

Zura está na reunião como comandante da Guarda da Casa. Todos os outros soldados da Guarda foram mortos ou capturados, ou estão desaparecidos. Ela está de mau humor desde que foi promovida.

Mas está errada em relação a meu pai.

— Shreve não usa tanta energia assim — diz o Dr. Leyva. — Os prédios não são flutuantes. E as fábricas ficam no subterrâneo, nem uma pistola de plasma vai conseguir atravessar quinhentos metros de terra.

— Vamos atingir os transportes, então — sugere Zura.

— O comércio já está sob embargo, e os cidadãos não podem viajar sem permissão. — O Dr. Leyva se reclina, sorrindo sozinho. — É quase como se Shreve estivesse esperando uma guerra como esta.

— Tem *alguma coisa* que a gente possa fazer para atingi-los? — questiona Zura.

Outras sugestões são dadas, e olho para Col. Ele balança a cabeça, me encorajando a falar. Mas é difícil fazer isso na frente de pessoas que sabem meu nome verdadeiro. Parte de mim sempre precisa fingir que estou fazendo um discurso por Rafi.

Por fim, a conversa diminui um pouco.

— Sabotagem não vai funcionar — digo. — Não há sofrimento que encoraje meu pai a abrir mão de uma conquista.

A mesa fica em silêncio por um momento. Ouvir as palavras *meu pai* saírem de meus lábios ainda deixa todos nervosos. Só as pessoas deste grupo sabem quem realmente sou no exército desconjuntado de Victoria.

— E os cidadãos de Shreve? — pergunta o major Sarcos. — Eles não têm fraquezas?

— Claro que têm — respondo. — Mas, se estiverem fracos, como vão lutar contra meu pai?

Sarcos não responde. Ele foi o oficial de maior patente a chegar à Montanha Branca. Mas parece cauteloso e incerto demais para comandar um exército.

— Não vamos prejudicá-los à força — argumento.

— Exatamente. — Vem uma voz do fim da mesa, e sinto meu estômago se revirar de leve.

É Artura Vigil, a líder da equipe de psicologia de guerra dos Palafox. Foi ela que recomendou me fazerem de refém, que analisou Rafi e eu a distância, que me escaneou enquanto eu dormia.

Ela é uma versão crescida de Srin.

— Temos que cortar o apoio de seu pai pela base — continua ela. — Provar ao povo que ele é um monstro.

— As pessoas já sabem disso! — exclama Teo. — Ele matou minha mãe e minha avó! Todo mundo acha que ele criou a própria filha para sequestrar os outros... e ninguém se importa!

— As pessoas se importam com Rafia — sugiro.

A mesa fica em silêncio. Tenho sua atenção de novo.

Mas então Vigil volta a falar:

— Isso significa que vão se importar com você também, Frey. Então temos que contar sua história. Mostrar as fraturas em seu corpo. Deixá-la explicar como foi crescer vendo sua irmã...

— Já discutimos isso — interrompe Col. — Danos à reputação não ganham uma guerra.

Vigil encara Col, sem entender.

— Só podemos fazer essa revelação uma vez — explico. — E se não funcionar? E se o mundo todo ouvir minha história trágica e no dia seguinte meu pai ainda estiver no poder?

Ninguém sabe como responder.

Isso tudo era bem mais fácil quando tudo que eu queria era machucá-lo. Era fazê-lo me ver uma vez. Era mostrar a ele que eu existia além de seus planos.

Mas machucar meu pai não é mais o bastante. Temos uma cidade para salvar.

Tenho que destruí-lo.

— Bem, vocês sabem o que eu acho — diz Zura.

Col assente, demonstrando que a ouviu, mas não responde.

Zura quer matar meu pai.

O problema é que ele não apareceu em público desde o começo da guerra. A casa, que já era uma fortaleza, agora está sob a proteção da elite militar de Shreve.

Podemos derrubar o prédio inteiro, imagino. Chegar perto e atingi-lo com cem pistolas de plasma de uma só vez.

Mas minha irmã também está lá.

Se houvesse uma maneira de separá-los...

— Rafi é a chave para isso — pondero. — Ela pode mudar as coisas.

Teo suspira.

— Mas ela não manda em nada.

— Ainda não. — Essa ideia tem se delineado em meus pensamentos desde que chegamos aqui. — Mas ela sempre foi mais popular que meu pai. Se Shreve pudesse escolher, escolheriam *ela*. É diferente de pedir que se entreguem a Victoria.

O Dr. Leyva dá uma risada sombria.

— Infelizmente, Shreve não terá uma eleição tão cedo.

— Não uma eleição. — Levo alguns segundos para completar. — Um golpe.

Um carro decola do lado de fora da tenda, saindo para verificar as redondezas. O tecido da barraca balança, e por um momento é impossível ouvir com o barulho.

Mas isso dá tempo para minhas palavras serem absorvidas — estou sugerindo incitar uma revolta contra meu pai. Um fim definitivo de seu período no poder. Os outros parecem confusos, mas para mim é como se o céu estivesse se abrindo depois da tempestade.

Essa é a única maneira de ganhar de verdade. De ficarmos em segurança.

De consertar minha irmã.

Quando o som do carro diminui, continuo:

— Rafi odeia meu pai tanto quanto vocês. Desde que ele disparou um míssil em mim, ainda mais.

— Você disse isso na limusine — lembra Teo. — Mas isso significa que ela quer substituí-lo?

Ouço a promessa que Rafi me fez na noite antes de minha partida.

Quando eu estiver no comando, você não vai ter que se esconder.

Na época, achei que ela estava falando de quando meu pai morresse de velhice, mas Rafi nunca foi conhecida pela paciência.

— Mesmo antes do início da guerra, ela já planejava tomar o poder.

— Querer derrubá-lo é uma coisa — diz Zura. — Mas fazer acontecer é outra bem diferente.

Penso no dia da tentativa de assassinato. Quando Rafi quis manter a cicatriz, e o Dr. Orteg ficou quieto. Porque, se ela usasse muito seu ferimento, sua popularidade poderia exceder a de nosso pai de uma forma... perigosa.

— Podem acreditar — digo. — É isso que ele sempre temeu.

Zura balança a cabeça.

— Ele tem o melhor exército do mundo. Por que teria medo de uma menina de 16 anos?

— Ele tem medo de tudo — respondo. — Foi por isso que ele me fez.

Ninguém sabe como responder a isso. Mas para mim tudo está cada vez mais claro, inclusive a citação do guerreiro Sun Tzu.

— "Quando o inimigo tentar descansar, faça-o trabalhar. Quando quiser comer, deixe-o com fome. Quando estiver parado, faça-o se mover" — recito. — Vamos fazer seu exército sangrar em batalha, e nos certificar de que o embargo leve a fome a Shreve. E, quando eles realmente começarem a sofrer, Rafi vai prometer acabar com tudo isso. O exército de nosso pai jamais se entregará a Victoria, mas talvez abram mão do controle para *ela*.

Todos me olham, sem acreditar que minha irmã consiga fazer isso.

É Artura Vigil que quebra o silêncio:

— Mas Rafia não apareceu em público desde que a guerra começou. De jeito algum vamos conseguir afastá-la de seu pai. Ela não pode declarar um golpe de dentro da própria casa!

E é então que me dou conta...

— Ela não precisa declarar a revolta ela mesma. — Abro meu melhor sorriso de Rafi. — É para isso que estou aqui.

PARTE III

COUP D'ÉTAT

É duas vezes mais prazeroso enganar o enganador.

— Jean de La Fontaine

SABOTAGEM

Três semanas depois, uma estação de energia se estende a nossa frente, um milhão de minúsculos refletores espelhando o céu noturno.

Estou com Zura, as duas voltando de quatro para onde o restante da equipe está, carregando um painel solar roubado. É maior e mais bruto que os que Teo leva, mais ou menos do tamanho e do peso de um coturno. Quando o peguei, o painel se enrolou em uma carapaça de cerâmica, o que não seria nem de longe o suficiente para sobreviver a uma bomba.

Por sorte, bombas não são o que temos planejado.

Col e o Dr. Leyva estão nos esperando no escuro, invisíveis nos trajes de tocaia.

— Parece fácil — comenta o médico, tirando o painel de minhas mãos.

Ele pega um bisturi do equipamento e começa a desmontar o painel, conectando-o a sua tela portátil, que se ilumina com vários esquemas e linhas de código.

— Eu tinha razão: essas coisinhas passam atualizações de sistema umas para as outras, como boatos. — Leyva sorri, sem parar de mexer no equipamento.

— Quanto tempo vai levar? — pergunta Col, observando a cidade.

Shreve se estende no horizonte, a silhueta dos prédios pontilhada por carros voadores fazendo patrulha. A menos de vinte quilômetros, consigo enxergar a torre de meu pai nos arredores da cidade. É mais alta que a floresta, com uma coroa de veículos protegendo-a sob o luar.

Observá-la me deixa nervosa, como se fosse uma cobra vista de relance.

— Um bom Cavalo de Troia é como um ragu — explica o Dr. Leyva. — Não se pode apressá-lo.

Col abaixa os binóculos de campo e suspira.

— É por isso que ninguém *cozinha* suas receitas, doutor. São complicadas demais.

— Realmente — concorda Leyva. — As pessoas só assistiam por conta de minha beleza e meu charme.

Zura tira a máscara do traje para lhe fazer uma careta. Ela quer que a missão seja rápida. Mais acima na montanha, outros dois Especiais esperam, invisíveis nos trajes de tocaia.

Com os números do exército victoriano tão reduzidos, os soldados de Col têm aceitado que o herdeiro dos Palafox lute ao seu lado. Mas essa missão nos trouxe mais próximo da cidade de meu pai do que já nos arriscamos a chegar antes, e todos estão nervosos.

Na noite passada, quando estávamos a caminho, nosso carro voador foi atingido por uma chuva de dardos disparados por uma unidade de solo camuflada. O som foi de trovões e granito. Ninguém se machucou, mas foi um lembrete de que guerras podem ser mortais mesmo sem aviso.

Eu paro ao lado de Col.

— É a primeira vez que você vê Shreve?

Ele abaixa os binóculos, ainda observando a cidade.

— É. Não parece tão horrível quanto eu imaginava. Mas não dá para ver a poeira espiã, acho.

— Só quando o sol está se pondo. O horizonte fica todo marrom e vermelho. Como nos feeds de história, como o céu ficou depois das últimas guerras dos Enferrujados.

Col tem um calafrio.

— Será que os pores do sol de Victoria já estão diferentes?

— Ainda não — respondo. — Ainda temos tempo.

Ele olha para mim.

— É estranho estar tão perto de casa?

Levo um momento para responder. Fui eu que pedi para nossa equipe vir nessa missão, para ter uma chance de estar perto de Shreve de novo.

Não, não da cidade... Rafi.

Sinto sua falta cada dia mais. E agora que estou tão perto, me dói pensar em minha irmã.

Ela ainda não apareceu em público. Devia estar visitando as tropas ou dando discursos na Victoria ocupada. Mas não foi vista, nem para negar que roubou o carro em Paz.

Isso significa que ela não está cooperando com meu pai. Os dois devem ter declarado guerra dentro daquela torre.

Col ainda espera minha resposta.

— Não sinto falta de Shreve — confesso. — Eu mal passeava pela cidade. E não é como se eu tivesse amigos.

Ele segura minha mão, parecendo triste por mim. Ele tinha uma casa de verdade, é claro, mesmo que tenha sido destruída. E ainda tem uma cidade inteira que ele ama e retorna esse amor.

Ele pode ter perdido a mãe, mas eu já nasci órfã.

— Eu só quero minha irmã.

Quando Rafi estiver em segurança, pouco me importa que a cidade de meu pai queime.

Estamos atacando Shreve com força nas últimas semanas. Quando vão coletar metal das ruínas conquistadas, atacamos os transportes. Quando tentam ocupar Victoria, derrubamos os veículos com as pistolas de plasma. Isso permite que os cidadãos lutem contra a poeira espiã, limpando casa por casa com nanos desenvolvidos por cientistas de cidades neutras.

Nada disso vai derrubar meu pai, é claro. Mas tudo somado vai enfraquecê-lo para o dia em que a própria filha se declarar a nova líder de Shreve.

Meu último discurso usando a voz de Rafi.

Leyva solta um resmungo baixo em comemoração.

— Isso!

Ele desliga a tela do painel solar e procura algo entre suas ferramentas.

— Quanto tempo para terminar? — pergunta Col. — Ou isso também vai ser um ragu?

— Está mais para ovo cozido: qualquer coisa além de três minutos é trabalho de idiota. — As ferramentas do Dr. Leyva se movem rapidamente enquanto ele fala, os sussurros do metal se dissolvendo no vento noturno.

Agora que estamos quase indo embora, os segundos parecem se arrastar. Só quero dar o fora. Sair da visão daquela torre sinistra.

— Pronto. — O Dr. Leyva deixa o painel solar na grama, e ele vai se arrastando de volta para o restante da colônia. — Todos estarão infectados pela manhã.

Col observa com uma expressão de sombria satisfação.

— Senhor — chama Zura. — Se estiver pronto.

— Ela está dizendo pra gente *ir embora*. — Eu seguro seu braço e o puxo morro acima. Nosso carro está estacionado do outro lado. A camuflagem danificada não vai escondê-lo depois que o sol sair.

Encontramos os outros dois Especiais no topo do morro. Estão carregando pistolas de plasma, as expressões cansadas e sérias que todos os soldados victorianos exibem quando Col está em uma missão com eles.

— Uma pena que a gente não possa ficar para assistir — comenta o Dr. Leyva, enquanto descemos para o carro. — Tantos painéis solares entrando em Shreve e causando confusão!

Dou uma risada.

— Estamos em uma guerra, doutor. Melhor discrição que espetáculo.

— Toda guerra é um espetáculo.

Este carro é maior que o que perdemos para as minas saltadoras. Cabem seis pessoas, tem uma blindagem mais pesada, assim como armamentos, e baterias maiores; apenas o melhor para o herdeiro de Victoria. A parte de baixo está marcada com as cicatrizes dos dardos de ontem. Mas nada o atravessou.

Sento no banco traseiro entre Col e o Dr. Leyva. Os três Especiais vão na frente.

As portas se fecham ao nosso redor, o veículo vibrando quando as hélices começam a girar.

Algo me parece esquisito.

Dou uma olhada para Col, que está colocando o cinto de segurança. Ele para, franzindo a testa, como se também ouvisse aquilo.

Quando decolamos, o carro se inclina para o lado. Zura começa a xingar e acionar interruptores variados.

O peso do Dr. Leyva o faz cair em cima de mim, nós dois esmagando Col. O carro está escorregando pelo morro, nosso trem de pouso raspando pedra e grama.

Estamos caindo.

GIROSCÓPIO

O trem de pouso fica preso, e começamos a capotar.

De repente estou de cabeça para baixo, o cinto cortando meus ombros. Col escorrega pela parede até o teto — não conseguiu se prender. Ele bate no teto do carro com um estrondo, erguendo os braços bem a tempo de proteger a cabeça.

Eu o agarro. O carro ainda está rolando, e segundos depois estamos de pé novamente, mas logo rodopiamos mais uma vez. O mundo gira ao meu redor, e Col e eu ficamos abraçados.

Meu estômago está revirado. O cabelo tapa meus olhos. Uma garrafa d'água solta quica pela cabine com o kit de ferramentas do Dr. Leyva.

Caímos no trem de pouso de novo e começamos a escorregar, e o peso de Col me pressiona. Estamos agarrados, como duas criancinhas aterrorizadas.

O carro ainda está descendo o morro. As hélices retinem e Zura berra, tentando desligá-las.

O trem de pouso fica preso na rocha de novo, e o carro capota mais uma vez. Agora Col e eu estamos preparados, e ele fica em meus braços.

As hélices finalmente param. Quando o zumbido morre, o carro estaca em um trecho de terra plana.

O único problema é que estamos de cabeça para baixo...
A vinte quilômetros da casa de meu pai.

— Foi o giroscópio — avisa Zura.

Ela e o Dr. Leyva estão ajoelhados na barriga virada do carro voador, examinando suas entranhas.

O restante de nós está no chão, de pé nas valas criadas pelo carro. Col tem um lenço curativo enfiado no nariz, a fim de estancar o sangramento. Meu olho esquerdo está ficando roxo onde levei uma cotovelada, e tenho a desconfortável sensação de que nunca mais vou conseguir sair da cidade de meu pai.

Os outros estão bem. Até o carro parece basicamente intacto; com a exceção de seu delicado e crucial senso de equilíbrio.

— Não vi isso noite passada — reclama o Dr. Leyva. — Um daqueles dardos se alojou na caixa do giroscópio.

— Mas a gente veio até aqui sem problema algum — comenta Col.

Leyva assente.

— O dardo não acertou direto, mas a cada clique viajado, o dardo ia se alojando, vibrando, tirando o prumo do giroscópio.

— Isso é culpa minha — admite Zura. — Eu senti que os controles estavam estranhos.

— Foi só azar — diz Col, mas ela não responde. Ainda está irritada por ter decolado antes que o herdeiro Palafox estivesse com o cinto de segurança afivelado.

Leyva desce da barriga do carro para a grama.

— Nossa sorte é que temos um giroscópio extra. Este é o único carro da frota que tem um.

Abro um sorriso para Col.

— É bom ser o herdeiro.

— Precisamos de um aliado com fábricas — resmunga ele.

Esse é o principal problema de nosso exército — depois de longas semanas na natureza, nossos equipamentos precisam de manutenção. Nosso buraco na parede pode imprimir roupas e algumas ferramentas, mas não equipamento militar de verdade.

É por isso que os rebeldes não usam carros voadores. A natureza não facilita a vida de máquinas muito complexas.

— Posso instalar o giroscópio novo — avisa Zura. — Mas vou levar algumas horas.

— Quer dizer que vamos ter que ficar aqui até depois do nascer do sol — diz o Dr. Leyva.

Ela concorda.

— Não podemos deixar a sabotagem seguir adiante, se não eles vão começar a procurar quem plantou o código. Você vai ter que guardar sua receita para outro dia, doutor.

Leyva dá um suspiro, depois pega suas ferramentas e a tela portátil.

— Estava bom demais para ser verdade. Vamos, Frey.

O Dr. Leyva e eu subimos o morro de novo, depois descemos com cuidado até nos aproximarmos da colônia solar.

O céu já está mudando de cor, as estrelas no leste desaparecendo no azul-escuro. Ao longe, Shreve começa a despertar. O cinturão industrial está cheio de drones e caminhões automáticos.

Paramos a trinta metros dos painéis mais próximos.

— Espere aqui. Volto com um painel em um minuto.

— É tarde demais.

Eu encaro o doutor.

— Como assim?

— Levaria horas para um novo código se espalhar pela colônia inteira. Quando o sol nascer, meu programa de sabotagem vai ser ativado. Shreve vai perceber que há algo errado, não importa o que fizermos.

Olho para ele sem acreditar.

— Por que não contou isso a Zura?

— Não queria que ela se apressasse consertando o giroscópio como se apressou para decolar. Já estive em uma batida hoje. — Ele segura meu ombro. — E nós vamos ser mais úteis aqui. Temos uma arma para quando Shreve vier procurar quem mexeu na estação de energia.

Ele indica os inúmeros painéis, os reflexos ondulando em busca do sol enquanto a aurora se espalha pelo céu.

Balanço a cabeça.

— Você vai lutar contra meio exército de Shreve com uns painéis solares?

— Não, com o objeto mais poderoso do sistema solar. Posso pegar sua pistola de plasma emprestada?

Eu suspiro e entrego a arma.

— Você está sendo misterioso para efeito dramático, doutor?

— Você é esperta o bastante para entender.

Ele tira a bateria de hidrogênio da câmara da pistola. Fico parada, observando-o trabalhar.

Deveria avisar Zura sobre o que está acontecendo, mas estamos perto demais da cidade para arriscar uma mensagem. Eu poderia voltar para o outro lado do morro, mas não quero deixar Leyva sozinho. E talvez ele tenha razão... um conserto apressado pode só piorar as coisas.

Não há nada a fazer além de esperar e tentar entender o que o Dr. Leyva está tentando fazer.

Quando o sol aparece, a colônia de painéis solares começa a se mexer.

Em vez de buscar a luz, eles estão se afastando, sumindo nos subúrbios de Shreve. O plano de Leyva era fazê-los atacar a infraestrutura da cidade — entupir ralos, atrapalhar drones de entrega, cobrir as marcas nas estradas que guiam os caminhões automáticos.

Também tinha alguma coisa sobre fogo. Deve ser nisso que ele está pensando agora. Tenho quase certeza de que o objeto mais poderoso de nosso sistema solar é o sol. Mas não sei bem por que ele precisa desmontar minha pistola.

Enquanto o Dr. Leyva trabalha, fico andando de um lado para outro. A torre de meu pai está perto demais para que eu possa relaxar. Mal consigo me impedir de encará-la.

Imagino meu pai ali dentro, planejando seus próximos movimentos contra nós. Será que ainda está zangado por eu ter me voltado contra ele?

Ou será que, agora que já servi meu propósito, ele nem se importa mais?

Algumas horas depois de o sol nascer, alguém em Shreve percebe o comportamento estranho da colônia solar. Um carro voador se afasta do bando que sobrevoa a cidade e vem em nossa direção.

— Estamos prontos? — pergunto.

— Talvez. — O Dr. Leyva me passa sua engenhoca improvisada. Parece um projeto de ciências de uma criança maluca: a lanterna a laser de seu kit de ferramentas presa ao que sobrou da pistola a plasma. — Já adivinhou?

Olho para a horda de painéis solares. Estão configurados para reflexão máxima, brilhando como espelhos no sol.

Centenas de milhares de espelhos.

— Arquimedes — respondo.

— Ah. — O doutor parece impressionado.

— É uma lenda, sobre um inventor antigo. Ele queimou navios com espelhos, como um laser pré-Enferrujado. Meu tutor de estratégia militar me ensinou essa história quando eu tinha dez anos.

Quando contei a Rafi, passamos o dia incinerando formigas.

Ergo minha pistola de plasma adulterada.

— Então isso é um indicador de alvo?

— Exatamente — responde Leyva. — O código de sabotagem contém uma função de bando. Acenda algo com isso, e todos os painéis vão se concentrar ali. Mas não atire até ser necessário. Não sei quantos tiros teremos até queimar tudo.

Suspiro, verificando meu traje de tocaia.

No céu, o veículo que veio investigar parou diretamente acima da colônia de painéis. Ele fica ali parado por um momento, indo de um lado para outro, como um drone de vigilância.

A equipe provavelmente acha que é um defeito, não um ataque. Talvez enviem outra equipe em um carro terrestre para investigar. Isso pode nos dar mais uma hora até Zura terminar o conserto.

O carro se ergue no ar, e por um momento penso que vai voltar para a cidade. Mas, então, ele começa a voar em círculos devagar, passando pelas bordas da colônia solar.

Procurando.

Imóveis em nossos trajes, Leyva e eu estamos invisíveis. Mas, do outro lado do morro, nosso carro voador está de ponta-cabeça, a camuflagem danificada pelos dardos e pela queda.

Percebo o exato momento que o veículo de Shreve vê nosso carro. Ele desce um pouco no céu, dando uma olhada mais atenta. Então o grito das hélices muda.

Ele faz uma curva fechada...

... e um anel de plasma surge de trás do morro. Duas hélices são vaporizadas, o carro gira sem controle em direção ao chão.

Ele bate do nosso lado do morro e começa a capotar em uma bola de chamas.

Vindo direto para nós.

PODER SOLAR

O Dr. Leyva está observando, hipnotizado.

— Corra! — Eu agarro seu braço e o puxo para longe do caminho do carro.

O veículo está rodando cada vez mais rápido, cuspindo partes metálicas incendiadas. As hélices restantes ainda giram, fazendo o carro dar voltas de um lado para outro, como uma roda em chamas.

O Dr. Leyva tropeça, deixando as ferramentas caírem.

— Deixe pra lá! — grito.

— Bem, é claro. — Ele se ergue. — Espere, Frey. Não vai nos atingir.

Eu me viro a tempo de ver o carro passar a toda, deixando um rastro de grama queimada atrás de si.

O Dr. Leyva parece animadíssimo.

— O transcendente espetáculo de objetos em movimento calamitoso — murmura ele. — A guerra é feita de belas colisões.

— Isso foi *mesmo* bem borbulhante — admito.

O carro vai girando até perder força no solo plano, rodando em espirais cada vez mais lentas, como uma moeda caída.

Leyva ergue os olhos.

— Mas não se compara ao que vem a seguir.

Meia dúzia de carros voadores vem de Shreve em nossa direção. Não são veículos de ronda comuns — são carros blindados de ataque, mais pesados que qualquer coisa de nossa frota.

Eu assobio baixinho.

— Uns *espelhinhos* vão derrubar isso aí?

— Veremos. — Ele sorri. — Mire como se fosse uma arma comum.

Dou mais uma olhada na engenhoca. A lanterna de laser recebeu uma lente nova. Reconheço o mecanismo de gatilho duplo da pistola de plasma, da qual a bateria e outras partes misteriosas foram retiradas.

Quando puxo o gatilho primário, ouço um zumbido familiar.

— Quantos tiros?

Leyva dá de ombros.

— Um ou dois... talvez zero? Só continue apertando o gatilho até parar de funcionar.

Olho para ele com uma expressão cansada, miro o aparelho no centro do esquadrão que se aproxima, e atiro.

A lanterna de laser se acende em minhas mãos, quente e zumbindo.

Um ponto brilhante aparece em um dos carros voadores distantes, um ponto de luz cor de rubi. Meu alvo está se movendo, e no início é difícil acompanhá-lo.

Mas conforme mantenho o alvo fixo, o carro vai ficando cada vez mais iluminado. Milhares de luzinhas se juntam à minha, depois dezenas de milhares, até meu alvo estar brilhando como o sol.

O veículo não explode em chamas, porque a blindagem de metalforte não pega fogo. Mas os seis motores já estão girando mil vezes por segundo. Não é preciso muito para fazê-los superaquecer.

Uma coluna de fumaça surge, depois outra, girando em torno do carro voador. Ele corcoveia no céu, girando em direção ao chão como uma folha.

— Uau! — exclamo. — Funciona mesmo.

— Energia solar — diz o Dr. Leyva em um tom reverente.

Mudo a mira a laser para outro carro do esquadrão, e segundos depois os motores desse também estão soltando fumaça.

A horda de espelhos parece ter vida própria. Quando um carro cai, o foco coletivo se transfere para o próximo ponto mais brilhante no céu. Um a um, os carros do esquadrão se transformam em potinhos de fumaça e chamas.

Solto o gatilho. A invenção do Dr. Leyva está quente em minhas mãos, e um cheiro de plástico queimado atinge meu nariz. A lente parece queimada no centro.

— Belo trabalho, doutor, mas acho que sua arma já deu.

— Então é melhor voltarmos para nosso carro.

A gente dá meia-volta e começa a correr.

No topo do morro, Leyva para, sem fôlego. Eu me viro e olho de volta para Shreve.

Mais veículos se uniram em esquadrões de ataque, mas não estão vindo em nossa direção. Eles pararam no extremo da cidade, flutuando no mesmo lugar.

— Estão com medo — diz Leyva, sem fôlego.

É claro. Acabaram de ver seus painéis derrubarem seis carros, e Shreve é circundada por estações solares. Os soldados devem achar que todos os painéis estão infectados.

Até conseguirem entender o que aconteceu, estão presos na cidade.

Olho para o outro lado do morro.

Nosso carro ainda está de cabeça para baixo, mas as hélices estão girando. Col e os dois Especiais estão esperando a uma distância segura. Zura deve estar nos controles, se arriscando sozinha.

Seu conserto realmente terminou? Ou simplesmente não temos outra escolha?

O carro se ergue devagar, os motores rugindo. Ele sobe até estar mais ou menos na nossa altura, oscilando, incerto.

— Agora é a parte difícil — murmura Leyva.

Em um movimento, duas das quatro hélices giram nas molduras. O carro vira de cabeça para cima, depois de novo para baixo, e mais uma vez para cima. Por um momento parece que vai continuar girando sem parar...

Mas aí ele se estabiliza no ar, as quatro hélices apontando para baixo, finalmente.

Solto um suspiro, exausta.

— Ela conseguiu.

— Frey — chama Leyva baixinho. — A casa de seu pai.

Eu me viro para olhar a cidade.

Os esquadrões que ameaçaram nos perseguir se afastaram da colônia solar. Em vez de voltar para suas estações ao redor da cidade, a maior parte da frota de Shreve está agora voando em um círculo ao redor da torre de meu pai.

Estão protegendo-o, deixando o restante da cidade aberto ao ataque.

— É claro — digo. — Eles acham que isso foi só uma distração.

— Não estão totalmente incorretos — comenta o Dr. Leyva. — A longo prazo, vamos atrás dele. Agora sabemos como ele vai reagir.

Eu poderia ter lhe contado isso. Nenhuma distração será grande o bastante para fazer meu pai ficar vulnerável.

Nada virá fácil.

— Temos que ir. — Leyva indica um último carro de vigilância que ainda está perto dos subúrbios.

Está se aproximando devagar da colônia solar infectada, testando a área, pronto para recuar se os espelhos atacarem de novo.

Ergo a invenção de Leyva, mas, quando puxo o gatilho, a pistola engasga em minhas mãos. A bateria está pingando, os últimos hidrogênios se conectando ao oxigênio do ar e se transformando em água.

— Traga isso — diz Leyva. — Se o inimigo achar que esse é o padrão de meu trabalho, não vão sentir tanto medo assim.

— Seu segredo está seguro comigo.

Corremos morro abaixo.

Zura está pousando, e Col acena para nos apressar.

VOO

Quando nos distanciamos de Shreve, o Dr. Leyva não é inteiramente honesto com os outros.

— ... e quando percebemos que não conseguiríamos reverter o código, Frey e eu decidimos montar algum tipo de arma.

— Duas *horas* sem notícias de vocês — reclama Zura no banco do piloto. — Achamos que tinham sido capturados.

O Dr. Leyva dá de ombros.

— Mas pense nos resultados! Tudo que nos custou foi uma pistola de plasma, e Shreve perdeu seis carros!

Col fica ouvindo enquanto observa com admiração a arma improvisada em minhas mãos. Mais tarde vou ter que contar a ele que o plano não foi tão improvisado quanto Leyva está dando a entender.

Mas funcionou. Estamos voltando para a base. O exército de meu pai está ferido e assustado. E, pela primeira vez, levamos a briga para a cidade de Shreve.

— Bem, você realmente lhes deu um susto. — Col olha para a tela a sua frente. — Não tem ninguém atrás de nós.

— A maior parte da frota foi direto para a torre — explico. — Ele está mais preocupado com a própria segurança que com nossa captura.

— Também estão protegendo Rafia — completa o Dr. Leyva.
— Talvez ele tenha alguma ideia de nossos planos para ela.

Fico olhando pela janela para a floresta lá fora. Esse ainda é o problema: como declaro uma guerra contra meu pai enquanto Rafi está na casa dele?

Temos que tirá-la de lá, de alguma forma. Ou impedi-los de chegar aos feeds para que meu pai não possa revelar que sou uma impostora. Mas, enquanto ela estiver na torre, nenhuma das opções parece possível.

A tela se acende.

— Três pontos — avisa Col. — Não estão vindo da cidade... Estão bem à frente!

Zura se vira dos controles.

— Provavelmente são unidades de Shreve, voltando da patrulha noturna. Vão estar com pouco combustível. Não vão conseguir nos perseguir por muito tempo.

— Certo — diz Col. — Vamos para a água, então.

Zura gira o manche e faz uma curva fechada para sudeste, em direção ao golfo, um desvio longo em direção à Montanha Branca.

Os carros de Shreve continuam nos perseguindo. Não são rápidos o bastante para nos alcançar, mas também não conseguimos despistá-los.

Uma hora se passa. Duas. Quando, por fim, chegamos às águas do golfo, já é quase meio-dia. O sol alto faz o oceano brilhar ao redor.

Enquanto aperto os olhos contra a luz, me pergunto como os soldados se sentiram naqueles carros derrubados em Shreve. Todas aquelas agulhadas de sol atacando-os como uma morte por mil picadas de abelha.

O brilhantismo do Dr. Leyva tem um lado cruel.

Mas talvez eu não possa julgar. Matei uma pessoa com um punhal pulsátil quando tinha quinze anos.

Seguimos ainda mais adiante pelo golfo, até não haver terra em cem cliques de distância. Um lugar perigoso para carros voadores com bateria fraca.

Mas os pontos no radar continuam nos seguindo, como se tivessem toda a energia do mundo. Shreve deve ter bases de recarga escondidas em campo, assim como nós.

Eu me encosto em Col, tentando dormir um pouco enquanto consigo, mas o nervosismo que senti desde que vimos os prédios de minha cidade natal permanece em meus ossos. Sinto aqueles carros nos perseguindo, como fragmentos da força de meu pai.

É só o calor de Col que me impede de vacilar.

— Não está funcionando — admite Zura por fim. — Se sairmos mais do caminho, vamos ter que parar e recarregar antes de chegar em casa.

Col solta um palavrão.

— Mas não podemos levá-los até a Montanha Branca.

Eu me inclino no assento, os músculos tensos.

— Então vamos lutar.

Zura olha para trás, para mim.

— São três contra um.

— Não falei que vamos lutar *limpo*.

— O que você quer dizer? — pergunta Col.

Dou uma olhada na cabine do carro. Está cheio de equipamento para a missão — pistolas de plasma, trajes de tocaia, armaduras, pranchas voadoras, meu punhal pulsátil.

Um plano começa a se formar em minha mente.

— Só nos leve até uma ilha — digo. — Uma com montanhas e bastante lugar para nos escondermos.

Os olhos de Col se iluminam.

— Sei exatamente aonde ir.

EMBOSCADA

— Cinco, quatro, três...

Col e eu nos jogamos da porta do carro.

Caímos por longos e aterrorizantes segundos, a prancha tremendo sob nossos pés no vento da queda.

Um grito de guerra — mais um berro — sai de minha boca. Meus braços estão abertos no ar quente, como se caminhasse na corda bamba. As mãos de Col apertam minha cintura.

Por um momento parece que vamos nos separar — que eu, Col e a prancha vamos nos espalhar pelas ondas. Mas os ímãs em nossos braceletes antiqueda nos mantêm juntos. E finalmente as hélices funcionam de súbito, a prancha nos fazendo parar no ar com um tranco que nos verga os joelhos.

— Ai — reclama Col em meu ouvido. — Esse *não* foi seu plano mais seguro.

Não respondo; enquanto meu pai estiver no poder, nunca estarei segura. Nós nos inclinamos para o lado e nos afastamos, dando espaço para os Especiais.

Estão logo acima de nós, já saindo do carro em outras duas pranchas. Sem se incomodar com paradas em pleno ar, eles executam manobras elegantes e seguem às pressas para a ilha a alguns quilômetros de distância.

— Exibidos — critico. — Vamos.

Ainda com os braços em torno de minha cintura, Col se inclina para a frente e faço o mesmo. A prancha desliza pelas correntes de ar tropicais. O mar raso embaixo de nós é de um azul vivo, alternado pelo sol e pelas faixas escuras de corais sob as ondas.

Estamos nas Cubanas, um arquipélago duzentos cliques ao sul do continente. O pedacinho de terra que escolhemos é só uma planície de maré com picos íngremes em cada extremidade.

Col e eu vamos para o ponto mais alto da ilha. Empurrada por um vento forte do oceano, a prancha balança e treme sob nós. Mas é gostoso esticar as pernas e sentir Col junto de mim no ar instável.

Tento perceber cada detalhe, guardar tudo desse momento de nós dois, sozinhos, sobrevoando o mar azul; infinito, ilimitado, breve.

Chegamos ao cume e descemos da prancha nas rochas. O pico é coroado pelas ruínas de um antigo forte, a visão dominando a ilha inteira.

— Parece que alguém já teve essa ideia — comenta Col, tirando a pistola de plasma do coldre.

— Sempre procure o terreno mais alto. — Meu traje de tocaia muda de cor, imitando os tons do concreto antigo e do esqueleto de metal enferrujado.

Verifico minha pistola de plasma.

A voz de Zura surge em meu ouvido.

Última transmissão antes que eles estejam em raio de recepção... Todos em posição?

Col toca na própria orelha.

— Estamos prontos.

Os dois Especiais respondem que estão quase lá. Vejo sua prancha pousando a alguns cliques, na outra montanha da ilha. Um momento depois, desapareceram entre as rochas.

A voz de Zura surge de novo.

Não esperem que eu dê o primeiro tiro.

Quando tiverem mira, podem atirar.

— Combinado. — Col se esconde ao meu lado. — Cuidado, pessoal.

Lá embaixo, nosso carro está pousando na planície de maré, no meio do caminho das duas montanhas. Os painéis solares estão se desdobrando lentamente, os espelhos negros brilhando ao sol. É exatamente como se o carro tivesse ficado sem bateria no pior momento possível.

Nossos perseguidores devem passar bem entre nós e os Especiais do outro lado.

Não podemos fazer nada além de esperar.

Esperar me deixa nervosa.

— Quatro pistolas de plasma — murmuro. — E três carros. Só vamos ter um tiro extra.

Col ergue os binóculos.

— Sua matemática está corretíssima.

Eu o encaro.

— Você não deveria estar me dando uma lição sobre vida vegetal?

Col não pensa duas vezes.

— Antes do nível dos oceanos subir, esse arquipélago inteiro era uma ilha comprida. Montanhas, florestas tropicais, pântanos... uma potência biológica. Um paraíso.

— Hum. — Há outros antigos bunkers espalhados ao nosso redor, os esqueletos de metal enferrujando ao sol. — Parece mais uma base militar que um resort.

Col dá de ombros.

— Houve um conflito sobre sistemas econômicos.

— Bem coisa dos Enferrujados mesmo.

Os pássaros, pelo menos, estão fazendo bom uso das bases militares. Penas e fezes se espalham pelo chão. Cada cantinho está cheio de antigos ninhos.

Sinto a privacidade de novo, com o toque da vibração da batalha próxima.

Isso me faz querer tocá-lo.

— Sinto falta disso, Col. Nós dois, sozinhos na natureza.

— Eu também. Sinto muito que minha guerra tenha ficado em nosso caminho.

Eu sorrio, mas não é uma piada de verdade. A guerra que nos conecta também nos divide.

— Você tem um exército para comandar, Col. Um mundo inteiro para convencer que Victoria não deve ser esquecida. É muita coisa.

Ele baixa os binóculos, mas ainda está olhando para o oceano, não para mim.

— Às vezes é como se a gente estivesse em duas guerras diferentes. — diz.

Dou de ombros.

— Você está tentando salvar sua cidade. Eu só quero salvar minha irmã. Isso deve parecer uma pequenez para você.

Ele finalmente olha para mim.

— Frey. Você teve que passar a vida inteira se escondendo: suítes privativas, compartimentos secretos, corredores escondidos, espaços pequenos. Mas isso não significa que *você* seja pequena.

Cruzo os braços, querendo desaparecer sob o céu aberto.

— Então sou o quê?

— Brava, dedicada, feroz. — Ele estreita os olhos, como se estivesse procurando a verdade em mim. — Estranha e perigosa.

— Como um punhal pulsátil?

— Talvez. E leal, também. Talvez a melhor palavra seja *resoluta*.

Desvio o olhar.

— Essa é uma palavra de guia turístico.

— É. — Ele dá de ombros. — E se ela for sua?

— Tá bom, claro.

Ele baixa as mãos e faz uma reverência, como se estivesse me convidando para dançar.

— Juro, Frey, que nunca vou chamar mais ninguém de resoluta.

Quando dou uma risada, algo dentro de mim se desfaz. Algo que havia se transformado em pedra tão devagar que nem percebi.

— Essa é a promessa mais bonita que alguém já me fez.

Um sorriso surge em seu rosto.

— Posso fazer melhor quando... — Ele vira para o oceano, estendendo a mão para a arma. — Ouviu isso?

Estreito os olhos para o oceano, mudando para a visão de calor. Ao longe, vejo três constelações brilhantes de hélices.

— São eles.

A gente se esconde entre as pedras. Selamos os trajes de tocaia. Preparamos os gatilhos primários das pistolas de plasma.

O ritmo da batalha aumenta. A tensão, que só cresceu dentro de mim o dia todo, está prestes a estourar.

A promessa de Col ecoa em meus ouvidos, e estou resoluta. Pronta para lutar.

Os três carros voadores vêm voando baixo pelas ondas. Um borrifo iridescente sai das hélices.

Estão diminuindo a velocidade. Se espalhando, como felinos caçando. Com cuidado, agora que paramos de correr.

Logo estão perto o bastante para que eu veja a blindagem preta e cinza, as marcas de batalha nas ferragens. Um deles para em um ângulo estranho, o motor traseiro esquerdo silencioso e escurecido pelas chamas.

Meu dedo coça para apertar o gatilho.

Mas a formação se aproxima devagar e fora do alcance das armas. Xingo baixinho, desejando que a batalha comece.

Um dos três carros se ergue mais, e então algo estranho acontece.

A escotilha inferior se abre, e um metal longo e fino surge pelo buraco. No início, parece uma antena ou um bloqueador de sinal.

Mas amarrada ao metal há uma bandeira branca.

BANDEIRA BRANCA

— É mentira — aviso.

Col baixa a arma.

— Por que eles se entregariam?

— Eles não se entregariam. E, se quisessem conversar, usariam um rádio, não uma bandeira.

Estreito o olho na mira da arma. A bandeira branca é manchada e fina. Parece a camiseta de alguém, usada para um bem maior.

Ela está caída no ar parado.

— Isso só pode ser um truque — digo.

— São três contra um. Eles não precisam de truques. — Ele pega o binóculo. — Ou talvez suspeitem de uma emboscada?

Olho para o nosso carro lá embaixo, os painéis solares abertos, indefeso. Os dois picos assomando sobre ele, com poder de fogo entrecruzado.

Dou de ombros.

— Não é das emboscadas mais sutis.

— Vou pedir a opinião de Zura.

Col estica a mão para a orelha, mas seguro seu braço.

— Se mandarmos uma mensagem, vão saber que estamos aqui. É tipo a gente estender uma bandeira branca também!

— Então faço o quê?

— Vamos esperar que cheguem mais perto. — Eu apelo para meu rifle e dou uma olhada pela mira. — Aí a gente atira.

Col suspira. No fim, é claro, todas essas decisões cabem a ele. Ele sempre sente o peso de tentar manter seus soldados a salvo.

Mas é nisso que sou especialista. Uma bandeira branca falsa é bem o tipo de coisa que meu pai faria.

Um *ping* soa em meu ouvido: Zura.

Aeronave de Shreve. Por favor declare seu objetivo.

Balanço a cabeça. Ela está transmitindo em todas as frequências, para que a gente possa ouvir também.

Silêncio por um longo momento.

Aeronave de Shreve, está na escuta?

Nada ainda.

Está na escuta?

— Talvez o rádio deles esteja ruim — arrisca Col.

— Dos *três*? — Balanço a cabeça. — Isso nem é um truque muito bom. Não faz sentido algum.

— Mas e se...

Col fica em silêncio; o carro com a bandeira branca voltou a se mover, devagar.

Ele se adianta lentamente em direção à ilha, para a planície de maré. O curso vai colocá-lo entre nós e os Especiais no outro pico.

— Bem, isso facilita as coisas — digo. — Esses pilotos têm coragem, tenho que dar o braço a torcer.

— Frey. A gente não pode só... *matar* eles.

— Col, estamos falando de meu pai. Esse pode ser o objetivo! Se nos enganarem, vamos morrer ou ser capturados. Se atirarmos neles, vamos ficar na dúvida para sempre. — Eu o encaro. — Não dá para ganhar. A vitória *nunca* é limpa. É melhor se acostumar!

Eu lhe dou as costas. Faço a mira. O êxtase frustrado da batalha está se transformando em raiva.

— Frey. Olhe pra mim.

Não respondo, os olhos grudados na mira.

A bandeira branca balança agora que o carro está em movimento. Não são só manchas — alguém deliberadamente tentou sujar a camiseta com tinta preta.

Estão tentando fazer *parecer* improvisado.

— No primeiro dia da guerra — continua Col. — Você não me deixou atirar naqueles soldados.

Minha mira se acende; o alvo está ao alcance. Mas eu hesito.

Os outros dois carros estão mais para trás. Se eu derrubar esse, vão atirar em nós.

— Col, suba na prancha e saia daqui. Vou resolver isso.

Quando os outros dois carros de Shreve vierem atrás de mim, os Especiais no outro lado vão poder atirar sem problemas.

E Col ficará em segurança.

— Isso é o que seu pai faria — insiste ele.

— Um tiro no carro de Zura e vamos ficar presos aqui, Col! E se ele souber que você estava nessa missão e isso tudo for um plano para te capturar?

— Frey, ele não é onisciente.

— Se você for idiota, ele não vai precisar ser onisciente. Então só...

Minha voz fica presa em um engasgo.

A brisa ficou mais forte, fazendo a bandeira branca se estender totalmente.

É realmente uma camiseta, mas as marcas pretas não são manchas. São símbolos que já vi antes... nas ruínas.

E palavras...

Abaixo o rifle.

— Me passe os binóculos.

Col obedece, e eu ergo o aparelho até o rosto, apertando o botão para que a imagem entre em foco.

Ela não vem nos salvar.

Baixo os binóculos e toco a orelha.

— Pessoal, não atirem.

Um suspiro desesperado sai de Col quando Zura retruca: *Declare seus motivos.*

— Esses carros não são de Shreve. São rebeldes.

REBELDES

Continuamos nos escondendo no alto das montanhas, observando o carro voador preto e cinza pousar na planície a cem metros do nosso veículo.

A escotilha inferior se abre e meia dúzia de pessoas sai.

Eu estava certa: em vez de uniformes ou trajes de tocaia, elas vestiam roupas artesanais. Jaquetas de lã, casacos de tricô, sapatos feitos de pele animal. De jeito algum os soldados de Shreve teriam tanto trabalho só para nos enganar.

Entrego os binóculos a Col.

— Você finalmente conseguiu o que queria. Parece que estamos nos juntando aos rebeldes.

— Ou eles estão se juntando a nós.

Enviamos uma mensagem para os dois Especiais, pedindo que se mantivessem em posição, depois descemos de prancha.

Zura e o Dr. Leyva estão esperando na areia molhada. Muitos dos rebeldes parecem fugitivos lutando para salvar o planeta — músculos tensos, rostos inalterados, roupas velhas.

Alguém me é familiar. De casa? De Victoria?

Então me dou conta — da última vez que vi essa pessoa, em vez de uma roupa camuflada artesanal, ela usava um vestido de baile azul com penas.

— Yandre? — chama Col, quando saímos da prancha.

— Chico! É você!

Eles se abraçam, uma torrente de espanhol borbulhando entre os dois. Mas, quando Yandre me vê, imediatamente para de falar.

— Mas o que é isso?

Eu suspiro; a vida vai ser mais fácil quando o mundo inteiro souber. Por enquanto, tenho que fazer meu discurso, versão reduzida, mais uma vez.

— Sou irmã gêmea de Rafia, nasci vinte e seis minutos depois dela. Fui escondida desde que nasci, criada como dublê e segurança. Uma isca.

Os rebeldes me encaram, surpresos.

— E agora uma 'Fox — diz Yandre, sorrindo, dando um soquinho brincalhão em Col. — Que conquistador!

Uma mulher vestida em retalhos de couro se aproxima, avaliando meu rosto. Ela é mais velha que os outros rebeldes, uma braçadeira verde indica que é a líder da unidade.

Os rebeldes não possuem hierarquia militar. Cada grupo elege o próprio líder, mais como piratas que como um exército.

— Você era a refém em Victoria, não era? — pergunta ela. — Fez os 'Fox baixarem a guarda... depois *trocou de lado*?

Eu a encaro.

— Basicamente, sim.

— Hum. — Ela olha para Col. — E por você tudo bem... porque ela é sua *namorada* agora?

Ele parece meio confuso por um momento. Ninguém de seu exército ousaria fazer uma pergunta assim.

Mas a resposta é firme.

— Frey salvou minha vida. Ela lutou ao nosso lado, contra o pai.

A mulher dá de ombros e olha para mim de novo.

— Você tem 16 anos, certo? Não é uma idade ruim pra resolver problemas familiares. — Ela olha para Col. — Bem, vocês 'Fox podem ser metidos, mas não acho que sejam burros. Então vou ter que aceitar sua palavra de que ela está do nosso lado.

Ela faz um gesto, e os outros dois carros se aproximam.

— Sou a Chefe Charles, e nós somos os Corsários Carson. Vocês têm comida, 'Fox?

Almoçamos com os Corsários na praia, na brisa fresca do mar e na sombra dos painéis solares abertos.

Não há muito o que se caçar na ilha, mas Col conseguiu derrubar algumas aves com o arco enquanto os rebeldes observavam e comentavam. Assamos as aves numa fogueira, esvaziando todas as rações de sobrevivência para alimentar nossos novos aliados.

O Dr. Leyva e Zura estão ocupados coletando informações com os Corsários. Os rebeldes aumentaram as operações contra meu pai, e estão vindo desde a Patagônia para lutar contra ele.

Col está sentado com Yandre, mais feliz do que o vi desde o início da guerra.

— Eu deveria saber que era você, Chico. — O gesto de Yandre indica as montanhas, a praia, o céu. — Quem mais seria pentelho o suficiente para fugir por quatro horas só pra encontrar a ilha tropical perfeita para uma emboscada?

Junto com as risadas, todas as ansiedades do dia — estar tão perto da casa de meu pai, lutar com o exército de Shreve, quase ter atirado em alguém com uma bandeira branca — se desfazem em meu peito.

A festa dos Palafox parece ter acontecido há mil anos, mas reencontrar Yandre traz de volta o encanto daquela noite.

— Desde quando você é rebelde? — pergunta Col.

— Vou confessar uma coisa — começa Yandre. — Lembra todas aquelas histórias sobre meu irmão? Seus amigos ambientalistas? As brincadeirinhas de sabotagem?

Col pisca, confuso.

— Espere. Então era *você*?

— Sou rebelde desde que tenho a idade de Teo. — Yandre se vira para mim. — E só para você saber, Frey, só atiro em pessoas que invadem minha cidade. Votei contra atacar seu comboio.

— Hum, valeu? — agradeço, depois balanço a cabeça. — Não importa. Eu era outra pessoa, usando outro nome.

— Disse tudo.

— Mas por que vocês estavam seguindo a gente em carros de Shreve? — pergunta Col. — E por que não responderam pelo rádio? A gente quase atirou em vocês!

Yandre mastiga devagar, aproveitando nossa atenção antes de começar a contar sua história:

— Três dias atrás, estávamos patrulhando as montanhas. Somos uma unidade pequena, com pranchas e rifles, então normalmente a gente não se mete com blindados. Mas encontramos esses três carros de Shreve recarregando, e era bom demais para deixar passar.

A Chefe Charles se aproxima e completa:

— Pegamos as equipes de surpresa, mas o comandante conseguiu ligar algum programa anticaptura. Os pilotos automáticos, rádios, carticifras... estava tudo frito quando conseguimos entrar. A gente levou um dia inteiro para conseguir fazer os carros voarem.

— Certo — digo. — Então vocês não tinham rádios. Mas por que estavam atrás *de nós*?

Yandre ergue os olhos para os veículos de Shreve assomando sobre nós.

— Os rebeldes não usam latas de sardinha. Não conseguimos manter os carros funcionando por muito tempo, não temos como fazer manutenção. Mas os 'Fox possuem uma frota própria. Agora que estão lutando pelo planeta, concluímos que deveriam ficar com eles.

— Isso foi ideia sua — comenta Chefe Charles. — Eu votei contra, mas fui convencida.

Yandre estende as mãos.

— Minha insubordinação só é páreo para meu charme.

— Pelo menos a gente conseguiu almoçar — resmunga a líder.

Olho para os três veículos. São aeronaves pesadas, de ataque, com tanto poder de fogo quanto a frota de Col inteira somada.

Mas também são difíceis de manter. E graças ao sagaz oficial de Shreve, não temos a maior parte do software para usá-los.

— Não sei se a gente vai poder fazer alguma coisa com eles também — digo.

— Talvez desmanchá-los? — sugere Col, mas balanço a cabeça.

— Tudo que meu pai constrói é incompatível com o restante do mundo. Assim você tem que comprar as peças com ele também.

— Falei, Dre — diz Chefe Charles. — Gastamos um dia à toa. Vou nadar.

Ela levanta e caminha em direção à água, deixando as peças de roupa pela areia.

Metade dos rebeldes se levanta e faz o mesmo. Logo a praia está cheia de roupas artesanais, e o mar, de corpos nus nadando alegremente.

Yandre suspira.

— Pelo menos consegui te ver, Chico.

— Fico feliz por ter te encontrado também — diz Col. — Mas com certeza tem alguma coisa que a gente possa fazer com esses carros. Usar os armamentos do chão, ou trocá-los por algo que *possamos* usar.

— Ou usar a estratégia de meu pai — argumento. — Atacar Shreve com eles, forçá-los a atirar nos próprios veículos.

Os olhos de Yandre brilham com essa ideia.

— Talvez durante a conferência de paz, quando ele estiver viajando.

Col e eu nos entreolhamos.

Yandre vê nossas expressões e sorri.

— Ah. Então vocês não estão sabendo?

CONSELHO DE GUERRA

Alguns dias depois, uma delegação rebelde pousa dentro da Montanha Branca. Eles parecem impressionados.

Temos chuveiros com água quente agora — a água vem da geleira e é aquecida pelas paredes ferventes da cratera — e painéis solares suficientes para recarregar um carro voador em poucas horas.

Em vez de usar uma tenda, fazemos o Conselho de Guerra em uma construção de verdade. A sala é feita de madeira e cheira a seiva e lenha recém-cortada. A mesa ainda é a mesma plataforma reciclada, mas alguém marcou o brasão dos Palafox no centro.

Tenho quase certeza de que os rebeldes só ligam para os chuveiros.

Eles mandaram três chefes — Charles e mais duas com quem ela já lutou — e Yandre. Do nosso lado, estamos eu, Col e Teo, junto com Zura, major Sarcos, Artura Vigil e o Dr. Leyva.

Um grupo pequeno para garantir o segredo.

A primeira coisa que Col pergunta é:

— Vocês têm certeza de que essa conferência de paz é real?

— Nossos espiões nos governos das cidades dizem todos a mesma coisa — responde Chefe Charles. — Shreve quer fazer um acordo, mas em segredo, para não parecer que a pressão está afetando a cidade. A localização da conferência é totalmente fora do ar. Uma ilhota no Pacífico. Nenhum feed vai poder entrar.

— O que Shreve vai oferecer para interromperem o embargo? — pergunta Col.

— Isso também é segredo.

— Claro — digo. — Meu pai não entra em uma negociação sem alguma surpresa a postos. Vai propor algo inesperado, tentador o bastante para dividir as outras cidades.

Os rebeldes me observam com atenção, ainda um pouco perplexos por estarem em uma reunião de cúpula com a filha do inimigo. Até Yandre me avalia, com desconfiança, de vez em quando.

Estou começando a me perguntar se as pessoas sempre vão me olhar assim depois que eu revelar meu segredo. Talvez fingir ser Rafi tenha sido a parte normal de minha vida, e a partir de agora seja só olhos arregalados e bocas abertas para mim.

— Não importa o que ele vai oferecer — argumenta Zura. — Se programarmos bem nosso ataque, ele vai ficar sem poder antes mesmo do começo da conferência.

Todos me olham de novo, me medindo enquanto impostora.

Estou pronta para convencê-los. Estou vestida como Rafi hoje, com o mesmo terno que ela usou no aniversário de meu pai ano passado (ou pelo menos o mais próximo que nosso buraco na parede conseguiu chegar). Yandre fez meu cabelo e minha maquiagem mais cedo, e estou sentada com a postura de bailarina de Rafi. Elegante e ereta, ombros bem estendidos.

Imperial.

— Está na hora de trazer a liberdade de volta para Shreve — digo, usando sua voz. — O governo de meu pai deve acabar.

Charles dá uma risada baixa, como sempre faz quando imito minha irmã.

O Chefe X se inclina para a frente, os olhos estranhos me atravessando. Ele é o rebelde mais radical, modificado cirurgicamente para se tornar uma mistura de homem e lobo. Ele abriu mão de seu "nome humano" quando se juntou a eles, e a voz foi transformada em um rosnado grave.

— Então você vai derrotá-lo com oratória?

— Qualquer revolução começa com as palavras certas — respondo.

O Chefe X não parece convencido.

— Ele vai fazer um discurso também, ameaçando as pessoas, forçando-as a ficar na linha, lembrando-lhes de quem manda. Temos que cortá-lo dos feeds.

— Não vamos precisar — garanto. — Se ele falar de uma ilhota no meio do oceano, vai ter que admitir que fugiu para implorar por paz.

— E não podemos atacar a conferência — diz Teo. — Temos aliados lá.

O Chefe X dá de ombros.

— Os aliados são seus, não nossos.

— Não queremos começar uma guerra maior — retruca Col. — Queremos acabar com esta.

— Mas as pessoas de Shreve respiram poeira faz dez anos — diz a Chefe Charles. — Não têm armas. Como vão derrubar um exército?

— Elas não vão precisar fazer isso — explico. — Meu pai não vai a lugar algum sem seus soldados favoritos, suas unidades mais fiéis. Não vai ser difícil trazer quem quer que fique na cidade para nosso lado.

— Mesmo se a revolta não for total — diz Col —, nossas forças estarão lá para forçar a balança a nosso favor.

Ele faz um gesto, e o projetor de tela liga. Um modelo em escala de minha cidade natal aparece sobre a mesa. Os prédios, as novas defesas e os satélites suborbitais. A frota improvisada de Victoria aparece no cinturão de fazendas ao redor.

Eu me levanto e aponto para a torre de meu pai em um dos extremos da cidade.

— Esse é nosso objetivo: seu trono de poder.

O Dr. Leyva fica de pé ao meu lado.

— Dali, vamos pegar o controle dos feeds da cidade para transmitir o discurso de Frey. Também vamos corromper a poeira espião com um vírus. Pela primeira vez em uma década, as pessoas de Shreve vão poder falar o que quiserem sobre seu querido líder. Liberdade, de repente!

O terceiro chefe dos rebeldes começa a balançar a cabeça. É o mais velho, com um rosto livre de cirurgias e tatuagens estáticas. Ele tem um sotaque que nunca ouvi. E um nome estranho: Andrew Simpson Smith.

De acordo com Yandre, ele lutou ao lado da própria Tally Youngblood.

— Eu já vi essa torre — diz ele. — Muitos drones a protegem.

— Você tem razão — concordo. — É o lugar mais bem protegido da cidade. Vamos ter que usar inteligência para entrar lá, não força.

Um rosnado grave vem de Chefe X.

— Então vocês vão entrar escondidos? Me prometeram uma briga de verdade.

— E você terá sua briga. — Encontro seus lupinos olhos amarelos com meu melhor olhar de Rafi. — Vamos dar início a um ataque aberto na cidade. E, quando o céu estiver cheio de veículos danificados de Shreve em fuga, minha equipe vai se juntar a eles.

Com um aceno, a paisagem da cidade é substituída por uma imagem de um dos carros voadores capturados. Zura configurou sua aparência para imitar a da Guarda de Shreve. Também acrescentou algumas marcas falsas e duas bombas de fumaça nos motores.

— Esse vai ser nosso cavalo de Troia: um carro da frota de Shreve danificado, fugindo das linhas de frente. Vamos fazer um pouso de emergência perto da torre, derrotar qualquer guarda da residência e pegar minha irmã. Então tomamos o controle dos feeds e eu declaro uma nova era para a cidade.

Yandre faz uma pergunta:

— E se Rafia estiver com seu pai?

Respiro fundo, tentando não demonstrar emoção.

— Ela não vai estar.

Yandre parece entender, mas insiste:

— Você não tem como ter certeza disso, Frey.

— Não vai importar — interrompe Col. — Vamos estar no controle da torre, da poeira e com nossa própria Rafia, pronta para fazer o discurso que as pessoas de Shreve sempre quiseram que ela fizesse. Tudo que ele terá é uma filha relutante.

Os três líderes rebeldes olham para mim.

— Relutante? — pergunta Charles.

— Minha irmã o despreza. — Há certeza em meu tom de voz novamente. — Mesmo se ele a colocar nos feeds para mostrar que não sou real, eu vou ser a Rafia mais convincente.

Eles parecem acreditar em mim, mas então Artura Vigil começa a falar:

— Parece arriscado colocar tudo que temos em uma única batalha. — Ela olha para o major Sarcos. — Isso não é a coisa mais arriscada que um exército de guerrilha pode fazer?

Sarcos parece desconfortável. Jamais gostou da ideia de deixarmos a sabotagem e entrarmos em conflito aberto.

Vigil se vira para mim.

— E isso não seria exatamente o tipo de missão perigosa que seu pai iria *querer* que nós fizéssemos, Rafia?

Eu a encaro com raiva.

— Meu nome é Frey.

— É o que você insiste em nos dizer. E, ainda assim, seu plano parece criado para nos colocar direto nas mãos de seu pai.

Col se levanta.

— O que você está querendo dizer, Artura?

— Ela nos diz que tem uma Rafia verdadeira em Shreve, mas só vimos essa menina por poucos segundos em uma varanda, acenando e sorrindo. Essa outra menina não deu entrevistas, não fez discursos nos feeds... é quase como se estivesse tentando esconder alguma coisa. — Os olhos de Artura passeiam pela sala. — Enquanto isso, aqui na nossa frente, uma Rafia muito mais convincente nos diz para mandar nosso exército direto para o perigo. E se essa história toda de gêmeas for uma mentira?

O mundo inteiro vira de cabeça para baixo por um momento. E se eu sou a Rafia real, e a menina em Shreve é a impostora?

Seguro a beirada da mesa com força, tentando me lembrar de que sou real.

Col segura minha mão.

— Isso é absurdo. De jeito algum alguém poderia planejar isso tudo.

— Sem dúvida ela está improvisando — insiste Vigil. — Mas Rafia já admitiu que veio a Victoria para nos fazer baixar a guarda. Por que ela não tentaria o mesmo golpe, se formos tolos o bastante para acreditar?

Todos estão olhando para mim, mas não sei o que dizer. Passei a vida toda convencendo as pessoas de que *sou* Rafia. Como posso fazer o contrário?

Acho que me vestir como minha irmã hoje não foi uma boa ideia.

— O nome dela é Frey — diz Col em voz baixa, e o mundo se aquieta ao meu redor. — E nós sabemos que ela está do nosso lado. Ela poderia ter me capturado no caminho até aqui!

— A mim também — acrescenta Teo.

Vigil só sorri, a expressão gélida me fazendo pensar em Srin.

— Mesmo se vocês dois fossem capturados, ainda haveria um exército, Col.

— Não haveria, não — retruco. — Eu poderia ter contado a meu pai sobre essa base. Ele já estaria aqui!

O sorriso da mulher não desaparece.

— Não seria mais fácil se fôssemos até ele? E não seria melhor para sua reputação se ele ganhasse esta guerra defendendo a própria cidade em vez de caçando os mais fracos?

— Frey é exatamente quem diz que é! — grita Col. — Tenho certeza disso. E não quero ouvir mais um pio sobre essa teoria *ridícula*.

Vigil baixa a cabeça, e a mesa fica em silêncio.

Mas aquele brilho de desconfiança permanece no rosto de todos. A história de Vigil é improvável, mas não é mais estranha que minha verdade.

Eu nasci uma mentira. Por que qualquer um deles deveria acreditar em mim agora?

Quero me defender, manter a discussão apesar das ordens de Col. Mas as palavras não vêm, porque parte de mim nunca tem certeza de quem sou.

É a Chefe Charles que quebra o silêncio, soltando uma imensa gargalhada.

— Mas que merda! — Ela me dá um tapa no ombro. — Talvez você seja Rafia, talvez seja Frey. Talvez seu golpinho dê certo, talvez não. Mas meus Corsários estão dentro de um jeito ou de outro. Vai ser o maior caos que já vimos desde que Tally Youngblood desapareceu!

— Ela não vem nos salvar — diz o Chefe Andrew com reverência. — E é por isso que temos que nos arriscar. Meu grupo vai se juntar a vocês também.

Não é nenhum apoio incondicional, mas pelo menos não estão fugindo.

Todos nos viramos para o Chefe X.

Por um longo momento, ele não parece nem um pouco humano. Os cantos da boca se inclinam para baixo, e suas orelhas ficam chatas, próximas à cabeça. Não sei o que essa expressão significa, mas deixa o ar da sala elétrico.

— Minha matilha vai se unir a vocês com uma condição — diz ele. — Eu vou junto em seu carro capturado.

— Hum, tudo bem. — Col olha para ele com a testa franzida. — Mas achei que você queria entrar na batalha de verdade, não ficar se escondendo.

— Teremos muito sangue, tenho certeza. — O pelo do Chefe X se eriça quando ele se vira para mim. — E vale me esconder um pouco para conseguir uma visita à casa de seu pai.

— Com que propósito? — pergunta Col.

— É pessoal — responde o Chefe X, se reclinando e ficando em silêncio.

— Rebeldes — resmunga Zura, baixinho.

Dou de ombros disfarçadamente, olhando para Col. Os negócios pessoais do Chefe X não me importam, e também não me importo se os rebeldes estão mais interessados em causar o caos do que em confiar em mim.

Tudo que importa é que temos um plano para salvar minha irmã.

ADEUS

Quando nossas pranchas ultrapassam a cratera do vulcão, o vento gelado faz meu sangue zumbir. O dia está no fim, uma semana depois de nossa reunião com os rebeldes.

Nessa altitude, o céu fica de cabeça para baixo — uma camada de nuvens tingidas de vermelho se espalha abaixo de nosso cume, com nada além do azul gélido acima.

Estou sozinha com os irmãos Palafox. Um último jantar antes que deixemos Teo para trás, para sua segurança. A essa hora amanhã, Col e eu estaremos entrando na batalha.

— Obrigada, vocês dois — agradeço. — Por confiarem em mim.

Col se vira, dando as costas para o pôr do sol.

— Você não está preocupada com Artura até agora, está? Ninguém acredita naquela teoria estúpida.

Eu suspiro no vento frio.

— Ela acredita. E aposto que ainda está repetindo aquilo para os oficiais.

— Então ela é idiota — argumenta Teo. — Srin diz que esse é o problema da psicologia de guerra: você acaba ficando maluco junto com seu inimigo.

Col sorri.

— Frey e eu sabemos bem disso. Quando nos conhecemos, estávamos tão ocupados mentindo um para o outro que quase nos esquecemos de quem éramos.

— Quase — digo, segurando sua mão.

Uma nuvem de vapor sobe das profundezas da caldeira, nos fazendo perder o equilíbrio nas pranchas. Descemos para a rocha da beirada da cratera, onde o ar quente vulcânico se altera com o vento da montanha.

Teo tira algumas refeições autoaquecidas da mochila e as espalha em uma fileira reta e cerimoniosa. Esse pode ser nosso último jantar juntos aqui na Montanha Branca. Pode ser nosso último jantar, meu e de Col.

— Temos MacaThai, Espagbol e NaboMondegos — diz Teo.

— Três clássicos da culinária de acampamento.

Col suspira.

— Qualquer coisa sem coelho.

— Idem — concordo. No último mês, vi vários coelhos-dos-vulcões e comi muitos deles também.

Teo distribui as refeições, e nós puxamos as abas aquecedoras. Uso a minha para esquentar as mãos, grata pelo calor enquanto o macarrão instantâneo ferve até ficar comestível.

Se vencermos amanhã, nunca mais vou ter que comer comida de acampamento.

E, se perdermos, a culpa será minha.

Artura Vigil tem razão em um ponto: jogar todo o exército victoriano em uma só batalha é um plano perigoso. E agora que ela me questionou na frente de todos, ninguém vai esquecer que o plano era *meu*.

A filha do inimigo.

Tiro os olhos da comida.

— Vocês acham que seus soldados ainda confiam em mim?

Teo dá de ombros.

— Você ouviu os rebeldes: eles não ligam de que lado você está, eles querem agitar um pouco as coisas.

— E meus oficiais vão obedecer minhas ordens — assegura Col.

— Que ótimo — comento. — Nada como camaradas em armas que precisam ser *ordenados* a confiar em mim.

— Zura confia em você — argumenta ele. — Isso diz alguma coisa.

Diz mesmo, porque Zura vem comigo no carro voador roubado. Nenhum outro oficial victoriano está disposto a se meter em uma missão tão arriscada.

Até Col vai ficar com a frota principal.

— E se Artura estiver certa em relação ao resto? — pergunto. — Que esse plano é péssimo de qualquer maneira?

— O plano é perfeito — retruca Col, assoprando a comida. — Um golpe vai acabar com a guerra rápido. E significa liberdade não só para Victoria, mas para Shreve também.

— Mas você está arriscando todo o seu exército, Col.

— Melhor que arriscar a alma de minha cidade.

Balanço a cabeça, sem entender o que ele quis dizer.

— Vamos levar anos para ganhar uma guerrilha — explica Teo. — Tempo o suficiente para a poeira espiã prender todo mundo. Fazer com que as pessoas não ousem mais dizer o que pensam, ou mantenham diários, caso algum guarda de Shreve resolva prendê-las por ter a opinião errada.

— Todo mundo em Victoria tem o próprio feed — completa Col. — Todo mundo conta a própria história. Essa é a alma de nossa cidade.

— Cresci respirando poeira espiã — digo. — E eu tenho alma.

— Claro — concorda Col às pressas. — Só estou dizendo que a liberdade é fácil de perder e difícil de recuperar.

Desvio o olhar. Desde o momento que aprendi a falar, tive que controlar minhas palavras, meus gestos, a forma como ando e paro. Sei o valor da liberdade mais intimamente que qualquer outra pessoa. Mas não tenho tempo para discussões filosóficas.

Não enquanto minha irmã não estiver a salvo.

— Você tem razão — admito. — Se podemos acabar com isso amanhã, vale a pena correr o risco.

— E é por isso que você deveria deixar *eu* ir junto — resmunga Teo.

Col só continua olhando para a comida. Eles já discutiram isso mil vezes na última semana.

— Temos que deixar alguém no comando aqui, Teo — digo.

— No comando de *quê*? — reclama ele. — Vocês vão levar todo mundo com vocês!

Col se vira para o irmão, e por um segundo acho que ele vai perder a calma.

Mas suas palavras são gentis.

— O plano de Frey vai funcionar, mas algo pode acontecer comigo na batalha. Se eu tiver azar, vamos precisar de um Palafox para unir Victoria.

Eu me pergunto se isso é verdade. Sem dúvida todos no exército acreditam nisso, ou não seguiriam as ordens de Col só por causa de seu sobrenome. E talvez seja isso que importa — as pessoas acreditam que as primeiras famílias mantêm as cidades unidas, e essa crença faz a magia acontecer. Ou é o que espero.

Porque, quando Rafi declarar guerra contra o nosso pai amanhã, isso tem que deixar Shreve em pedaços.

GRUPO DE ATAQUE

Estamos no carro capturado, seguindo um rio. Abaixo das copas das árvores, nos mantemos fora dos radares.

Yandre, Chefe X e eu estamos no deque superior, ajudando Zura a passar pelos lugares mais complicados. Estamos abaixados entre as torres dos canhões elétricos, fugindo dos galhos, o pelo de X ondulando ao vento.

O nosso grupo de ataque tem dez pessoas — mais três dos Especiais de Zura lá embaixo, junto com o Dr. Leyva e dois de seus melhores engenheiros. Seu trabalho é dominar os feeds e a poeira espiã de Shreve depois que a gente tomar o controle da torre de meu pai.

Col está com o restante do exército, na maior nave victoriana.

— Por que está triste? — pergunta Yandre, aos gritos, acima do rugido do motor.

Dou de ombros.

— Nunca estive numa missão sem Col.

— Chica, que fofo.

O Chefe X me encara.

— Então, o que você é, exatamente?

Eu olho para ele com uma expressão confusa.

— O que ele quer dizer é: você é uma 'Fox ou uma rebelde? — explica Yandre. — Eu tenho pensado nisso também.

— Uma Palafox? — Eu encaro os dois. — Vocês estão perguntando se eu e Col *nos casamos*?

Yandre solta uma longa risada.

— Frey, nós sabemos que você gosta de Col, mas isso é diferente de ser um 'Fox. Aquele exército lá atrás *precisa* de uma primeira família. Isso os faz se sentirem completos, ter alguém no comando.

Eu me lembro de como Aribella me fez sentir naquele primeiro dia, como se ela merecesse comandar uma cidade inteira.

Mas eu balanço a cabeça.

— Não estou no exército de Col. Nem sou victoriana.

— *Eu* sou — diz Yandre. — É minha cidade também. Mas não sou da família. Entende?

— Claro, você faz parte dos rebeldes. Isso é maior do que qualquer cidade.

— Exatamente. Vou lutar contra qualquer um que mexer com meu planeta. — Yandre faz um gesto para o céu, o rio, a floresta. — É por *isso* que nós lutamos. E você?

Os dois estão me encarando agora, mas não sei como responder.

Na noite passada, Col falou de salvar nossas duas cidades, mas cidades não significam nada para mim. Minha vida inteira eu fui prisioneira dos esquemas de meu pai, ou fugi dele. Essas são as únicas realidades que compreendo.

Antes que eu consiga responder, o carro para devagar. As margens do rio se estreitam, os galhos se aproximando e arranhando o carro.

Pelos próximos minutos, ajudamos Zura a passar pelo aperto, metro a metro, dolorosamente devagar, empurrando os galhos quando eles ficam perto demais. Demora, mas estamos muito perto de Shreve para arriscar passar por cima das árvores.

Finalmente o rio se alarga de novo, e o carro consegue passar sem problemas.

É o Chefe X que retoma a conversa.

— Faça a seguinte pergunta a si mesma — começa. — Por quem você está lutando? Col Palafox?

Eu me pego balançando a cabeça.

O Chefe X dá uma risada ribombante.

— Não se sinta mal se for o caso. Quando eu entrei nessa, foi por um garoto. Levei um tempo para ver qualquer coisa além dele.

— Não. Estou lutando *ao lado* de Col, não *por* ele. — Dou de ombros. — Somos aliados. E eu nunca nem pensei sobre o planeta como um todo.

Yandre dá de ombros.

— Nem todo mundo é rebelde.

— A verdade é que estou lutando por Rafia — confesso. — Eu deveria não passar de uma extensão dela, mas ela me viu como uma pessoa de verdade. É por isso que eu existo.

Desvio o olhar para as hélices, envoltas pelo borrifo do rio. A luz transforma a água em arcos coloridos.

— E também estou lutando *contra* meu pai. Tem alguma coisa errada com ele, coisa pior que as minas ou a poeira espiã. Mesmo se a gente ainda vivesse nos velhos tempos, antes de os humanos terem capacidade de destruir o planeta, eu ainda ficaria contra ele.

O Chefe X faz um som meio rosnado meio risada.

— Não tem nada de errado em ser pessoal. O que importa, Frey, é que você lute ao nosso lado... aqui em cima.

Levo um momento para entender. O pessoal dos 'Fox está todo dentro do carro. Nós três estamos aqui, no vento frio, levando porrada de galhos.

Talvez isso me faça uma rebelde honorária.

— Fico feliz que confiem em mim — digo.

— Gosto de garotas com facas — revela X. — Lâminas tornam a luta pessoal. Músculo e metal, ponta e gume.

— É mais tecnológica do que parece — admito.

Seus olhos amarelos se estreitam.

— Que pena. Uma boa faca deve ser simples.

Por um momento, penso em lhe perguntar o que ele tem de pessoal para resolver na casa de meu pai. Mas então o carro para lentamente de novo.

As margens do rio não são o problema dessa vez. Estamos vendo o vale para o qual Col planeja atrair o exército de Shreve na batalha desta noite.

Este é o nosso esconderijo.

Logo a voz de Zura estala em nossos ouvidos.

Descendo em trinta segundos. Se segurem.

E se vocês, rebeldes, não tiverem problema em machucar árvores, seria bom uma camuflagem.

BATALHA

Passamos a tarde escondidos ali, movendo os painéis solares quando ficavam nas sombras das árvores, mantendo a bateria cheia antes que a noite caísse.

O restante do exército victoriano, junto com nossos aliados rebeldes, vai entrar com força quando o sol se pôr. Queremos o disfarce extra da escuridão, e que os cidadãos de Shreve já estejam em casa depois do trabalho, assistindo aos feeds, quando eu declarar meu *coup d'état*.

A espera me dá tempo de sentir falta de Col.

Quando seus oficiais não deixaram que ele se juntasse ao ataque à torre, não fui contra. É melhor que eu tenha que me preocupar em salvar apenas Rafi esta noite.

Mas, de alguma forma, me esqueci: desde que meu pai atacou a Casa Palafox, Col e eu só passamos poucas horas longe um do outro. Parece que já se passaram anos, uma vida inteira de fuga e luta.

Se a guerra terminar hoje, o que eu e ele teremos?

— A gente tem que preparar sua cara — avisa Yandre, quando o sol se põe.

Nós sorrimos com o absurdo daquela frase. Mas Rafi nunca apareceria nos feeds com o cabelo bagunçado e sem maquiagem, especialmente se fosse para se declarar a nova líder de Shreve.

Adornando minhas mãos estão três anéis de ferro reciclado, o símbolo escolhido por meu pai para representar sua riqueza. Meu traje de tocaia foi programado para imitar o vestido favorito de Rafi da cintura para cima.

Meu cabelo vai ter que esperar até depois da batalha. Mas fazemos minha maquiagem no topo do carro voador roubado, na luz cada vez mais fraca, Yandre e suas mãos talentosas trabalhando para me fazer caber na personagem.

A arrogante primeira filha de Shreve.

A batalha começa na hora programada.

As pranchas chegam primeiro; os rebeldes atacam os caminhões de carga e estufas nos subúrbios de Shreve. Como qualquer uma das inúmeras missões de ataque menores que montamos nas semanas anteriores.

Mas dessa vez, quando os carros mais velozes de meu pai respondem, os rebeldes não se espalham e recuam. Eles revidam com as pistolas de plasma victorianas, derrubando e incendiando uma dúzia de veículos.

Um rosnado grave vem do Chefe X enquanto observamos a batalha. Seu pelo se eriça, as mãos retesadas com o desejo lupino de se juntar a eles.

— Só mais um pouco — digo.

Devagar, como um gigante despertando, o exército de Shreve responde.

Dois esquadrões de artilharia pesada tomam o céu da cidade. Os imensos canhões de luz piscam e se acendem, e uma forte luminosidade azulada corta o vale.

Mas em vez de se aventurarem para derrubar os rebeldes, eles atiram de longe, se protegendo das pistolas de plasma. Uma chuva de dardos de aço brilha pelo vale, como granizo nos holofotes.

Faço uma careta ao ver as figuras distantes caindo das pranchas.

— Pelo menos sabemos que ele não está mesmo em casa — murmura o Chefe X, observando o extremo da cidade.

Ergo os binóculos. Nenhum esquadrão extra foi proteger a torre de meu pai.

Os carros voadores victorianos se aproximam, e os rebeldes se protegem sob eles. A resposta de Shreve me parece lenta — como se estivessem esperando instruções de meu pai —, mas não demora e eles mordem a isca.

O veículo pesado se aproxima para atacar a frota victoriana.

— Se preparem — avisa Zura.

Tiramos os galhos de cima do carro, guardamos os equipamentos, prendemos os cintos, nos preparando para o pouso de emergência. Ao meu lado, o Chefe X parece desconfortável, observando as amarras do assento como se o estivessem estrangulando.

Esperamos, sem ver nada da batalha lá fora...

Até que uma mensagem codificada vem do alto comando.

— Se segurem — diz Zura, enquanto as hélices aceleram.

Voamos baixo e rápido em direção à torre de meu pai, nosso carro inclinado em um ângulo estranho e difícil. O deque de metal treme sob nossos pés enquanto a blindagem estala contra os galhos. Ficamos indo de um lado para outro aleatoriamente.

— Temos que voar *tão mal assim*? — pergunta o Dr. Leyva para Zura.

— Infelizmente sim — responde ela, as mãos segurando o manche com força. — As bombas de fumaça não funcionaram. Não parece que estamos pegando fogo.

O Chefe X me dá uma olhada significativa. Ele aponta para o cinto, pontilhado de granadas e um par extra de braceletes antiqueda.

— Vamos?

Já estou me soltando do assento.

Pego os braceletes que ele me oferece e prendo-os nos pulsos. Enfio uma granada de fumaça no bolso.

— Frey — chama Zura. — Sente.

Eu a ignoro. O Chefe X já está subindo a escada para a escotilha superior.

— Estou *ordenando* que você sente e coloque o cinto — diz ela.

— Eu não sou do seu exército.

— Se você acabar morta, Frey, tudo isso terá sido por nada — argumenta o Dr. Leyva.

— Se a gente for atingido também! Temos que parecer realistas, ou as defesas da casa de meu pai vão...

O Chefe X abre a escotilha, e um vento forte carrega minhas palavras para longe. Agarro um degrau da escada e subo para o som e a luz exagerados.

Sou resoluta.

POUSO DE EMERGÊNCIA

O vento na parte de cima da nave é um torvelinho frio.

Giro os braceletes antiqueda para ligá-los, e os ímãs me puxam para baixo. Eles me seguram como pesos de ferro nos punhos, batendo na lataria quando me arrasto até o motor direito traseiro.

O Chefe X segue em frente, os olhos meio fechados para se proteger do vento, o pelo colado ao corpo.

Ao redor, o céu noturno pisca e queima; explosões, holofotes, carros danificados. Um dardo perdido rebate na blindagem à direita, deixando uma marca do tamanho de um punho.

O deque se inclina e treme sob meus pés, Zura dirigindo feito uma bêbada.

Passamos raspando por um aglomerado de árvores altas, e nossas hélices cortam os galhos do topo, transformando-os em pedacinhos de madeira e soltando um odor de pinho de arder os olhos.

Quando consigo enxergar de novo, Shreve está nítida a distância. A torre de meu pai está iluminada, seu agrupamento de drones ainda girando em torno do topo. A maioria é de ataque, mas alguns têm sensores, radares, escâner.

Esses danos de batalha precisam parecer reais.

Eu faço força para atravessar os últimos metros. O rugido do motor fica cada vez mais alto, a lataria treme, a hélice puxa o ar para as lâminas, como um furacão.

Tenta me segurar...

Estou bem perto. Pego a granada de fumaça e percebo que não tenho como prendê-la.

A não são ser que use meus braceletes antiqueda.

Tiro um deles e o regulo para a maior força possível, fazendo-o se prender ao invólucro do motor, e a granada de metal se gruda a ele, sem se mexer quando tento puxá-la.

Puxo o pino e me arrasto de volta alguns metros, contando os segundos mentalmente.

A granada explode, fumaça cascateando pela hélice, depois pela traseira, em uma trilha longa.

Olho para o Chefe X. O motor direito dianteiro já está cuspindo fumaça também, e ele se arrastou até a traseira do carro.

Ele se levanta até ficar de cócoras, uma posição instável por causa do vento.

— Pronta para pular? — grita.

— *Pular?*

Encaro de olhos arregalados a torre de meu pai, cada vez mais próxima. Zura está reduzindo a velocidade, se preparando para fazer o carro derrapar na terra. Não temos tempo de voltar para dentro e afivelar os cintos.

Tudo que temos são nossos braceletes antiqueda — na verdade, só tenho um.

O Chefe X ainda está com os seus, mas o cinto sumiu. Provavelmente está segurando a granada.

Então me lembro da primeira vez que Naya me deixou usar meu punhal pulsátil fora da área de treinamento.

Fiquei me exibindo para Rafi, fazendo o punhal voar pelo quarto. Ela perguntou se era forte o bastante para me levantar.

Então me segurei com toda a força de minhas jovens mãos e deixei os sustentadores magnéticos me puxarem para o teto de nosso quarto enquanto minha irmã gargalhava e jogava travesseiros em mim.

Um punhal pulsátil pode me carregar.

É claro que eu provavelmente pesava menos na época.

Vou engatinhando até a traseira do carro, paro ao lado do Chefe X e olho para as árvores passando lá embaixo.

Ainda estamos voando muito rápido.

Puxo o capuz para cobrir minha cabeça e meu rosto, mudando o traje para o modo de armadura leve. Ele fica preto, os nanos se endurecendo até se transformarem em escamas firmes.

A fumaça nos envolve, e os sons da batalha ribombam no ar. Quando ultrapassamos o limite da propriedade de meu pai, as árvores dão lugar ao gramado embaçado. As hélices desligam e trocamos para os ímãs silenciosos.

— No três — rosna X, os lábios arreganhados em um sorriso beatífico. — Um, dois...

Pulamos direto para baixo, o vento nos carregando, o carro acelerando à frente.

Embaixo de nós, os jardins perfeitamente cuidados de meu pai são uma confusão de cores nos holofotes. Por um momento estou em queda livre, ambas as mãos apertando meu punhal zumbindo.

Então meu pulso esquerdo é puxado de repente, o bracelete tentando diminuir minha velocidade. O punhal liga com um rugido, e parece que meus braços vão ser arrancados dos ombros. Os anéis de metal giram, machucando meus dedos no campo magnético.

Eu caio, acertando lateralmente uma fileira de cercas vivas, arrastando a camada superior de folhas e galhos. O traje de tocaia é mais resistente que minha pele, mas ainda parece que estou sendo arrastada pelos espinhos.

A cerca viva me faz parar devagar, mas dolorosamente. Levo um momento para conseguir superar a dor e me levantar das plantas arruinadas.

Cinquenta metros adiante, o Chefe X está de pé, esfregando os pulsos machucados.

Ele observa nosso carro voador de Shreve.

Caiu, como planejado.

As hélices do lado direito, as com as bombas de fumaça, tocam os jardins, mandando uma chuva de terra e flores pelos ares. O carro tenta escorregar de lado, mas Zura o mantém firme. Ele se arrasta pela terra até as hélices se quebrarem e dispararem para o outro lado, ainda soltando fumaça.

O carro começa a girar, fora de controle, mas os ímãs o mantêm a alguns metros do chão, um tornado de fumaça e faíscas.

Finalmente ele acerta de traseira a base da torre, arrancando um pedaço imenso da parede da porta de carga e descarga.

Quando as escotilhas se abrem e os Especiais saem às pressas, o Chefe X e eu já estamos correndo em direção ao buraco.

INVASÃO DOMÉSTICA

A essa hora da noite, a área de carga e descarga está vazia, sem funcionários. Os caminhões e drones de carregamento estão parados, iluminados pelas luzes vermelhas de nosso carro voador caído.

As entradas para o restante da casa são seguras. Mas Rafi e eu brincamos de pique-esconde mil vezes aqui; sei o que há atrás de cada porta.

— Por aqui! — Meu punhal pulsátil liga com um rugido, voando na direção da maior porta de correr. Com um guincho de metal despedaçado, um buraco irregular se abre.

Pulamos por ele, corremos pelo piso acarpetado da recepção e entramos no maior cômodo da casa de meu pai. O salão de baile, com suas mesas e palco vazios.

Foi aqui que salvei a vida de minha irmã há um ano. Quando não está em uso, é onde os drones de segurança da casa são recarregados.

Pegamos os robôs no meio de seu período de sono, sem que esperassem um ataque surgindo de uma nave caída de Shreve. Os drones tentam se ligar, as armas carregando às pressas com um zumbido como de abelhas. Mas os rifles dos Especiais disparam, destruindo-os.

O Chefe X estende a lança pulsátil — como meu punhal, mas com dois metros de comprimento — e corta os suportes da varanda. Ela cai, soterrando uma dezena de drones ainda sonolentos.

Pego meu rifle do coldre e abro fogo também, sem mirar, acertando mesas, luzes, o teto trabalhado. A parte mais raivosa e infantil de mim fica exultante em destruir o lugar onde cresci.

Em segundos, cinquenta drones estão destruídos e caídos pelo salão. Mais uns vinte estarão posicionados pela casa. Os alarmes já estão soando.

Começo a seguir para as escadas, mas vejo o Chefe X em cima do palco.

Yandre segura meu ombro.

— Cinco segundos.

X destrói o palco com sua lança pulsátil. Faíscas e serragem voam para todos os lados, então ele se ajoelha e arranca um triângulo irregular da madeira, levando-o aos lábios.

— O homem que fez X se juntar aos rebeldes — explica Yandre — morreu aqui.

Minha mente não consegue compreender.

— Não foi uma missão autorizada — continua. — E ele não queria matar sua irmã.

Balanço a cabeça, de alguma forma.

— Era para meu pai dar aquele discurso.

Não conto o restante. Não conto que eu o matei naquele dia... e que aquele foi o melhor dia de minha vida.

O Chefe X desce do palco, o suvenir de madeira apertado na mão.

Subimos as escadas de emergência correndo, direto em direção à sala de controle, em direção a minha irmã. O Dr. Leyva e seus técnicos vão na frente, espalhando seus nanos antipoeira e procurando armadilhas.

O Chefe X está atrás de nós, passando sua lança pulsátil pelos degraus. Isso faz com que pedra e concreto rolem para cima de qualquer um que tente nos seguir, mas também significa que não temos como voltar.

Dou uma olhada para Yandre, que responde com um dar de ombros.

— É coisa de lobo. Nada de recuar.

Mas tem mais coisa aí. Isso é tão pessoal para o Chefe X quanto é para mim.

Faço nosso grupo parar no décimo andar. Do outro lado estão a sala de controle e o centro médico, e abaixo, meu antigo quarto.

— Vamos encontrar drones neste andar — explico. — Ou soldados.

Os Especiais me tiram da frente e instalam cápsulas explosivas na porta da escada.

A explosão ecoa pela torre.

Passamos pelo buraco aberto. Há estilhaços de metal para todo lado...

Mas o centro médico está vazio.

Nada além de móveis e equipamentos reluzentes, e aquela janela imensa mostrando a batalha em toda a sua glória. Mísseis cruzam o ar, anéis de plasma incendeiam a noite, carros desviam, queimam, caem. As teias antiveículos aéreos dos rebeldes se espalham pelo céu.

Por um momento, não consigo respirar.

Toda essa destruição — por Victoria, pelo planeta, pelo domínio da lei e da normalidade.

Mas também por mim.

Ajudei a planejar esta batalha, empurrando soldadinhos brilhantes e carrinhos pelas telas, como brinquedos. Citando Sun Tzu e Maquiavel. Usando cada segundo do treinamento a que meu pai me submeteu.

Sua criatura.

Ele me fez, e eu fiz este espetáculo diante de nós.

— Magnífico! — exclama o Dr. Leyva, baixinho. — Mas estamos perdendo.

É verdade. O exército de Shreve deixou a cidade praticamente sem dificuldade, atravessando o cinturão agricultor para atacar os rebeldes e victorianos. Tantos carros, drones, tropas...

Então me dou conta... os veículos que estariam guardando esta torre se juntaram à batalha, desequilibrando a balança. Quando invadimos a casa de meu pai, eles não tinham mais motivo para ficar aqui.

Então foram direto para Col.

— Não — murmuro.

— Concentração — diz Zura. — Onde fica a sala de controle?

Eu aponto.

— Por que não tem ninguém aqui? — pergunta o Chefe X, a lança pulsátil zumbindo em suas mãos.

Uma das cientistas ergue um instrumento.

— Tem algum tipo de campo magnético sendo criado. Frey, essa sala é equipada com...

Sua fala é interrompida, e ela cai de joelhos. Sangue jorra de sua garganta e escorre pelo peito, fazendo a camuflagem do traje enlouquecer.

Eu me encolho quando vejo um brilho de metal passar pelo canto do olho. Algo brilhante voa por mim, cortando uma mecha de meu cabelo.

O Chefe X grita de dor. Um pino brilhante atravessou seu ombro.

De repente o ar está cheio de metais — tesouras, agulhas de sutura, pinos, todos os instrumentos médicos estão voando.

Fecho os olhos, pois conheço bem esta sala depois de tantos ferimentos nos treinos, e pego uma almofada na mesa cirúrgica, enrolando-a em torno da cabeça.

Algum código malicioso nas paredes está ligando os ímãs dos sustentadores, fazendo cada objeto de metal girar pelo ar, em busca de qualquer coisa com calor corporal.

Uma Especial cai no chão, algo brilhante enfiado no olho. Ouço o zumbido da lança pulsátil do Chefe X enquanto ele tenta se desviar dos projéteis. Os objetos atingem minha almofada com um ruído abafado, acertam meu traje endurecido, cortam minhas mãos.

Mais cedo ou mais tarde, um deles vai encontrar uma veia.

Mas, então, a explosão para.

Dou uma olhada.

Yandre está de pé no centro da sala, o rosto sangrando e a jaqueta cortada em faixas de couro. Seu pulso com o bracelete antiqueda está erguido no ar, cercado por um furacão afiado de metal.

É claro. O ímã do bracelete é muito mais forte que qualquer sustentador localizado e atraiu todo aquele metal para si. Mas o vórtice em torno da mão de Yandre está se fechando, girando mais rápido conforme se aperta, como água em um ralo.

Quando consumir o bracelete — e a mão de Yandre —, o furacão de metal ficará livre de novo.

Atiro meu punhal na janela. O vidro reforçado resiste por um momento, depois se racha e quebra. Estilhaços brilhantes caem para a noite, deixando entrar o rugido do vento e o trovão da batalha.

Yandre vai até a janela com passos lentos e firmes, depois larga o bracelete lá fora.

O tornado de metal o segue, girando na escuridão.

Olho em volta — um cientista e dois Especiais mortos. O pelo do Chefe X está manchado de sangue. O braço de Yandre está todo cortado. Zura emerge de baixo de uma mesa de massagem, sem ferimentos.

O vento frio de dez andares de altura faz tudo voar ao nosso redor.

O Dr. Leyva começa os trabalhos, procurando spray analgésico e curativos. Quando se vira para mim, faço um gesto para dispensá-lo. Meu traje me protegeu do pior.

E a batalha ainda está a toda lá fora.

— A sala de controle fica atrás daquela porta — digo para o técnico que sobreviveu. — Volto em cinco minutos.

— Frey... — Zura me adverte.

Balanço a cabeça e pego duas granadas do cinto do Chefe X. Ele só assente.

Vou em direção às escadas... ao décimo primeiro andar, onde eu dormia.

Zura não tenta me impedir.

A escada está às escuras, alarmes soando em todas as direções. Mas vejo movimento abaixo de mim. Usando a visão noturna, percebo dois drones de segurança flutuando nos sustentadores silenciosos.

Não há mais motivo para ser discreta.

Meu rifle enche as escadas de faíscas e fumaça, deixando os drones em pedaços trêmulos. Configuro uma das granadas para o timer mais lento e a jogo para baixo.

A porta do décimo primeiro andar está trancada, mas o rifle a arranca das dobradiças.

Mergulho pelo portal, mirando e atirando em uma figura solitária no corredor. Mas minha arma engasga, a luz do status piscando vermelha.

Estou sem munição.

— Frey — diz uma voz familiar. — Que bom te ver.

Aperto os olhos na claridade suave das luzes de emergência. Ela está ali de pé, magra, preparada e forte.

Desarmada. Despreocupada comigo.

Minha treinadora, Naya.

NAYA

Largo o rifle descarregado e ergo o punhal pulsátil.

— Saia da frente. Não quero te machucar.

— Você jamais conseguiu me machucar, Frey.

— Pode acreditar, não foi por falta de tentativa.

Naya me olha com uma expressão conhecida. Aquela concentração perfeita, buscando minhas fraquezas, me julgando. Por um momento, volto a ser aquela menininha indefesa de sete anos.

— Sua postura está relaxada — diz ela.

Olho para meus pés.

Ela tem razão. Meu peso está apoiado demais na parte de trás.

— Perdi a prática. Acontece que não há muitas brigas mano a mano em guerras de verdade.

— Podemos remediar isso. — Ela ergue as mãos, e eu me lembro de como eu costumava achá-la linda: a mistura de elegância, força e ameaça.

Agora tudo que vejo é a tristeza em seus olhos.

— Não vou lutar limpo com você, Naya. Você iria ganhar.

— Então pelo menos te ensinei alguma coisa.

— Saia da minha frente.

— Não, Frey. Sirvo à herdeira, não a você.

Atrás dela, vejo a porta de Rafi. Meu antigo quarto.

Um peso sai de meus ombros.

— Ela está aí?

— Sim, Frey. Ela sente sua falta.

Meu punhal começa a tremer com um aperto.

Com delicadeza, com cuidado para não o esmagar.

Com firmeza para que não voe para longe.

— Não me obrigue a te machucar.

Naya balança a cabeça.

— Não tem outro jeito.

Há tantas outras formas; o mundo me ensinou isso no último mês. Mas nesta casa só existe isso.

Eu jogo o punhal.

Ele ruge, penetrando-a. Dedos quebrados, costelas partidas. Luxações e escoriações. Músculos ardendo, orgulho ferido. Tanta dor, em troca de lascas de orgulho.

Não sobra nada dela além do cheiro de ferrugem.

Bato na porta do quarto.

— Rafi. Sou eu.

Um momento infinito de silêncio, depois, baixinho...

— Frey?

Meus olhos ardem, algo sobe por minha garganta. Minha primeira resposta nem é uma palavra.

Pego a última granada.

— Se afaste. Vou explodir...

A porta se abre.

Rafia está ali de pé, o rosto iluminado.

Ela usa o vestido que escolheu para nosso décimo sexto aniversário — um gradiente de penas que se misturam como um pôr do sol do laranja ao vermelho, uma linha de rubis traçando sua cintura. Um colar novo, de fino metal prateado, ilumina seus olhos.

Por um lindo momento, tenho certeza de que a equipe psicológica dos Palafox estava errada. Essa é Rafi, minha irmã mais velha, mais confiante, com o cabelo impecável, cada acessório bem escolhido.

Até que ela me abraça e eu sinto os tremores em suas mãos e o pânico em seu coração.

A porta nem estava trancada. Ela está fraca demais para fugir. Ela se afasta e dá uma voltinha.

— Vesti seu favorito, maninha. Quando os alarmes começaram, eu *sabia* que você viria.

Mal consigo respirar.

— Você está linda.

— E você está... *aqui*. — Suas palavras são um sussurro. — Ele disse que você tinha morrido. Metade de mim, morta.

A privação em seu olhar me envergonha. Não senti sua falta com tanta intensidade. O mundo estava ocupado demais me atingindo. Eu tinha uma guerra para lutar, um menino para descobrir.

Enquanto ela estava presa neste quarto.

Vejo atrás dela que as paredes ainda exibem a mesma cor que escolhemos juntas aos dez anos. As fotos de nós duas juntas, apagadas do arquivo doméstico, foram pregadas na parede. O cachorrinho de veludo que, mesmo com seu minúsculo cérebro artificial, aprendeu a nos diferenciar, ainda que nosso pai não conseguisse.

O quarto me parece menor agora. Nem mesmo meia vida.

Rafi estende a mão, passa um dedo na cicatriz acima de meu olho... nossa cicatriz.

— Gostei da maquiagem — diz ela. — Quem fez?

— Um amigo.

— Você tem amigos agora — murmura ela, feliz e invejosa e triste.

Depois de tanto tempo distantes, é estranho ver meu rosto no dela. Como um software da época Perfeita me mostrando o que os cirurgiões vão fazer comigo. Mais elegante, mais refinada.

Mais frágil.

Ela olha a ponta do dedo — está úmida depois de tocar meu rosto. Está em minhas mãos também, no rosto.

— Naya — explico.

— Ah, pobre Frey. Quando os alarmes começaram a tocar, falei para ela fugir. Sinto muito que não tenha obedecido.

Pego a mão de minha irmã.

— Não é nossa culpa. Vamos.

Descemos pelas escadas até o centro médico.

Os soldados encaram nossos rostos idênticos — aquela expressão confusa a que já estou tão acostumada, redobrada. Como se ninguém realmente acreditasse que havia duas de mim.

Rafi os cumprimenta, como se fossem visitantes em nossa casa. Um aceno arrogante e um olhar avaliador para cada. E é com esse olhar que percebo que grupo estranho somos. Os rebeldes em seus couros, o braço de Yandre todo enfaixado, todos feridos de alguma maneira.

O Dr. Leyva encontra a própria voz primeiro.

— Corrompemos a poeira espiã em toda a cidade. E os feeds estão sob nosso controle. — Ele olha pela janela quebrada. — Mas não temos muito tempo para virar a mesa.

No céu escuro, a batalha parece abafada agora. Há rastros de luz e fumaça, mas não há mais anéis de fogo; as pistolas de plasma dos Palafox devem ter acabado.

— É bom que esse discurso seja eficiente — diz o Chefe X.

— Um discurso? — Rafi bate palmas. — Ainda bem que me vesti.

— Não, irmã. Esse é meu.

Ela se empertiga, dominadora de novo.

— E o que exatamente você vai dizer?

— Que você está declarando um golpe contra ele. Que desligamos a poeira para que o exército e os cidadãos possam ficar ao seu lado. Que você será a líder agora, e que tudo vai mudar.

— Você consegue fazer isso?

Por um momento, sou sua irmãzinha de novo. Mas meu olhar é decidido.

— Estou pronta.

Ela sorri.

— Sabe o que eu acho, Frey? Se queremos mesmo derrubá-lo, temos que falar juntas.

Ninguém diz nada.

Eu demoro para ligar todos os pontos — esses são nossos planos combinados. Arrancar tudo dele ao mesmo tempo. Seu poder, sua cidade, seu lar, seus segredos.

— Você tem razão — concordo.

O Chefe X solta uma gargalhada.

DISCURSO

Ficamos lado a lado.

A câmera flutua no meio do cômodo, filmando Rafi e eu no centro da janela quebrada. Com a batalha ainda pegando fogo atrás de nós, será óbvio que estamos falando ao vivo da torre de nosso pai.

O vento frio e cortante passa pelo vidro arrebentado, e mais e mais soldados de Shreve sobem pelas escadas. Outros estão subindo em pranchas voadoras. Ouvimos tiros quando nossos rebeldes tentam mantê-los longe.

Nada disso incomoda minha irmã.

Eu quase esqueci que persuasão é seu trabalho, não o meu.

Quando a câmera acende a luz que indica a transmissão, Rafi cumprimenta o povo de Shreve. Ela conta que está no controle da torre. Então cumpre a promessa que fez na noite antes de eu ir embora, e conta a todos nosso segredo.

— Como vocês podem ver — diz —, não estou sozinha. Nunca estive sozinha.

Minha boca fica seca. De alguma maneira, consigo sentir o olhar curioso de dois milhões de pessoas indo de mim para ela, nos comparando. Uma em um traje de tocaia danificado, o cabelo desarrumado, coberta por uma camada de sangue. A outra, perfeita como sempre.

Uma faca de dois gumes.

— Quero que conheçam minha gêmea, Frey. Muitos de vocês já a conhecem, na verdade, e todos já a aplaudiram em algum momento. Ela ficava no meu lugar em multidões, em recepções, sempre que havia algum perigo. Ela foi minha primeira protetora. — A voz de Rafi fica gélida. — Porque seu líder criou uma das filhas para levar uma bala pela outra.

É estranha essa revelação que se descortina. Não há rostos chocados na multidão. Não há métricas de público em uma tela ótica. Só minha irmã, contando a verdade nua e crua sobre mim para uma câmera voadora.

— Desde que fizemos sete anos, Frey foi treinada para matar. Todos os dias, ela era ferida brutalmente por seus professores, e não havia nada que eu pudesse fazer para ajudá-la. — A voz de Rafi falha, de um modo genuíno e artístico. — E toda vez que eu saía de nossa bolha, eu tinha que apagá-la da mente, fingir para todos que ela não existia. Nosso pai me fez uma cúmplice na dor de Frey, no apagamento de Frey, a cada hora, a cada momento.

Sua voz falha de novo, exibindo o que Col me ensinou a enxergar — como me esconder a torturou por dentro. Mas ela nunca perde sua linha de raciocínio, jamais perde o momento. Esse discurso é tão perfeito que me pergunto se Rafi passou a vida inteira o escrevendo. Praticando-o às escondidas. Sonhando com ele, na cama ao lado da minha.

Esperando por esse momento.

Valeu a pena arriscar tudo para lhe dar esta chance.

— Frey enganou todos vocês porque é incrível, mas ela não merecia isso. Isso não é normal.

Ela se vira para mim, e percebo que é minha vez.

Rafi já fez o discurso que eu pratiquei. Não tenho mais nada a dizer sobre ossos quebrados, passagens escondidas ou a Sensei Noriko. Só posso falar do que me importa agora.

— Quando esta guerra começou, nosso pai me jogou fora. Eu não era nada para ele além de uma forma de roubar metal, conquistar uma cidade e assassinar uma família em sua própria casa.

Minha voz treme. Não com a beleza da de Rafi, mas com uma convulsão no peito.

— Quando ele mandou aquele míssil para destruir a Casa Palafox, achou que eu morreria com eles. Um sacrifício que o faria parecer corajoso e forte. A única razão para eu estar viva agora é que uma das pessoas que nosso pai planejava assassinar me ajudou a fugir. Devo minha vida a Col Palafox.

Eu me pergunto se Col está assistindo. A essa altura, o mundo todo deve estar de olho, com exceção das pessoas que têm uma guerra para lutar. Mas espero que esteja vendo, de alguma maneira.

— Col e seu exército estão aqui para libertá-los. Parem de lutar contra ele e comecem a lutar contra o verdadeiro inimigo. Pedimos a vocês, cidadãos e soldados de Shreve, que se juntem a nós. Que rejeitem nosso pai. Que tornem Shreve uma cidade normal de novo.

É estranho. Eu esperava dizer essas palavras na voz de Rafi, mas, finalmente, estou usando minha própria voz.

E, de repente, sei como terminar isso.

— Estou livre das mentiras de meu pai agora, uma liberdade que todos vocês merecem. Não será fácil nem simples, mas será *nossa*. Porque o único caminho verdadeiro para a liberdade é quando a conquistamos nós...

As luzes se apagam. A câmera cai no chão.

O Dr. Leyva aparece na porta da sala de controle.

— Eles cortaram a energia! Já fizemos tudo que podíamos aqui!

Eu me viro para a janela.

No céu noturno, as explosões e rastros de chamas estão se apagando, a batalha acabando. Sem o caos da luta, como os soldados de Shreve podem se declarar a favor de Rafia?

Não há exército victoriano para equilibrar as coisas. Só uma galáxia de luzes voando pelo céu, se afastando da batalha, vindo em nossa direção. O exército de Shreve está voltando para casa, para retomar a torre de nosso pai.

Chegamos tarde demais.

— Eles ouviram a gente? — pergunto.

O Dr. Leyva assente, observando uma tela portátil.

— Foi para todos os feeds. A cidade toda está falando, reagindo. Mas não vão digerir isso assim tão rápido. E não temos mais tempo.

— Pobre Frey — diz Rafi, baixinho. — Você achou que um discurso ia mudar tudo?

— Eu achei... — Mas não sei como continuar.

— Foi um *ótimo* discurso — elogia ela. — Somos perfeitas juntas.

O Chefe X me dá um tapa no ombro.

— Foi um começo, mas temos que dar o fora daqui.

Levo um momento para perceber que estão todos olhando para mim, à espera do próximo passo.

Minha cabeça está girando. O próximo passo teoricamente era a vitória, mas demoramos demais para tomar a torre, e o exército de Col não era forte o bastante.

Tudo que nos resta é fugir, mas ouço tiros por todos os lados.

— Temos que sair pela sala dos troféus — digo. — É o único lugar que não vão conseguir explodir. Dois andares para baixo.

— Não *dá* pra descer! — grita Zura da porta quebrada das escadas. Tiros iluminam a escuridão atrás da soldado.

— Dá, sim. — Dou um apertão no punhal e o deixo cair.

Ele atinge o chão com um estrondo, soltando pó. Quando volta para minhas mãos, um momento depois, um buraco irregular surgiu, cheio de espuma antifogo e fios estalando.

— Eu primeiro — rosna o Chefe X.

Sua lança pulsátil está zumbindo quando ele pula. Eu o sigo, me agarrando à beirada para não cair em cima do líder rebelde.

Ele está lutando com os drones, a lança cortando arcos elegantes no ar. Quando desço, meu punhal derruba um deles, depois engasga e cai no chão.

A luz da bateria se acende, vermelha.

Estou desarmada, mas Zura já veio atrás de nós, os rifles se juntando ao barulho da luta. Momentos depois, o nono andar está livre.

Falta um.

— Quebre aqui — peço ao Chefe X.

Ele ataca o chão com sua lança pulsátil. Quando todos os outros chegam, já podemos descer de novo.

A sala é escura e silenciosa. Como pensei, a equipe de segurança de nosso pai não ousaria trazer a batalha até aqui. Nada é mais precioso para ele que seus troféus.

A maioria é de retratos. Pinturas de antigos aliados, inimigos, todas as pessoas que não aparecem mais nos feeds de propaganda de Shreve. Pessoas apagadas, existindo apenas neste abismo de memória.

Nosso pai nunca esquece suas vitórias.

Também há troféus comuns de caça — as cabeças empalhadas de veados, javalis e leões. Uma centena, pelo menos, e prateleiras cheias de rifles de caça e pranchas voadoras.

— Essas pranchas estão carregadas? — pergunta Zura.

— Sempre, em caso de incêndio. Mas as armas não têm munição.

— Servem. — Ela pega uma prancha da parede.

Enquanto os outros descem do buraco no piso superior, eu tento me orientar. Este quarto é o prazer secreto de nosso pai, e sem janelas para evitar os olhares curiosos. Mas a parede externa deve ficar bem aqui, atrás desse retrato de...

Mim.

Frey.

Definitivamente não é Rafi. Não com esse cabelo bagunçado, as roupas de ginástica, o punhal na mão. Um brilho de suor e aquele olhar do êxtase de batalha nos olhos. Mais selvagem do que jamais me imaginei.

Nosso pai já tem um retrato meu em sua sala de troféus.

Mas ele só achou que eu estava morta por alguns dias. Quanto tempo leva para pintar alguém?

Será que isso já estava pronto antes de eu ir para Victoria?

Então a vejo, pendurada bem à frente — Aribella Palafox.

A pintura captura sua confiança, sua certeza. Cada pincelada me lembra de como ela era formidável.

Mas ela morreu, e eu ainda estou aqui.

Uma voz retumba em meu ouvido.

— Um dia, o retrato de seu pai vai estar aqui também.

Ergo os olhos para o Chefe X. Seu pelo está grudento de sangue, um dos olhos inchado por algum golpe. Mas sua expressão é muito humana, muito triste.

Eu me pergunto se o assassino — seu amor perdido — está entre estes rostos. Mas não cabe a mim fazer essa pergunta.

Não estou pronta para contar a ele o que fiz.

A lança apita em suas mãos, e ele a ergue, um brilho de felicidade lupina nos olhos. Por um momento penso que ele sabe, de alguma maneira, e vai me destruir.

Mas tudo que diz é:

— Hora de ir. Que parede derrubo?

COLEIRA

Tiro o meu retrato da parede, do caminho do Chefe X.

Não quero que seja destruído. Quero que meu pai veja meu rosto todos os dias, sabendo que ainda estou aqui. Viva, lutando, buscando outras maneiras de atingi-lo.

A garota naquele quadro parece tão forte, tão determinada. Quero que ela seja minha verdade.

Minha irmã para ao meu lado e examina o retrato.

— É *você*, Frey? Que amor. Significa que ele pensou em você.

Olho em volta, para todos os rostos perdidos nesta sala.

— É, mas estou aqui com os inimigos dele.

— Frey, que bobinha. Papai ama seus inimigos mais que seus amigos. — Ela faz um gesto para as pinturas. — Para começo de conversa, ele sabe o que *fazer* com os inimigos: pendurá-los na parede com as outras cabeças empalhadas.

Sua voz está trêmula. Olho em seus olhos e vejo algo como pânico.

— Sempre odiei essa sala. — Ela se abraça. — É como entrar na cabeça dele, o que é a única coisa pior que ser parte da família. Você teve sorte, sabe. Não é a filha de verdade. Eu bem que gostaria de devolver esses vinte e seis minutos.

— Eu sei.

Eu era só uma extra, uma ferramenta. Mas ela teve que ser filha dele por todos esses anos. Eu odiava não ser vista, mas ser vista era pior. Jamais fiquei sozinha com ele.

E se, durante esse tempo todo, ela estivesse me protegendo também?

— Você acha que tem uma pintura de mim? — pergunta ela. — Guardada em algum lugar? Pronta para ser pendurada?

— Não importa, Rafi. A gente vai embora. — Eu seguro suas mãos. — Vai ficar tudo bem.

— Não vai.

— As coisas são diferentes lá fora, Rafi. Tem um mundo inteiro onde ele não pode encostar em você. Nunca mais vai precisar ver nosso pai!

Sua voz fica triste.

— Mas eu não posso ir.

— Como assim?

Os dedos de Rafi vão para seu pescoço, tocando o colar novo.

— Se eu sair da casa, isso dispara.

Fico olhando o colar.

— Ele colocou um rastreador em você?

— Não. Uma bomba.

A parede está quase aberta.

O Chefe X arrancou a camada de isolamento térmico e a fiação, mas a parede externa da torre é de metalforte sólido. A lança pulsátil não consegue atravessá-la.

Zura está colocando os explosivos.

As forças de Shreve ocuparam a maior parte do prédio, mas a poeira espiã foi corrompida. Eles não sabem onde estamos ou que estamos prestes a explodir a torre para fugir. O piso acima de nós está cheio de granadas de proximidade, e Yandre carrega nossa última pistola de plasma no braço bom, caso a gente encontre carros voadores no caminho.

Mas minha irmã está com uma bomba pendurada no pescoço.

— E aí? — pressiono o Dr. Leyva, que analisa sua tela portátil.

— Puxei o código do cordão. Não é nada muito complexo.

Eu balanço a cabeça.

— Ele não esquentaria a cabeça com nada complicado. Rafi não é boa com tecnologia.

Ela me olha de esguelha.

— A *Rafi* está bem aqui.

— O problema — diz Leyva — é que eu não tenho tempo para passar um avaliador de hardware.

— O que isso significa? — pergunto.

— Significa que a bomba em meu pescoço está sendo desmontada por um *apresentador de feed de culinária*! — resmunga Rafi.

— Um feed de *ciência* da culinária. — Leyva continua observando a tela. — Estou mexendo em códigos de Shreve já faz um mês, e em geral não tem sido difícil. Mas, quando vejo um código tão simples assim, me preocupo que seja uma armadilha... que tenha algum detonador escondido no hardware.

Ele olha para Rafia.

— É você, afinal, *la princesa Rafia*. Você é mais importante que uns painéis solares.

Rafi engole em seco.

— Então estou presa aqui.

Ele estende a tela.

— Meu código está pronto para hackear o sistema. É só apertar este botão. Mas...

— Mas minha cabeça pode explodir. Quais são as chances?

Leyva baixa a tela.

— Vocês saberiam melhor que eu.

Balanço a cabeça, com raiva.

— Se você não sabe, doutor, como *a gente* saberia?

Leyva abre as mãos.

— Não tem a ver com a bomba, tem a ver com seu pai. Se ele quisesse, poderia ter feito esse código difícil demais para invadir em alguns minutos. Mas ele escolheu usar algo simples.

— O que significa?

— Talvez seja um truque, para matar Rafi caso ela tente fugir. Ou talvez ele quisesse que fosse simples para que, caso algo desse errado, um problema no código não matasse sua irmã.

— E você não sabe qual a opção correta?

— Se a gente tivesse mais duas horas... — Leyva dá uma olhada em Zura.

Ela está quase terminando de colocar os explosivos na parede. O cientista que sobreviveu está com as pranchas prontas para partir. Yandre empunha a pistola de plasma.

— O que você acha, maninha? — Rafi toca o cordão. — Ele preferiria me matar a me deixar fugir?

Tudo que sei sobre nosso pai me inunda. Ácido em minhas veias.

— Ele odeia perder, Rafi. — Minha voz começa a tremer. — Se você escapar, é como se ele perdesse Seanan de novo. Ele não pode deixar isso acontecer.

— Ele não me mataria — diz ela.

Eu me aproximo.

— O tempo todo que passei na Casa Palafox, eu pensava a mesma coisa. Mas ele tentou me matar, porque nada importa para ele além de *vencer*. Sinto muito, Rafi. Juro que vou voltar e te salvar...

Rafi pega a tela portátil de Leyva e aperta o botão.

O colar se abre.

Eu fico paralisada; aliviada, surpresa, mas parte de mim destruída.

— Sinto muito, irmãzinha. — Ela abre um sorriso gentil. — É uma bosta, eu sei. Mas ele não *me* jogaria fora.

CLIQUE

Subimos nas pranchas, prestes a voar.

Os explosivos estão prontos. Yandre já apertou o gatilho primário da pistola de plasma. O zumbido da bateria enche a sala de troféus, como uma chaleira fervente.

Acima de nós, as granadas de proximidade vão sendo detonadas uma a uma. O inimigo está liberando o andar. Mas são lentos...

Acham que ficamos presos aqui.

Estamos só esperando uma abertura lá fora.

— Saída limpa em cinco, quatro, três... — começa o Dr. Leyva, depois balança a cabeça. — Não, espere. Veículo de ataque pesado passando.

Eu resmungo.

— *Pare* com isso!

Leyva dá de ombros, encarando a tela portátil.

— Você acha que é fácil?

Ele está assistindo aos feeds recém-liberados dos cidadãos de Shreve. Dois milhões de pessoas, todas transmitindo o que querem pela primeira vez desde que nosso pai tomou o poder.

A maioria está mostrando a batalha, é claro. Milhares estão nos telhados, apontando suas câmeras para a torre, onde sinais de combate ainda brilham nas janelas.

Todos querem saber se realmente estão livres.

Não estão, porque falhamos.

Mas pelo menos eu salvei minha irmã.

Ela está esperando na prancha conosco, usando um traje de tocaia roubado de uma Especial que morreu. A camuflagem está configurada para preto meia-noite, mas em Rafi parece uma escolha estilística.

Seu vestido de penas está dobrado com cuidado em um canto, o colar-bomba aberto em cima, uma carta de despedida da fugitiva.

O Chefe X se remexe na prancha imóvel.

— Tem certeza de que explodir essa parede não vai matar a gente?

— Os explosivos são noventa e oito por cento direcionais — explica Zura. — Pode confiar na tecnologia victoriana.

— Noventa e oito... — O Chefe X cospe no chão.

— Vamos nessa, doutor — diz Zura. — Só estamos dando mais tempo para nos cercarem.

Leyva balança a cabeça.

— Na verdade, eles estão saindo da torre e voltando para a cidade. Tem vários protestos pipocando... fogos, multidões, como o Dia de Todos os Santos em Victoria. O exército está mais preocupado com os cidadãos que conosco!

— *Falei* que foi um bom discurso — diz Rafi.

Sorrio para ela, mas estou preocupada com o que vai acontecer a quem protestar quando a poeira espiã voltar a funcionar.

Será que uma noite de liberdade realmente vai mudar alguma coisa?

— Ainda temos a questão dos soldados nos seguindo. — Zura ergue os olhos para o buraco no teto.

Luzes de lanterna correm de um lado para outro lá em cima.

— Outra unidade pesada está se afastando — avisa Leyva, encarando a tela. — Voltando para o campo. Tem alguma coisa acontecendo lá fora!

Eu me estico na prancha, esperançosa por um segundo.

Talvez os victorianos tenham guardado algumas unidades na reserva. Talvez ainda estejam lutando, e haja tempo para a rebelião em Shreve vingar...

Mas, então, o rosto do Dr. Leyva se contrai.

— Não — sussurra ele.

— O que foi agora? — grita Zura.

Leyva olha direto para mim.

— Sinto muito, Frey. Chegou agora aos feeds. Por isso a batalha acabou antes do que a gente supunha... O carro dele foi derrubado.

Balanço a cabeça.

— Do que você está falando?

Ele me entrega a tela.

— Aquela unidade que passou foi prendê-lo.

Eu encaro a imagem nos feeds.

Col Palafox.

Ele está sujo e ensanguentado. Seu olhar parece distante, e seus pulsos foram presos por plastitec. Um guarda de Shreve de cada lado.

Prisioneiro de meu pai.

— Por favor, não.

Minha voz treme. Rafi toca meu ombro com delicadeza.

— Pobre Frey. Você ficou tão linda naquela jaqueta vermelha.

Eu olho para os outros, implorando por um plano, alguma forma de resgatar Col. Yandre afasta o olhar, xingando baixinho.

Só Zura me encara, uma expressão de puro ódio.

Ela deve estar achando que Artura Vigil tinha razão.

— Não é sua culpa — sussurra Rafi em meu ouvido.

Mas é. Tudo isso foi meu plano.

Um estouro vem do andar acima de nós, uma bomba de fumaça explodindo. O contorno revolto de uma nuvem densa surge pelo buraco no teto.

— Doutor — chama Zura. — Temos que ir embora *agora*.

Leyva não pega a tela da minha mão, só assente. Todos sobem de volta às pranchas.

Zura aciona as bombas. A parede explode com um violento estrondo, estilhaços de metalforte destruindo carros voadores e drones lá fora. O impacto me faz tropeçar para trás.

E tudo no que consigo pensar é: Col está sendo trazido para esta torre, preso. Porque me ouviu, seguiu meu plano. Jogou fora seu exército por minha irmã.

As pranchas se erguem, as hélices em velocidade máxima. O vento balança as pinturas ao redor, levantando a poeira e a fumaça na sala.

Minha equipe dispara pela noite, Yandre atirando um esferomach ardente de plasma à frente, limpando ainda mais carros no caminho.

Todos na camuflagem negra, desaparecendo no céu escuro.

Não vão perceber que não estou com eles até ser tarde demais para voltar.

Desço da prancha. Tiro meu traje de tocaia, minhas luvas, meu fone.

Tremendo com o vento frio que entra pelo buraco, cruzo a sala até o vestido que Rafi usou para nosso aniversário de 16 anos. Eles nunca fizeram uma versão para mim. A festa teve só meia dúzia de amigos, não havia necessidade de dublê.

Mas Rafi nunca esqueceu o quanto eu gostava daquele vestido. Ela o usou hoje por mim.

Eu o visto pela cabeça. As fibras inteligentes sob as penas se esticam; nossos corpos se diferenciaram no último mês, só um pouco. Mas, quando o vestido desce pelo meu quadril, já parece que foi feito para mim.

Escondo a tela portátil do Dr. Leyva atrás da pintura de Aribella Palafox. Então fecho o colar-bomba em volta do pescoço.

Clique.

Quando Col for trazido até aqui, vou estar esperando. Pronta para libertá-lo, pronta para lutar por ele. Para levá-lo de volta ao irmão e ao que quer que tenha restado do exército victoriano.

Vai ficar tudo bem.

Os soldados de Shreve entram na sala de troféus pelo buraco no teto um minuto depois. Vinte deles, em armaduras completas, com armas de choque e uma dezena de drones de batalha.

Eles me encontram ajeitando o cabelo.

— Estão atrasados — digo na melhor voz de Rafi. — Nossos visitantes já foram embora.

PAI

— Seu pai vai vê-la agora — diz Dona Oliver.

Solto um suspiro entediado quando me levanto e ajeito o vestido. Ele me fez esperar por duas horas do lado de fora do escritório.

Que mesquinharia. Só porque ajudei minha irmã a fazer um discursinho. O que eu poderia fazer, deixar ela fingir que era *eu*?

Dona me observa quando passo, mas não há desconfiança em seus olhos. Só medo, pelo que ele pode fazer comigo.

Estou mais preocupada com Dona do que com qualquer outra pessoa. Da última vez que Rafi e eu trocamos de lugar, foi ela que nos pegou.

Mas uma coisa é diferenciar gêmeos quando estão um ao lado do outro, e outra quando só há um deles na sua frente. E ainda outra, muito diferente, acreditar que alguém colocaria um colar-bomba no próprio pescoço.

Ainda consigo ouvir aquele *clique*.

A porta se fecha atrás de mim.

Pela primeira vez na vida, estou sozinha com meu pai.

Do outro lado da mesa, ele olha para mim. Seus olhos avaliam o que estou usando.

Passei a manhã toda no closet de Rafi, lembrando todas as vezes que a vi se vestir. Tentando não me perder no labirinto de materiais, cortes e tipos, as regras de formal, casual, coquetel e criativo. Tentando imaginar que tudo aquilo realmente pertence a mim.

Só as *melhores* roupas para a primeira filha de Shreve.

Com a voz de Rafi na cabeça, me mantive conservadora — uma camisa branca de botão com uma saia escura, sapatos discretos. Como alguém fazendo uma entrevista de emprego.

Meu pai parece não ter dormido. Veio direto da conferência de paz, é claro. Deve ter passado a noite reinstaurando a ordem na cidade.

Ele indica duas cadeiras perto da janela.

Sentamos juntos, a cidade de Shreve toda a nossos pés. As cicatrizes da batalha enegrecem o cinturão agricultor, e os restos dos protestos sujam as ruas.

Mas nada sofreu mais dano que esta torre, um buraco imenso arrancado à força do edifício de meu pai. Da janela de meu quarto, vi as pessoas nos terraços, observando-o.

Pelo menos nós fizemos com que ele parecesse fraco.

— Você já viu o que estão dizendo sobre nós? — pergunta ele.

Levo um momento para responder. Os feeds da cidade ainda devem estar a toda depois das revelações do discurso da noite passada. Rafi já teria lido todos a esta altura; escolher as roupas certas levaria segundos para ela.

Com sua voz irônica, pergunto:

— Você ainda não colocou os feeds sob controle?

— Em breve. Por enquanto, deixe que falem, assim saberemos com quem lidar quando a poeira estiver no ar de novo.

Sorrio com sua lógica, meu estômago se revirando. Quantas pessoas meu chamado à rebelião colocou em risco?

Meu pai se inclina para a frente, se aproximando de mim mais do que jamais fez.

— Você entende agora? — Ele faz um gesto para a cidade. — Sem nada além de alguns rebeldes e seguidores dedicados dos Palafox, Frey fez isso tudo. E ela a forçou a fazer aquele... *discurso*.

Seu corpo inteiro treme de raiva.

Mas não de mim. De minha irmãzinha.

Por um momento, fico confusa demais para falar. Mil desculpas diferentes estão na ponta da língua. Como não tive escolha. Como seria melhor se eu, Rafia, ficasse na frente das câmeras para tomar o controle caso Frey fosse longe demais. Como eu sabia que a batalha já estava ganha.

Mas meu pai já criou as desculpas para mim.

— Fizemos sua irmã bem demais, perigosa demais — diz ele. — Agora vê por que tentei matá-la logo no início disso tudo?

Ele está implorando por minha aprovação.

Depois do diagnóstico de Col sobre a psique de Rafi, eu quase me esqueci de como ela pode ser formidável. Mas esse sempre foi seu trabalho — fazer as pessoas acharem que ela estava do lado delas, não importava que crimes cometessem.

Talvez tenha usado a mesma mágica comigo.

— Frey não é mais minha irmã — digo. — Ela matou Naya bem na minha frente. Foi assustador, papai.

— É claro que foi. Sinto muito, Rafia. — Mas ele não parece sentir muito. Parece feliz, talvez um pouco surpreso por eu concordar com ele tão facilmente.

Rafia teria lhe dado mais trabalho.

Corro a ponta dos dedos pelo colar.

— Não está na hora de tirarmos isso aqui?

O sorriso dele se apaga, os olhos se estreitam. Ele se estica e pega minha mão, fazendo um tremor percorrer minha coluna.

É a primeira vez que ele me toca.

— Mas sem meu presentinho, ela a teria levado. Ele a protege dela.

Ele acha que eu deveria ser grata por essa coleira.

A frase de Rafi reverbera em minha mente: *Isso não é normal.*

Dou de ombros.

— Talvez. Mas acho que ela vai parar de nos incomodar, agora que o senhor destruiu os Palafox.

— Não. Não enquanto ele estiver em nossa casa. — Ele faz um gesto.

A porta para seu escritório particular se abre, e duas pessoas entram. Uma é um soldado — não um guarda no engomado uniforme cinzento, mas um dos militares da noite passada, ainda com sua armadura completa.

A outra é Col Palafox.

COL

Eu me viro, me afastando do toque de meu pai, e olho para Col com uma expressão entediada, embora meu coração esteja partido.

— Então é *este* o rapaz que deixou minha irmã toda animadinha?

Ele está sujo, embora tenham limpado a maior parte do sangue de seu rosto. O uniforme victoriano foi substituído por um macacão feito pelo buraco na parede. Não cabe direito, como se o tivesse escaneado com as mãos atadas.

Ainda quero abraçá-lo, inspirar seu cheiro.

Meu pai dá uma risada.

— Frey não tinha com quem compará-lo. Talvez tenha sido culpa nossa, por não expandir sua educação.

Col me encara.

Por um momento confuso, espero que ele veja através de meu disfarce. Como se de alguma maneira ele fosse capaz de simplesmente *saber* quem sou de verdade.

Mas ele parece horrorizado. Como se eu fosse uma réplica plástica aterrorizante de mim mesma. Prometi a ele que Rafia estaria do nosso lado, mas aqui está ela, fazendo planos com nosso pai.

Olho Col nos olhos, implorando que leia meus pensamentos.
Vai ficar tudo bem.

Mas não é verdade. Ele também está com uma coleira-bomba. Não é um colar como o meu. É um anel grosso e escuro, como uma coleira de cachorro.

— Eu ia mantê-lo como refém — diz meu pai. — Para fazer os victorianos se comportarem. Mas pra quê? O exército dele acabou.

— Então deixaremos ele ir embora? — pergunto, como se não fosse nada. — Um gesto de boa vontade?

Meu pai dá uma gargalhada.

— Senti falta de seu senso de humor, Rafia.

Balanço a cabeça, levando isso como um elogio, como sempre.

— Então o que faremos com ele?

Meu pai dá de ombros.

— Vamos mostrar a nossos opositores como lidamos com inimigos.

Fico olhando para ele, sem entender.

— E pense no que isso vai fazer com Frey... — completa. — Vê-lo ser executado vai finalmente destruir seu espírito.

Executado.

Por um terrível momento, a sala fica escura ao meu redor. Vejo um retrato de Col pendurado na sala de troféus, de frente para o da mãe. Meu coração dispara na prisão de meu peito.

Meu pai estreita os olhos.

— O que foi, Rafia?

Respiro fundo devagar, tentando inventar uma resposta.

— Uma execução, papai? — Minha voz treme. — Nos *feeds*? O que as outras cidades vão pensar?

Ele suspira, cansado.

— É tarde demais para se preocupar com nossa reputação. O discurso de sua irmã destruiu nossas chances.

— Mas e se houver uma forma de consertar isso? De fazê-los aceitar nosso controle sobre Victoria?

Ele me encara, os olhos entediados e cansados. Como se tivesse feito e abandonado centenas de planos para se absolver.

— Como assim, querida?

Não sei o que dizer. Não sei como salvar alguém com palavras. Tudo que conheço são armas improvisadas, fraquezas descobertas, batalhas em que mergulho de todo o coração.

Tudo que conheço é guerra.

Eu me levanto e me viro para Col, implorando com os olhos. Ele me encara, sem entender por que estou tentando salvá-lo.

Uma conexão surge entre nós, uma faísca queimando no ar...

E eu sei a resposta.

— E se Col Palafox não fosse seu prisioneiro nem seu inimigo? E se ele fosse seu filho?

Eu me volto para meu pai, abrindo o sorriso mais cruel de Rafia.

— E se, em vez de matar Col, você o desse para *mim*?

Um momento de silêncio. Expressões se alternam no rosto de meu pai, rápido demais para que eu possa interpretá-las.

Parece que a torre está se inclinando ao nosso redor, destruída pela explosão de ontem. Destruída por todos os meus erros.

Por fim, meu pai sussurra:

— Uma aliança de sangue.

— Nada de victorianos resistindo. Nada de Teo Palafox reivindicando Victoria. Uma desculpa perfeita para as outras cidades voltarem a comprar nosso metal.

Uma risada baixa sacode os ombros de meu pai, mas ele está balançando a cabeça.

— Ninguém acreditaria, a não ser que transmitamos o casamento pelos feeds. Você vai levá-lo ao altar com uma faca no pescoço?

Eu me viro para Col e estendo a mão, tocando seu braço. Ele treme sob meu toque.

Vai ficar tudo bem.

— Vou persuadi-lo, pai. Você sabe como posso ser persistente quando quero alguma coisa. Como sou resoluta.

A expressão de Col trai sua compreensão por um segundo, mas, então, ele volta ao personagem e vira o rosto, me desafiando.

Eu me inclino para meu pai, como se estivesse sussurrando uma piada.

— Nós dois, casados. Pense no que *isso* vai fazer com a pobre Frey.

É então que ele realmente ri, erguendo-se da cadeira para me dar um abraço. Meu primeiro abraço de meu pai. Nunca senti isso antes; o calor do seu corpo, sua massa, sua *ganância*.

E é aí que o restante do plano se torna claro...

Na noite em que eu escapar desta torre, meu pai vai morrer em minhas mãos.

Este livro foi composto na tipografia Minion
Pro, em corpo 11/15, e impresso em
papel off-white no Sistema Cameron da
Divisão Gráfica da Distribuidora Record.